Glitter
by Abbi Glines

# 『伯爵の花嫁はサファイアのように輝く』

アビー・グラインズ
石原未奈子訳



ラズベリーブックス

エマソンへ

やんちゃで賢くて頑固でかわいい女の子。あなたこそエマよ。

# 謝辞

一冊の本を書きあげるのに半年もかかったことはありません――本書までは、ありませんでした。一緒に作業してくれた人たち、支えてくれた人たちがいなければ、書きあげることもできなかったでしょう。

ブリットには真っ先に感謝しなくては。わたしが調べ物をして、書いて、また調べ物をして、書いて、ＣＯＶＩＤ－19にかかって、また書いて……としているあいだ、だらけないようびしびしやってくれました。なんてことを言われるのも彼はいやがるだろうな。読まないでくれることを祈ります。

「ママはお仕事中なの。いまはだめ」という言葉を聞かされつづけた、アイヴァとエマソン。二人とも、たいてい我慢してくれました。エマソンはそれなりに楽しんでいたけれど、アイヴァは粘り強い娘で……それでも二〇一一年からこの調子なので、事情はわかってくれています。

ほかの州に住んでいる年長の子どもたちは、わたしがなかなか電話に出なかったり、折り返すのが遅くなったりしても大目に見てくれました。変わらず愛してくれて、ママのこういう部分を理解してくれています。

海外向けの版権エージェント、ローレン・エイブラモは、本書が完成する前から諸外国での出版契約を結んでくれました。

〈フェアレストレヴューズ・プルーフリーディングサーヴィス〉所属の編集者、ベッキー・バーニー。この本をわたしが誇れるものにしてくれたことに、心から感謝しています。

〈イラストレイテッド・オーサー〉所属のフォーマッター、メリッサ・スティーヴンス。彼女の仕事にはいつも驚かされます。間違いなく最高のフォーマッティングでした。

表紙を制作してくれた〈ダモンザ〉。みごとやってくれました。こういうのがほしいと伝えたら、それ以上のものを返してくれたんです。

〈ザ・ネクストステップＰＲ〉は、刊行日の宣伝を担当してくれました。

忘れてはならない〈アビーズアーミー〉。新しい本を出すときに正気でいられるのはみなさんのおかげよ。いつも支えてくれてどうもありがとう。

そして読者のみなさん。あなたたちがいなければ、わたしの物語はだれにも読まれないまま。みなさんが読むから、わたしは書けるんです。みんな、愛してるわ！

## アビーよりひとこと

　本書は、タイトルからして一般的なリージェンシーロマンス小説らしくないし、中身も一般的なそれではありません。ヒストリカルロマンスを書こうと決めたとき、たくさん疑問があったものの、三つだけは確信していました。

１．舞台は摂政時代のロンドン。わたしはイングランドとその歴史に執着といえるほどの愛情をそそいでいます。思い出せるかぎり昔から。そのことが執筆の助けになったか？　じつはあまり。本書を書いているあいだ、だいたい一日に短くても一時間は調べ物に費やしました。たとえば〝鏡はいつ発明された？〟とか、〝イングランドでアフタヌーンティーが始まったのは何年？〟とか、〝一八〇〇年代初頭のロンドンにアイスクリームはあった？〟といったような単純なこと。いちばんのお気に入りはたぶんこれね——〝きらきらのラメ《グリッター》が発明されたのはいつ？〟。

２．一人称で書く。十五歳のときに図書館でジュディス・マクノートの『とまどう緑のまなざし』（後藤由季子訳、二見書房より二〇〇八年刊）と出会って以来、ずっとヒストリカルロマンスを読んできました。それはもう何冊も。だからヒストリカルロマンスが三人称で書かれることはよくわかっています。少なくともわたしが読んできたヒストリカルロマンスはどれも三人称でした。だけどわたしは一人称タイプの作家なので、この本も一人称で書くことは決まっていました。そこは変えられない。

３．やっぱりわたしらしい文章になる。自分が書くものをジェイン・オースティン作品みたいに雄弁なものにしようとは思いませんでした。どれだけ調べ物をしても間違いを犯すことはわかっていたんです。だってそういうものでしょう？　現実は変わらない——どんなにイギリスで生まれたかったと願っても、わたしはアラバマ州出身。執筆においては、わたしにとってここは新世界です。だけど、ものすごく楽しかった！　登場人物たちが大好きになったので、みなさんにも気に入ってもらえるとうれしいわ。

# 伯爵の花嫁はサファイアのように輝く

## 主な登場人物

ミリアム・バサースト……社交界の令嬢。
ヒュー・コンプトン……アッシントン伯爵。
ニコラス・コンプトン……ヒューの異母弟。
アルフレッド・バクスター……ミリアムのおじ。ウェリントン男爵。
ハリエット・バクスター……アルフレッドの妻。
ホイットニー・バサースト……ミリアムの妹。
エイダ・バサースト……ミリアムの母。
リディア・ラムズベリー……公爵の孫娘。
エマ・マリー・コンプトン……4歳の少女。
アリス……エマの家庭教師。

大きなターンだろうと小さな手の動きだろうと、じっと見られているのをミリアムは感じた。唇に笑みを絶やさないのは容易ではないし、必死に偽りの感情をたたえていることには、ダンスの相手も間違いなく気づいているだろう。ただの〝ミス・ミリアム・バサースト〟として舞踏会に出席するのも、今夜が最後。迷っている時間は終わった。決断はくだされた。

男性の腕に包まれている体がこわばった。今朝、おばのバラ園でこの男性の求婚を承諾した。けれどわたしが愛しているのは彼ではない。彼だったらどんなによかったか。それでも、愛してくれているかもしれないと思った男性が決心するときを、永遠に待ってはいられないのだ。母と妹のために、結婚しなくてはいけないのだから。わたしに腕を回している男性の美しい緑の目をちらりと見あげると、笑みは純粋なものになった。悲しい笑みだけれど、それでも。

この人の友情と、ただ一緒にいることを楽しめるのは、今夜が最後になるはずだ。いろんなことが変わってしまうだろうけれど、それですべてが壊れないことを祈る。なぜってこの人の妻になってしまったら、言うことを聞かないわたしの心がいまも愛している男性は、きっとわたしを憎むだろうから。信じがたいほどの痛みに貫かれる。それでも、あの人がわたしを選んだりしないことはわかっている。彼の選択が、それをはっきり物語っている。

六カ月前……

# ミリアム・バサースト　十八歳と一カ月

美しいドレスときれいな顔さえ自前で用意すれば、ロンドンに行って結婚市場に飛びこむチャンスが与えられる――それこそ若い女性の人生のうちでもっとも輝かしい瞬間だと、ふつうの人は思うだろう。少なくとも、母が話すのを聞いていればそう思うはずだ。だけどわたしの意見に耳を貸す人がいれば――いなさそうだけれど――違った印象をもつだろう。ロンドンの社交シーズンが約束するくだらないことに、わたしは興味がない。重くて窮屈なドレスに体を押しこまれて、髪を頭のてっぺんにまとめあげられて、真珠や花でごてごて飾りつけられるなんて、いったいだれが望むの？　聞いただけでうんざりするし、どれもこれもご勘弁願いたい。

「きれいなものに囲まれて踊るだけでも夢みたいだわ。なにもかも、きらきら輝いてるなんて想像できる？」十二歳の妹のホイットニーがうっとりした声で言った。とたんにいつもの罪悪感が訪れた。わたしがいっさい関わりたくないものこそ、ホイットニーが求めてやまないのに決して体験できないものだと、あらためて思い出されるのだ。九歳のときに落馬したせいでいまも脚を引きずるホイットニーは、舞踏室で踊

ることができない。その華奢な手首にさげたダンスカードを、少しでいいから一緒に

過ごしたいと願う男性の名でうめることはできないのだ。ホイットニーの真の美しさ

を人が拝むことはない——わたしが状況を変えてやらないかぎり。妹が夢見る人生を

手に入れられるかどうかは、わたし一人にかかっているし、わたしはこの子のためな

らなんでもするつもりだ。わたし自身を犠牲にすることもいとわない。

顔に笑みを貼りつけて妹のほうを向いた。ホイットニーは姉妹共用の寝室のソファに腰かけて、荷造りをするわたしを見ている。去年、父が死んでから、わたしたちの世界は急変した。おもな理由としては、父がじつは賭けごと好きで、多額の借金を残していったことが挙げられる。いまでは召使いがいないばかりか、銀器もない。わたしたちを飢えから救って父の借金を返済するために、母が貴重品をすべて売り払ったのだ。けれどわたしは簡素な暮らしもいやではない。むしろ好きだ。着るものにあれこれ気をもまなくてすむし、ディナーの席での堅苦しさも必要ない。思いがけないことだけれど、こんな経験ができて運がよかったとさえ思っている。自力で朝食を調達するのも、どうにかこしらえた食事を母と妹に出すのも、苦ではない。台所ではまだ失敗も多いけれど、お茶の淹れ方は上手になった。

ロンドンは、そう簡単にはいかないだろう。

「きっとロンドン中がミリアム姉さまに注目するわよ」妹がわくわくした声で言っ

た。「その様子を自分の目で見られないのが残念」

切なげな声にひそむ悲しみを聞きつけて、妹が望むすべてを手に入れられたらいいのにと心の底から願った。脚を悪くしたのがわたしではなくホイットニーだったことについて、神さまを叱らなくてはいけないとよく思う。わたしなら田舎暮らしも喜んで受け入れて、小説を書いたり孤独を楽しんだりしていただろうに。だいたいにおいて、人が好きではないのだ。そう、単純な話。人のふるまいにはいらいらさせられるし、わたしは真実が好きなのに、真実を話す人はほとんどいない。たいていの人が気にかけるのは、自分が他人の目にどう映るか、それだけ。だけどホイットニーは違う。そんな人間がいるのかと思われるかもしれないけれど、妹は完璧な人間だ。私心がなくて、やさしくて、賢くて、希望に満ちていて。この子がいるだけで部屋がぱっと明るくなる。妹以外でこんな人には会ったことがない。ホイットニーは我が家の宝であり、わたしはかならず妹を輝かせてみせる。

一方のわたしに妹のような美点はない——母も同意するだろう。母からは、生意気で失礼なふるまいをしょっちゅう叱られている。母のことは愛しているけれど、母がわたしに望んでいるものは、わたしがまったく望んでいないものなのだ。おかげで年々、母とのあいだの溝は深まっていく。妹を見るときと同じ愛情をもってわたしを見てほしいと思ったときもあったけれど、いまではわかってしまった。ホイットニーを愛するのは簡単でも、わたしについてはそうはいかないのだ。

わたしの態度やふるまいのことを母がくどくど言いはじめたら、わたしを抑えられるのはホイットニーのやさしい声だけだ。ホイットニーをがっかりさせたくない。ほかの人にはどうでもいいことに思えるだろうけれど、〝ほかの人〟は我が家で暮らしたことがないし、わたしたち家族を知らないし、わたしたちが経験してきたことを理解してもいない。父は娘二人に不満をもっていた。息子がほしかったのだ。

その願いは、わたしが生まれたときに一度は叶った。わたしは双子だった。けれど弟は数日しか生きられなかった。死んだのがわたしだったならと父がこぼすのを、一度ならず耳にした。そのたびに、絶対にだれにも認めたくないほど傷ついた。父に愛されていたら、わたしももっとホイットニーみたいな人間になれていたのだろうかと、しょっちゅう思う。父はホイットニーのことを単純に無視していたけれど、少なくともそのおかげで、妹は父から厳しい言葉を一度もぶつけられずにすんだ。妹は穏やかなたちなので、そのふるまいに欠点を見いだすことは不可能だ。だからあの子に必要な愛情を母が妹に示しても、わたしはそれほどつらくない。ホイットニーはわたしと違って面の皮が厚くないから、無用な失望の前ではきっとしおれてしまうだろう。

「アルフレッドおじさまがあなたのために迎えをよこしてくださるわ。向こうに着いたらわたしからもお願いしてみる。あなたと離れているなんて考えるのも耐えられないもの」

ホイットニーがにっこりした。妹の笑顔は見る者をはっとさせる。もしもわたしが美しくなりたいと思うタイプの人間だったら、この魅惑の笑顔を手に入れたいと願っただろう。けれどわたしは外見などどうでもいい。いま、わたしの顔が果たすべき目的は一つしかなくて、それは妹と母の面倒をきちんと見てくれる裕福な夫を見つけることだ。アルフレッドおじは力になると言ってくれているけれど、わたしはそれ以上の力を必要としている。少なくとも、ホイットニーについては。父の図書室で何時間も医療専門の文献を読んでみて、妹の脚を完全には治せなくても改善はできる方法があるのを知った。それが実現できれば、妹の夢も叶う。ホイットニーの面差しときたら、おとぎ話の登場人物みたいだ。この子の居場所は、美しいドレスと、気まぐれに輝く光のなかでのダンスという世界にある。

わたししだいで妹がその世界を手に入れられるかどうかが決まるなら、わたしはやるまでだ。妹のためなら銃弾も受けるし、ときどき、これも同じに思える。もしかしたら銃弾のほうがまだましかもしれない。なぜって、これから演じなくてはならない役に適応できる気がしないから。衣類に背を向けたわたしは、男性とお近づきになるという今後を思って顔をしかめた。男性は好きではない。男の残酷さについては父がみっちり教えてくれた。本に顔をうずめているか、羽ペンを手に、勇敢で機転の効く女性たちのお話を書いているほうがずっと楽しい。

「おじさまが？　本当に？」別の服をたたんで大きな旅行かばんに収めるわたしに、ホイットニーが尋ねた。荷造りをするのはこれが初めてで、正しいやり方ができているのかわからないものの、かつていたメイドのアナがやってくれるのを何度か見たときの記憶を掘り起こして、どうにかこなしていた。アナがいなくなって寂しい。話を聞くのがとても上手な娘だった。いい家が見つかって、きちんとした待遇を受けているといいのだけれど。召使い全員が新しい働き口を見つけられるよう、ちゃんと手配したと母は言っていたが、母についてはどこまで信じたものかわからない。あとで嘘だったとわかったことも少なくないから。

「ええ、本当よ。話で聞くかぎり、アルフレッドおじさまはやさしい方のようだもの。母さまも深く尊敬しているし」

「ハリエットおばさまのことはなにか知ってる？　母さまのお話では、アメリカ人なんですって」ホイットニーが〝アメリカ人〟と言う口調ときたら、アメリカ出身の人は異国風であるみたいだ。現実は異なることを思って、わたしはほほえんだ。アメリカが舞台の本を何冊も読んだから、彼の国の人たちがまったく異国風ではないことを知っていた。

「母さまは一度しかお会いしたことがないし、どんな方なのか、わたしにはほとんど話してくれないの」正直に答えたものの、アルフレッドはあなたを上流社会に紹介するためのまっとうな英国女性を用意すると言っていたわ、と告げたときの母の苦い顔については触れずにおいた。母が兄の妻選びに満足していないことは明らかだった。となると、わたしがハリエットおばを大好きになる可能性は高い。

「姉さまが行ってしまったらこの部屋はうんと寂しくなるわ」ホイットニーの口調が変わった。その悲しげな響きに、胸がぎゅっと締めつけられる。妹を置いていきたくない。心から愛せる、この世で唯一の人なのだ。かろうじて手元に残しておいた上等な日中用のドレスの一枚をベッドに置いて、妹のほうを向いた。

「わたしもすごく寂しくなるし、なるべく早くあなたをロンドンへ呼ぶと約束するわ。こうするのはあなたのためでもあるの。母さまだけのためじゃない。あなたにはこの世の幸せすべてをつかんでほしいのよ。愛してるわ」わたしは最後のひとことをめったに口にしないし、両親のどちらにも言われたことがない。母がやわらかな黄色い毛布にすっぽりくるんだホイットニーと会わせてくれた瞬間、わたしは愛とはなにかを知った。六歳の幼さでも、自分はこの子のためならなんでもするし、なにがあっても守り抜くとわかった。

「ああ姉さま、そんなに暗い顔をしないで。こんなこと、言うんじゃなかった。姉さまが行ってしまってもずっと思ってるわって言いたかっただけなの」ホイットニーはそう言ってほほえんでみせたけれど、無理をしているのがわたしにはわかった。

「あなたにまた会えるまで、わたしも毎日寂しいわ。着飾った人たちや忙《せわ》しない通りや、きっと聞くだろうゴシップのことなんかをすべて手紙に書くと約束するわね」妹の心を晴らそうとして、言った。

「舞踏会用のきれいなドレスのこともね！　きらきら輝く様子を知りたくてたまらないの。グロヴナースクエアのこと、全部教えてくれなくちゃだめよ」ホイットニーが言った。

「ええ、もちろん。どんなにささいなことも忘れないわ」そう約束しながら、自分も妹と同じように世界を見ることができたらと思わずにはいられなかった。ホイットニーが夢見るきらきらした輝きに気づける自信がなかった。わたしが思う結婚市場は、妹が思うそれとは大違いだから。

# 1

## ミリアム・バサースト

メイフェアストリート一八番地にあるおじの家の、わたしにあてがわれた寝室のドアが、ノックの音で室内の人間に心の準備をさせることなくさっと開いたと思うや、ハリエットおばが勢いよく入ってきた。晴れわたる空の色のドレスを手に、歯茎が見えるほどにっこりほほえんでいる。ハリエットおばがこんなふうにほほえむのはしょっちゅうなので、わたしもいまでは慣れたもの、例によってあの奇妙なアメリカ訛りの大きな声でなにかが発表されるのだとわかった。おばは毎度、わたしが別の部屋にいるように話す。わたしがアメリカ訛りとおばの使う単語に手こずるせいかもしれない。本で読んだアメリカ人とおばは、出身の地域が違っていた。おじはアメリカのルイジアナ州はニューオーリンズで、ウイスキーやたばこ、木綿の輸出で財を成し、その地でおばと出会った。アメリカ人がみんな同じでないことは、わたしにもすぐにわかった。むしろ、じつにさまざまだ。

「届いたわよ。とってもきれい！」おばが言いながらベッドの足側にドレスを置いた。

「お姫さまにふさわしいものを、と頼んだら、仕立て屋がこれを届けてくれたの」ふと言葉を切る。「ええと、なんて名前だったかしら？　フランス人だったことは覚えてるんだけど」ハリエットおばはそう言って下唇を噛んだ。これも、わたしの聴覚に問題があるみたいに大きな声で話すのと同様、おばのくせだ。

「マルグリット・バドーよ」教えたものの、ハリエットおばが次のときまで覚えているとは思わない。おばは名前にかぎらずいろんなことを忘れるのだ。つい昨日も、いつものようにどこかで脱いだ上靴を探していたのだけれど、探しているあいだずっと、おばの左手には上靴があった。

「そうそう、それよ。ともかく、わたしが頼んだとおりの仕事をしてくれたわ。ほら、これを見てちょうだい」手をひるがえしてベッドの上のドレスを示し、大げさに両手を胸に当ててため息をついた。「これを着たあなたはすばらしいでしょうね。王妃さまに謁見したときも本当にきれいだったけど、きっとあれ以上よ。あのとき王妃さまはあなたに感心した様子だったけど、しない人がいるかしらね？　だってあなたは天使の顔をしてるもの。あのときのドレスより立派なものがあるなんて思いもしなかったけど、これは間違いなくあれより美しいわ。ああ、なんてわくわくするの。きっとわたしたちがまばたきもしないうちに、あなたは結婚してるでしょうね」

まさにホイットニーがほれぼれしそうなドレスだし、おばの言うとおり、すばらしいドレスだ。けれどわたしは同意を示してうなずくこともできないくらい、今夜への不安でいっぱいだった。ロンドンに来てからの二カ月弱、社交シーズンが本格的に始まるまでわたしは準備をしてきた。案外、おもしろいものになりそうではある。というのも、アルフレッドおじが用意してくれた付き添い役は、母が言っていたようなまっとうな英国女性ではなかったからだ。おじがわたしを託したのはなんとハリエットおばで、それ自体、じつに楽しかった。おばは上流社会の規則も制約も知らない。おばのちょっとした失態や奇妙なふるまいには、どんなに憂鬱な日にも笑みが浮かぶ。わたしはここロンドンで、予想以上に楽しんでいた。

ハリエットおばと出かけたときのことをつづった手紙は、ホイットニーを大いに喜ばせたことだろう。メイフェアストリート一八番地でのわたしの日々を読んだ妹の、音楽の音のような笑い声まで聞こえる気がする。ホイットニーが恋しくてたまらず、早く迎えをやってほしかった。母はわたしがうまく上流社会にとけこむことばかり心配していて、この段階でホイットニーを送りこんだらわたしが気もそぞろになるのではないかと案じている。わたしなら、自分に期待されていることのせいでとっくに気もそぞろなのに。ハリエットおばが提供してくれる日々の楽しみがあってもなお、我が家が恋しくてたまらなかった。

「すぐにベッツィを来させるわ。あなたの髪はいつもすてきだけど、ベッツィが時間をかければ、王妃さまもかすむくらいの仕上がりになるはずよ」

おばの期待はどうかと思うけれど、じっと座ってベッツィに髪を任せるのは苦ではない。ずっと前から髪を切りたかったのに、母が許してくれなかった。長い赤褐色の髪は重たくて、ときどき頭痛さえしてくる。それなのに母は、これこそ長女のいちばんの魅力の一つだと信じているらしい。賛成できないけれど、当のわたしの意見はどうでもいいみたいだった。

「ありがとう、ハリエットおばさま」簡潔に返した。なぜって、本当に感謝しているから。いろんなことに。おばが堅苦しくて退屈な人ではないのが、ありがたい。わたしを嫁がせる作業を夫から押しつけられたのにそれを喜んでくれているのが、ありがたい。わたし自身が上品にふるまえば妹にもっといい人生を与えられるのが、ありがたい。

「だけどあなたはあんまりうれしそうじゃないのね」そう言うハリエットおばの口角はほんの少しさがっていた。おばはめったに口角をさげない。いつだって活気のあるおばにそんな顔をさせてしまって、わたしはやましさを覚えた。

「感謝してるわ」わたしは言った。幸せだ、と心から言うことはできなかった。「ただ、妹がいなくて寂しいの」正直に打ち明けた。「だけどアルフレッドおじさまとおばさまにこんな機会を与えてもらって、本当に感謝してるわ。ホイットニーがきちんと面倒を見てもらえることこそ、わたしのなによりの望みだから」

おばの口角はさがったままだった。「だけどあなたは？　いつも妹の幸せを口にするし、それはとても立派なことだけど、あなた自身の幸せはどうなるの？　ロンドンの社交シーズンを楽しんだり、舞踏会の華になったりは、したくないの？　将来の夢はない？　女の子にはみんな夢があるものよ。わたしだって昔は女の子だった。どの夢もしっかり覚えてるわ」

夢ならある。けれどそれは叶わない夢だ。なぜなら叶えられない夢だから。ハリエットおばに打ち明けたからといって、それでおばがわたしを見くだすことはないだろう。だとしても、これはわたしの夢。わたしの秘密。そのままにしておきたい。

「わたしと家族に親切にしてくれる旦那さまを見つけること、それがわたしの夢よ」

嘘をついた。けれど実際、わたしがここにいるのはそのためだ。夢ではなく、義務のため。

ハリエットおばはため息をついて歩み寄ってくると、わたしを慰めようとしてか、ぽんぽんと肩をたたいた。「わたしは聞き上手だって、そのうちわかってもらえるかもしれないわね。わたしには妹が何人もいるの。見た目より賢いのよ」そう言って向きを変えると、スカートをひるがえして部屋を出ていった。ドアが閉じる寸前に、大きすぎる声が響いた。「ベッツィ！」

その甲高い声にわたしは思わず顔をしかめたけれど、すぐに手で口を覆って笑いをこらえなくてはならなかった。今夜の舞踏会のあとでホイットニーに書く手紙は、じつに色鮮やかなものになるだろう。ハリエットおばは、本人がまったく意図しないまに話題をさらってしまう人なのだ。もしかして、だれに話しかけるときも大声なのだろうか……そうであってほしい。それなら、少なくとも二週間は楽しめるから。

立ちあがって青いドレスに歩み寄った。こんなに美しいドレスを持っていたことはない。幼いころ、いまのホイットニーよりまだ幼かったころ、こんなドレスを着ることを夢見たときもあった。いま、見たこともないほど大量の絹に、そっと触れてほほえんだ。ホイットニーならこのドレスを溺愛するだろう。次の手紙で正確に描写してあげなくては。

わたしの心の片隅には、政略結婚以上のものを願いたがっている部分があった。両親は断じて恋愛結婚ではなかったし、わたしもここへ来るまで、愛が結婚の一部だと思っていなかった。けれどおじは心から妻を愛していて、おばも同じくらい夫を想っている。見ていて新鮮ではあるものの、二人のそばにいればいるほど、こんな結婚をひそかに求めるようになりそうで怖かった。恋愛結婚なんて非現実的だし、恋に落ちるなどという気まぐれなことにかまけている時間はないのに。そもそもわたしが愛のなにを知っているというの？　ほとんどなにも知らない。

ほかのことに意識を向けて、無駄なことは考えないのがいちばんだ。窓の外の通りはいつもと変わらずにぎわっている。ほかの人に見られるために日中用のドレス姿でのんびり行き交う人々を、わたしはこの窓からよく眺めるようになっていた。故郷の田舎とはなにもかもが大違い。向こうでは来客もめったになかったし、ほかの人より目立とうとするなんて理解されなかった。故郷でのわたしは、ほとんどの日は台所にいて、食べられるものをこしらえようとしたりシーツを洗ったりしていた。父が死んでから、家のなかのことは自分たちでやってきた。母はよく愚痴をこぼしては疲れたとため息をついていたけれど、わたしは役に立っているという実感を味わえた。どの作業にも目的があって、それがとても楽しかった。

眼下の通りでくり広げられる行動には、なんら役立つところが見受けられない。行き交う人はなんの悩みもなさそうだ――次の舞踏会に着ていくものや、ゴシップ紙を読むことをのぞいて。出窓に腰をおろし、もう一度ため息をついた。だってわたしもああなるのだ。自分の未来がひどくつまらないものに思えた。いくらわたしでも、そこから抜けだす筋書きは思いつけなかった。

# 2
## アッシントン伯爵

最後に正午より前にブランデーをグラスにそそいだのは、継母をこの家から引っ越させるのに成功した日だった。あのときは祝うためであり、パリから戻った弟の激怒に備えるためでもあった。今日のこれに祝うところはなく、ひとえに備えるためだ。ロンドンの社交シーズンでくり広げられるばかばかしさに仲間入りする気はない。社交シーズンはただの結婚市場であり、最近までわたしには必要ないものだった。

しかし、結婚して跡継ぎをもうければ、わたしが死んでも弟が次のアッシントン伯爵にならないというなら、じつに背中を押されるというものだ。とはいえ優先事項ではない。優先事項であれば、もっと前に花嫁探しを始めている。肩書きを守るより大事なことがあるし、実際そろそろ結婚していいころだ。伯爵夫人という役割に収まる妻を見つけるのは簡単だろう。ロンドンにはまっとうな伯爵夫人になるべく育てられてきた若い女性がわんさといる。だがわたしに必要なのはきちんと育てられたレディというだけでなく、もっと重要な役割も果たせる人物だ。難なくそれができる女性を見つけるのは簡単ではないだろう。

伯爵夫人になるのとわたしの妻になるのとは、別問題だ。わたしにはかかえているものがあり、そのことはだれも知らない……いまのところは。手にしたグラスからもう一口ブランデーをあおって、椅子の背にもたれ、長く深いため息をついた。この一年はまさに混沌としていた。自分には我ながら驚くほどの忍耐力があったことを知った。責任を放棄してなるものかと思えたのは、幼少期の記憶ゆえでもあるのだろう。

現状、わたしにできることはすべてしてきたし、妻選びは単なる〝決めるべきこと〟ではない。〝必要急務〟だ。だからこそ、なるべく早く解決してみせる。いろいろ調べた結果、ミス・リディア・ラムズベリーという女性に的を絞っていた。公爵の孫娘で、その物腰はやわらかかつ静か。典型的な英国人で、まさにこの家が必要としている存在だ。我が子のための母親選びは軽々《けいけい》におこなえないし、見目がいいというだけではじゅうぶんではない。

執務室の重たいドアが必要以上の力でばたんと開いたので、侵入者がだれか、見なくてもわかった。今夜のわたしの予定を耳にして、あれこれ質問したいことが出てきたのだろう。くつろいでいた体を起こすと、好奇心でいっぱいの尋問者の目と出会った。

「ぶとうかいに行くの？」舞踏会、と言ったときに少女の目は少し輝きを増した。

きっと実際とはまったく異なるものを想像しているのだろう。

「申し訳ありません、旦那さま。ミス・エマはお昼寝の時間のはずなのですが。わたしが気がついたときにはまた脱走なさったあとで」おそらくイングランド一我慢強い家庭教師のアリスが言いながら入ってきた。

「エマもぶとうかいに行きたい」少女が言い、楽しそうに笑いながらわたしの机の前でくるりと回った。「お姫さまみたいに踊るのよ」

わたしはうなずき、エマにしょっちゅうつられる笑みを、あえてはっきり顔に浮かべた。少女はその短い人生であまり笑顔を見てこなかったから、この子の前では笑みを控えたくなかった。冷淡さが子どもになにをしうるか、わたしはよく知っている。弟とわたしがいい例だ。

「ミス・エマ、まだ舞踏会に出席なさるお年ではありませんよ。いまはお昼寝の時間です。さあ、行きましょう」アリスがいつもの厳しい声で言った。

エマはそんな口調も意に介さず、むっとした顔でアリスを一にらみしてから、またわたしのほうを向いて尋ねた。「一人で行くの？」

わたしはうなずいた。「ああ。一人で行くよ」

この答えが気にかかったようで、エマはますますしかめっ面になった。「そんなの寂しい」きっぱりと言う。

「旦那さまのお友達がたくさん出席なさいますし、一緒にダンスを踊る女の方もうんとお見えになりますよ。舞踏会は子どもの行くところではありません。あなたが行くのは子ども部屋です」アリスはまだ自分が指揮権を握っているような口ぶりを心がけているらしいが、エマにはその指揮が及ばないことくらい、三人ともわかっていた。とはいえ、わたしの指揮も及ばないのだが。

「アリスったら、しつれいね」エマはしかめっ面のまま言った。「しょっちゅうなのよ、アッシントン」

これには笑ってしまいそうになり、わたしはどうにかこらえた。

「ミス・エマ！」アリスがぞっとした顔で言う。「閣下のことはロード・アッシントンとお呼びしなくてはいけませんと、いったい何回申しあげましたか！」

エマは小さな手を腰に当てて、気取ったしぐさで肩をすくめた。「さあ、何回かしら。数は十《とお》までしか数えられないし、がんばっても十二までしかわからないもの」

さすがに今回はわたしも吹きだしてしまい、アリスに非難の目を向けられた。「ミス・エマを正しく導くには、こんな……こんな反抗的な態度を助長なさってはなりません、旦那さま。許しがたいことです」

エマは長い金髪を肩の後ろに払って、わたしにまぶしい笑みを投げかけた。この子のいたずらにわたしが笑って、今度はわたしがアリスに叱られるのが、エマは大好きなのだ。

「エマはまだ四つだ」わたしはアリスに言った。そんな幼さでこの賢さと機転なのだから、誇らしささえ覚える。

「そのことも洗礼証明書も、信じられたものでしょうか。四歳にしてこの……成長ぶり、手の焼かせぶりとは」

エマの年齢に疑念の余地はない。この子の母親が身ごもった時期なら完全にわかっている。ソランジュ・ビッセはかつてわたしの愛人だったが、関係は一年ほどで終わった。二年前、エマが我が家の玄関に現れたとき、わたしに必要な証拠は少女の目だけだった。まっすぐこちらを見あげるその目で、この子はコンプトン家の人間だとわかった。

「エマ、そろそろアリスと一緒に子ども部屋へお行き。舞踏会のことは、明日の朝食のときにすべて話して聞かせるから。どうだ？」

しかめっ面が消えて、エマはぶんぶんとうなずいた。この調子では、アリスがどんなに説き伏せても、今日は昼寝をしないのではないだろうか。この子は活気に満ちあふれている。エマが向きを変えて、ぱたぱたとドアに走りだした。「早く、アリス。お昼寝の時間よ」

わたしを振り返ったアリスの目には疲労の色がにじんでいて、それがおかしかった。

まったく、エマには振りまわされる。間違いなく母親が必要だ。ソランジュは母親らしいこともあまりできないまま、他人の手にエマをゆだねた。コンプトン家の子がまたこの家でわたしのような扱いを受けることは、このわたしが許さない。エマが庶子であることについては必死に隠そうとしているものの、どこまで嘘が通用するだろうか。あの幼さで、あれほど巧みに英語が話せることを踏まえると。しかもあの子は記憶力が抜群で、それがわたしは悲しかった。忘れてほしいこともあるから。

ドアが静かに閉じたので、わたしはふたたびグラスに手を伸ばした。エマが現れたことですべてが変わった。なかでもわたしの未来が。もはや無駄にできる時間はない。継母にいだいていた恨みももう忘れた。去年、あの女性の命を奪った乗馬中の事故を機に、どんな悪感情もなくなった。弟がわたしにいだく憎しみは――とりわけ継母が、つまり弟の母親が亡くなったあとの、まるであの事故はわたしのせいだったと言わんばかりの憎しみは――どうでもいい。いまはエマのことを考えなくてはならない。最初にエマがここへ来たときは、地方に住む遠い親戚を当たって、どこかいい家を見つけてやるつもりだった。すくすく育つことができて、立派な家庭教師になれるほどの教育を受けられる環境を。

だがあの子が来て二週間と経たないうちに、エマはずっとここにいるのだとわかった。わたし自身があの子にふさわしい人生を与えられるのだから、遠くへやるなどとありえない。わたしならエマにいい家を用意することもきちんと育てることもできるし、まさにそうするつもりだ。計画の第一歩は、エマをわたしの子として受け入れるだけの度量がある、上品な妻を見つけること。リディアは適任に思える。勘違いではないよう、祈るばかりだ。

# 3

## ミリアム・バサースト

〝豪華さ《ラヴィッシュネス》〟という言葉は何度も目にしてきたし、意味もじゅうぶん理解していたけれど、この瞬間まで体験したことはなかった。単語そのものは発すると舌に心地よくておもしろいと思っていたものの、そのただなかに放りこまれてみると、にわかに現実とは思えない心地がした。貴族の邸宅で開かれる舞踏会について、わたしが読んできたどの本も、じゅうぶん描ききれていなかった。わたしがこうだと信じていたよりもホイットニーの空想のほうが事実に近かったのかもしれないと、いまさら気づく。あれやこれやを体験している最中にもう、頭のなかでは妹あてに手紙を書いていた。どんな細部も教えてやらなくては。上流社会の舞踏会はいつかかならずホイットニーに経験させると固く心に誓っているものの一つだけれど、いまのところは、読めばこの場にいると思えるくらい詳細な言葉でつづろう。

となりにいるハリエットおばもやはり周囲に圧倒されているだろうかと、ちらりと横目で見た。おばの表情はいつもどおりだった。わたしのほうを向いて、ほほえむ。

「いよいよ」そう言うと、ずらりと並んだいろいろな料理を示すように手をひるがえした。けれどわたしはこれからどうしたらいいのかさっぱりで、もしかしたら、だから母はちゃんとした付き添い役が必要だと言っていたのかもしれない。きっとハリエットおばも次になにが起きるのか、わかっていないはずだ。

「レディ・ウェリントンでいらっしゃるわね？」おばの正式な肩書きに、二人同時に振り返った。この称号で呼ばれると、おばはよく吹きだしてしまうのだけれど、今夜はこらえてくれたので助かった。わたしたちの前にいたのはローゼスボーン公爵夫人、今宵の女主人だった。会うのはこれが初めてだけれど、社交シーズンのために予習をしておいた。

「ええ、どうも」おばが言いかけたところで、わたしはすばやくお辞儀をした。おばが台無しにしてしまう前に。

「奥方さま」わたしが言うと、おばは失敗に気づいてわたしにならった。

「すばらしいお宅ですね」ハリエットおばは大きすぎる声で言い、例の歯茎が見えるほど大きな笑みを公爵夫人に投げかけた。自宅では問題ないその笑みも、いまの状況にはまぶしすぎるし、感情もこもりすぎている。もちろんおばはそれをわかっていない。わたしはホイットニーにあてた頭のなかの手紙に、このことも書きくわえた。

相手をひるませるような公爵夫人の視線は、いまはわたしにそそがれていて、わたしは身じろぎしないようこらえた。「あなたはミス・ミリアム・バサースト」わたしの名前なのに、わたし自身が教えてもらわなくてはいけないような口ぶりだ。「あなたには興味がありました」

これにはどう返したらいいのか見当もつかなかったので、笑顔を保ったまま、なにも言わずにいた。だって、なんて言えばいいの？

「あなたなら首尾よくやれるでしょう」公爵夫人が続ける。「今夜は楽しみなさい」そう言って小さく会釈してから、静かにスカートを滑らせて去っていった。

「もう精神的に疲れたわ」おばがまぶしすぎる笑みをたたえたまま、小声で言った。

「本当ね」わたしは同意した。

「失礼。あなたのダンスカードにまだ余地があるといいのですが」わたしよりそう年上ではない男性が、わたしの前で足を止めて言い、小さくお辞儀をした。

ハリエットおばがわたしの腕をつついてくすくす笑ったので、わたしは顔をしかめまいとした。この男性がわたしの家族を救ってくれる人だとは思えなかった。なにしろ若すぎる。それでも、なるべく人目に触れて、夫候補を引きつけなくてはならない。けれど、つまらないおしゃべりを長々と聞かされて、すぐにダンスにはうんざりしてしまった。そしてレモネードを三杯飲んだころには、公園を散歩するのはばかげたことではなく、ずっと好ましい時間の過ごし方だと思えるようになっていた。せめて散歩なら、面倒な会話をすることなく、ただきれいに見えるよう心がけていればいいのだから。数人の男性に取り囲まれていつまでも続くおしゃべりを聞かされていると、少し息苦しくなってきた。このためにロンドンにやってきたのに。少なくとも、夫を見つけるためにはこれをやらなくてはならないのに。それでも、こうして男性に囲まれていればいるほど、社交的とはほど遠い自分の性格が足を引っ張るかもしれないことがわかってきた。

「失礼、紳士諸君、たしかダンスカードの次の順番はわたしだ」深い声にほかの面々が静まり返り、まるで命令されたように道を開けた。わたしは一瞬驚いたけれど、深い声の主を目にしたとたん、理由がわかった。威圧的な男性で、間違いなくダンスカードに彼の名前はない。この紳士には重要な肩書きがついているはずだけれど、さっきダンスカードをちらりと見たとき、それほどの肩書きはなかった。そんなものがあれば絶対に覚えている。

「すみません、ロード・アッシントン、ですがミス・バサーストのカードの次の順番は、ええと、ぼくです」ミスター・フレッチャーと名乗った男性が声をあげた――その声はほんの少し震えていたけれど、それでも。

ロード・アッシントンと呼ばれた紳士はミスター・フレッチャーを無視したまま、挑戦をたたえた目でじっとわたしの返事を待っていた。間違いない、わたしへの挑戦だ。つまり、わたしに嘘を言えと？　ミスター・フレッチャーは未来の夫にはなりそうにないけれど、親切だし、明らかに簡単ではないことをたったいまやってのけた。声の震えでそれがわかる。より権力のあるだれかにおもねるために、そんな人物に恥をかかせるなんて、わたしにはできない。まあ、ロード・アッシントンはまさにそうしてほしいのだろうけれど。尊大さが魅力だったことはない。少なくとも、わたしには。

「ミスター・フレッチャーのおっしゃるとおりだと思います」怖じ気づいてなるものかと、長身に黒髪の男性をひたと見あげて言った。わたしが今日まで予習してきたのは、この社交シーズンで訪問するだろう上流社会の家々だけで、アッシントンという名はそのなかになかった。顔にも見覚えはないものの、ほかの人の反応から重要人物なのはわかる。本人にとってはけっこうなことだけれど、わたしにはどうでもいいし、彼の愚かな操り人形になる気もない。

ロード・アッシントンは片方の眉をあげて、しばしわたしを見つめた。「わたしの勘違いだった」そう言うと、ミスター・フレッチャーのほうを向いて小さく会釈した。

「いえその、ロード・アッシントン、よろしければ順番をお譲りしますよ」ミスター・フレッチャーがしどろもどろに言った。ばかばかしさに、わたしは天を仰ぎたくなった。ミスター・フレッチャーはそんなに臆病な人なの？　ロード・アッシントンのなにがそんなに怖いの？　たったいま、わたしはあなたのためにロード・アッシントンの誘いを断らなかった？

「その必要はない、フレッチャー。わたしの関心はもうよそに移った」ロード・アッシントンはそう言うと、ほかの人が開けた道を悠然と歩いていった。

もちろんわたしは侮辱に気づいた。ロード・アッシントンとは二度と話すことはないだろう。だれかの手が肘に触れたので、見るとおばが不安そうな顔でロード・アッシントンの後ろ姿をじっと見つめていた。

「ねえ、ロード・アッシントンになにを言ったの？」おばが耳元でささやく。

「わたしのダンスカードの次の順番は自分だとおっしゃったのだけど、実際は違ったの。カードに名前すらないわ」

ハリエットおばが不安そうに下唇を噛んだ。なぜそんなに突然、不安になったのか、説明してくれるのをわたしは待った。そもそもおばがロード・アッシントンを知っていたのも意外だった。さっきは公爵夫人がわからなかったのに。どうして彼がわかったの？

ミスター・フレッチャーが近づいてきて、わたしのほうに手を差しだした。「踊りましょう」そう言われてしまっては、ハリエットおばの説明を聞きたくても誘いに応じるしかなかった。

踊りだしてすぐにわかったのは、ミスター・フレッチャーは話し好きではなく、緊張したままということだった。緊張させているのはわたしのはずがないので、となると、原因は先ほどのロード・アッシントンとのやりとりだろう。おかげで少し不愉快にさせられたものの、そんな感情には流されたくなかった。

ダンスが終わるとミスター・フレッチャーはどこかほっとしたような顔で去っていき、今度はたしかロード・ハディントンと名乗ったやや年上の男性が相手になった。少なくともロード・ハディントンは話し好きなようだったので、わたしは彼の話をおもしろいと思っているふりをしてほほえんだりうなずいたりしていればよかった。踊りながらふと、室内に視線を走らせてロード・アッシントンを探した。そう、好奇心に負けたのだ。

暗くて陰があるという意味で、魅力的な男性だ。漆黒の髪は耳にかけられるだけの長さで、手入れはされているものの危険な印象を与える。まるで、この人物だけには規則が当てはまらないような。彼が話しかけているレディは愛らしく、ごく淡い金髪にクリーム色の肌をしている。まつげは伏せられ、頬はほのかなバラ色に染まっていた。

「おやおや、これは意外だな」ロード・ハディントンの声で我に返った。ダンスの相手に視線を戻してみると、彼の目は入り口に向けられていた。なんだろうとそちらを見たが、とても明るいはちみつ色の髪を、ロード・アッシントンほどきちんとではないものの後ろで結わえた男性がいるだけだった。長身で肩幅は広く、巻き毛は手に負えなさそうだけれど、まったく威圧的な印象を与えない。いたずらっぽい目の輝きとうっすら笑みを浮かべた唇のせいで、なにかを企んでいるように見えた。

「今夜はおもしろくなるかもしれないな」ロード・ハディントンがつぶやいたのは、わたしに言ったのかひとりごとか、定かではなかった。ダンスが終わると、ハリエットおばに手招きされた。ダンスカードの次の順番はミスター・ニーズのはずだけれど、のどが渇いたのでレモネードを飲みたかった。ロード・ハディントンにダンスのお礼を言ってから、失礼してハリエットおばのところへ向かった。

そばまで行くと、おばがわたしの左腕をつかんでささやいた。「ミスター・コンプトンが来たわ。たったいまレディ・ホースモアから聞いたんだけど、彼もロード・アッシントンもめったに舞踏会には出席しないんですって。なのに今夜は二人ともいる。めずらしいことよ。なにかおもしろいことが起きるかもしれない」

おばはゴシップや事件だけでなくスキャンダルも大好きだ。けれどそういうものが含まれた小説をいくつか勧めてみても、おばはまったくとりあわなかった。むしろ、くだらなさのわりに高すぎる、上流社会のゴシップを載せた新聞を読みあさるほうがお好みだった。

「ミスター・コンプトンというのは、入り口のところにいる金髪の男性ね」振り返ってまだそこにいるか確認しないまま、言った。

「ええ。うわさでは、彼とお兄さんのロード・アッシントンは憎み合ってるんですって。母親だか継母だかに関係があるらしいわ。うろ覚えだけど。アルフレッドがくれた予習用の人間関係表をもっとよく読まなくてはだめね」ハリエットおばはつけ足した。「それよりあなた、ロード・アッシントンになにを言ったの？　あなたに好感をもった顔ではなかったわよ」おばはその件がひどく気になっているらしいが、ロード・アッシントンに好感をもたれようともたれまいと、わたしはどうでもいい。あちらは間違いなく好感をもてない紳士だった。尖ったあごも、冷ややかだけれど完璧な顔立ちも、わたしに言わせれば少々厳しすぎる。彼に関心を向けられたら、たいていの女性はうっとりするだろう。だけどわたしは〝たいていの女性〟ではないし、自分の眼識に誇りをもっている。裕福な夫を探すときにはそういう才能が必要だ。

わたしは小さく左肩をすくめた。「尊大な人だったわ。尊大な人は好きじゃないの」

ハリエットおばはため息をついた。「わかるけど、お金と力のある紳士はそうなりがちよ」

愛していないうえに尊大でもある男性と結ばれなければ家族を救えないのかと思うと、いやになった。耐えがたい気がする。自分の未来を知れば知るほど、ますます不穏に思えてきた。「新鮮な空気を吸ってくるわ」おばに言ってから、レモネードを供するテーブルの左手にあるバルコニーに向かった。あと一秒でもここにいたら、結婚すると決めた自分自身に耐えきれなくなって、取り乱してしまいそうだった。新鮮な空気を吸ってしばし人だかりを離れたら、たった一晩が失望に終わったからといってすべてが失われたわけではない、と思えるようになるだろう。

「一緒に行きましょうか？」おばが尋ねた。

いいえ、どうか一人にして。いまほしいのはつかの間の平穏だけ。これ以上、不快なゴシップだの上流社会にまつわる事実だのを聞かされたら、なおさら息苦しくなるばかり。「大丈夫よ。すぐそこにいるから、用があったら呼んでちょうだい」そうおばに言い残して、レモネードのテーブルの前はさっさと素通りした。足を止めたらおばが追ってくるのではと不安だった。

ひんやりした夜の空気は気持ちがよくて、少し生き返らせてもらえたものの、未来は明るいとまでは思わせてくれなかった。室内の暖かさは、取り巻く人たちと同じくらい息苦しい。多すぎる人、多すぎるおしゃべり。これほどどうでもいい会話を延々とさせられるのは、たぶん生まれて初めてだ。わたしはおとなしいふりも穏やかなふりも控えめなふりも苦手だけれど、どうやら紳士が妻に求める基本要素はそれらしい。

「ロンドン社交界の集まりに出席しないことで知られているぼくだが、こう断言できるほどには社交の輪を出入りしている――きみと会うのはこれが初めてだね。見たことのない顔、それもきみほどの美貌ときたら、忘れるはずがない」その声はなめらかで洗練されていて、男性的だった。会話から逃れたくて出てきたというのに、まさかここまで追ってこられるとは。

一人の時間を邪魔したのはだれかと、振り返った。そこにいたのはうわさのミスター・コンプトンその人で、両手をポケットに突っこんでいるせいで上着がやや傾いていた。うなじで結わえた紐から金髪が一筋、ほつれている。それを夜風がとらえて、頬のそばで踊らせた。顔立ちは兄に似ているものの、厳しさも冷たさもない。弟のほうには気さくなやわらかさがあるが、そのせいで美しさが損なわれることはなく、むしろ親しみやすさを与えていた。

「室内の狂乱から逃がれてきたきみの邪魔をしたいんじゃない。あれほどみごとにぼくの兄を負かしたレディに会ってみたかったんだ。ぼくが厚かましい男だったなら、握手を求めるところだよ」

「なにをおっしゃっているのかわかりませんが」わたしは返した。まったく見当はずれなことで咎められたような気がした。

「これは失礼。先に挨拶をするべきだった。ぼくはニコラス・コンプトンで、アッシントンはぼくの兄――半分だけ血のつながった、ね。父親だけ同じだ」

きっとこのささやかな種明かしで興味を引くつもりだったのだろうけれど、わたしはもう彼がだれで、失礼なアッシントン伯爵とはどんなつながりなのかを知っていた。とはいえ、それを指摘しても意味はない。

「ミスター・コンプトン、わたしはロード・アッシントンを負かしてなんかいません。間違いを訂正しただけです。今夜のわたしのダンスカードには名前がなかったのに、ほかの方の順番を横取りするのは失礼なことでしょう？　わたしは失礼な人間ではないし、失礼なことも許せないんです」

ミスター・コンプトンの口角の片方があがって、よじれた笑みが浮かんだ。わたしの答えをおもしろがっているのだ。ミスター・コンプトンがどれほど魅力的でも、そのふるまいは兄とどっちもどっちに思えた。二人とも驚くほどハンサムだけれど、わたしは外見みたいな浅はかなものでだれかに惹かれたりしない。美なんて表面だけのもの。ミスター・コンプトンは兄と違って尊大ではないかもしれないが、なにか隠していそうな目の光のせいで、ちっとも好ましいと思えなかった。

# 4

## ニコラス・コンプトン

　今宵の舞踏会に来たのは美女とたわむれるためではないが、かといって、美は昔からぼくの不運な弱点だった。本来の目的は舞踏室にいて、いまはぼくの兄に魅了されつつある。兄に屈辱を与えたいなら計画からそれてはいけない。だとしてもぼくは美女が好きだし、目の前にいるこの女性は驚くほど美しいだけでなく、その目に浮かぶ挑戦はぼくの本能に呼びかけもするのだ。美よりもそそるのものは挑戦だけ。この女性には両方あるが、ぼくが社交シーズンのロンドンにいるのは彼女のためではない。美貌を理由に目的を忘れるな。復讐心は、欲望や欲求よりはるかに強い感情だ。

「今日の一件でフレッチャーは強くなった気がしているかな、それとも今後のアッシントンとのやりとりに怯えているだろうか」アッシントンを負かしてなどいないという彼女の反論を無視して、ぼくは言った。本人が話したがらなくても関係ない。実際、兄の関心を鼻であしらったことは否定しようがないのだから――否定しようとする姿がどれほど愛らしくても。

「ミスター・フレッチャーなら、強くなった気がしても怯えてもいらっしゃらないでしょう。口数が少なくて頭のいい、ダンスの上手な方でした」彼女はきっぱりフレッチャーをかばった。まつげをぱちぱちさせることもなければ、たおやかな口調でもない。むしろあざやかな目の奥には燃える炎があって、ぼくはそれに惹かれた。我ながら無謀な男だが、仕方ない。この女性はめっけ物だ。

「言い換えると、退屈ということだね。完全に同意するよ。フレッチャーは猟犬のことしか頭にない男だ。彼に話をさせたいなら猟犬のことに触れるといい。止まらなくなるぞ」フレッチャーの悪口を言ったのは、ひとえに美貌の奥の炎をもっと見たかったからだ。彼女はぼくがしゃべっているときも、今夜ここにいるほとんどの女性のように媚びたりしない。そこがじつに気に入った。

「あなたはどうなんですか？　そんなに会話がお上手なら、出会ったばかりの女性にはどんなお話をなさるのかしら？」

女性がぼくとたわむれようとしない——それもロンドンで——そんなときがいままでにあっただろうか？　奇妙な体験ではあるが、正直に言うと……新鮮だった。女性と会話を始めるときは、たいてい向こうが女の武器を使ってぼくをたぐり寄せようとする。ところがこの女性ときたら、意見をもっているばかりか、ぼくの意見まで知りたがる。もしも花婿探しでロンドンに来ているのなら、正しいやり方をしていない。

これだけの美貌をもってしても、その舌鋒と頭のよさを男に忘れさせることはできないだろう。少なくとも、いまのぼくには無理だ。

「そうだね、相手の女性に興味があることを示して、どうしたら彼女が笑顔になるかを突き止めるかな。彼女の言葉に耳を傾けて、自分がべらべらしゃべるのは控える。もし一曲踊ってもらえるなら、その女性がどういう人かというだけじゃなく、彼女がどんなもので喜ぶかを覚えておきたい」率直に答えた。

サファイアの瞳がわずかに見開かれた。それでも、ほほえみが浮かんだり表情がやわらいだりすることはなかった。とはいえ、本気でそうなるとは思っていなかったが。言葉くらいで堅固な城塞が崩れるなら、本当の挑戦とは言えない。

「そうですか」彼女はそれだけ言って、ちらりと舞踏室を見た。「外にいすぎたわ。そろそろ戻らないと」

彼女が逃げようとしているのは、お互いわかっていた。「お会いできて光栄でしたよ、ミス・バサースト」純粋な笑みを浮かべて言った。

彼女が目を狭めてぼくを見つめた。「名乗った覚えはありませんけど」

ぼくは小さくうなずいた。「きみが兄を拒むのを見た瞬間に、あの女性はだれかと人に尋ねたんだ」

ミス・バサーストがため息をついた。アッシントンに厄介な対応をしてしまったと思っているのだろう。「くり返しますが、お兄さまにはなにもしていません。間違いを訂正してさしあげただけです。肩書きがあることを理由に尊大さや力をふるうなら、肩書きなんて意味はありませんもの」

「あいにく、ロンドンのほかの人間は同意しないだろうな」ぼくは返した。今年の社交シーズンの花婿候補になりそうな紳士諸君も、そんなことを聞いて喜びはしないだろう。まったく、この女性は貴重だ。

ミリアム・バサーストが一瞬、小さな悲しいしかめっ面を浮かべた。まるで、上流社会は見た目ほど浅はかではないのではという彼女の最後の希望をぼくにつぶされたようだった。去っていく後ろ姿を眺めながら、そんな真実を伝える役目を担ったことに妙な罪悪感を覚えた。

ミス・バサーストがレモネードをもらおうとテーブルの前で足を止めると、グラスを受け取ってテーブルを離れるまでにもう三人の男性に囲まれていた。三人ともぼくの見知った顔だが、三人とも言葉でミリアム・バサーストに太刀打ちできるような連中ではない。あの美貌に目がくらんだだけの若造では相手にならない女性だ。きっと彼女の母親は刺繍だのなんだのといったくだらないことを娘に覚えさせる代わりに、図書室へ行かせていたのだろう。ミリアム・バサーストは賢い。

彼女から目をそらすと、兄の熱い視線にぶつかった。ぼくを見つけてうれしそうではないが、大人になってからというもの、ぼくがいて兄が喜んだときなど記憶にない。かつては仲がよかったものの、そんな日々は遠い昔に思える。子ども時代がそれを変えたし、残念だとは思うが、いくら残念でも練りに練った計画を遂行するという決断は揺らいだりしない。

兄に会釈をして薄い笑みを浮かべた。そうさ、兄さん、ぼくがここへ来たのは今夜ミス・バサーストが味わわせたよりはるかにひどい屈辱を兄さんに与えるためだ。震えて待っていろ。

視線をリディア・ラムズベリーに移したが、この女性なら、なびかせるのも楽勝だろう。挑戦とはほど遠いはずだ。兄はロマンスのことなどなにもわかっていない。女性の欲望にも冷たすぎるし無関心すぎる。兄にとってリディアは業務取引だ。伯爵夫人選びに本物の愛情など関係ない——まあ、兄にかぎらずその同胞にも言えることだが。どいつもこいつも、じつに凡庸で退屈だ。

かたやぼくはロンドンの息苦しい上流社会にとどまってこなかった。色恋については百戦錬磨のフランス女性たちが、ロマンスの魅力をぞんぶんに教えてくれた。もちろんアッシントンは肩書きを継承したが、レディを誘惑する方法についてはなにも知らない。とはいえ、もっと興味深い女性を選んでくれていたらよかったのにとつい思ってしまう。リディアはまるでおもしろくない。挑みがいのない女性だ。本当にぼくの見立てが正しくて、リディア・ラムズベリーこそ兄が花嫁にと決めた女性だったとしての話だが。
　レモネード用のテーブルに視線を戻すと、ミリアムはもういなかった。だが舞踏室を眺めればすぐに見つかった。また踊っている。彼女のことはほとんど知らないものの、これが初めての社交シーズンだということはわかっていた。結婚市場に夫を見つけに来たのだ。それ以外でここにいる理由はない。それなのに、ロンドン屈指の理想的な夫候補である伯爵の一人が近づいてきたとき、ミリアムはその紳士を拒んだ。それこそミリアム・バサーストをじつに興味深い人物だと思わせてくれる一件だし、おかげでほかのことが考えられないくらいだ。

「コンプトン」聞き覚えのある声で我に返った。

　視線をミリアム・バサーストからとなりに現れた男性に移した。「ラドクリフか」ぼくは言った。「結婚市場に妻を探しに来たのか？」

　ラドクリフは不機嫌そうに返した。「かもな。きみは？」

　本気ではありえない問いに、笑ってしまった。ジョージ・ラドクリフとは長すぎるほどのつき合いなので、ぼくが花嫁探しでここへ来たと思うわけがないのだ。「来たのはトラブルを起こすためさ」

「なるほど、そんなことだろうと思った。まあ、こちらから口にするほど失礼じゃないがね」ラドクリフは愉快そうな笑みを浮かべて言った。「今夜はどんないたずらをするつもりだ？」

もう一度、ミリアム・バサーストのほうをちらりと見ると、ミリアムはまた別の若い洒落者と踊っていたが、これまた彼女にはまったく似つかわしくない人物だった。おいおい、付き添い役はなにも助言してくれないのか？　ぼくだってもっと上手にダンスの相手を選べるぞ。

「ああ、ロード・ウェリントンの姪に気づいたか。たしかに美人だが、かなりずばずばものを言うらしいし、今夜は退屈そのものという顔をしているぞ。聞いたところによると、ウェリントンは彼女を嫁がせようとしていて、それというのも、彼女の父親が賭けごとで作った借金だけを遺して死んでしまったからなんだそうだ」

いったいなぜ、もうそこまで知っている？　この男ときたら、かしましいばあさんを集めたよりもゴシップ好きだ。とはいえ、それでいくつかのことがわかった。見たところ、ミス・バサーストは家族を救うことにあまり熱心ではなさそうだ。

「教えろよ、コンプトン、今夜はなぜ来た？」ラドクリフが尋ねた。

兄のほうに視線を移して、あいまいに答えた。「家族のことで、とでも言っておこうか」言いふらされては困ることをラドクリフに教えるつもりはない。この男は本当におしゃべりなのだ。

「好きなだけはぐらかすといい、友よ。興味はあるが、食いさがっている時間はないんだ。ミス・バサーストのダンスカードの順番が次だから、逃したくなくてね」ラドクリフは言い、勝ち誇ったような笑みをぼくに向けた。ミリアム・バサーストほどの女性がこの男に興味を引かれることはないだろうが、しかしまあ、友の期待に水を差すこともない。

# 5
# アッシントン伯爵

執務室で簡単に朝食をとっていたときもあった。もはや静かな朝というのがどんなものだったか忘れてしまった。いまは朝食をとるとなると、食堂のテーブルをエマと囲む。この子と一緒に朝食をとることにしたのは、自分が子どものころにはそんな機会を与えられなかったからだ。エマの成長にとってよいことだと思えたし、完全に正直に言うと、この子のおしゃべりが好きだった。

「お姫さまと踊ったの？」エマが尋ね、ホットチョコレートを一口飲んだ。カップのふちの上から、好奇心いっぱいの目でわたしを見あげる。

「残念だが、お姫さまは出席していなかったよ」わたしは答えた。ハムとたまごを食べ終えないうちに、もっとたくさんの質問が飛んでくるはずだ。

「どうして朝はジャムとビスケット、もらえないの？　ジャム大好きなのに」エマが言い、自分の前の皿にのせられた料理を不満そうに見た。けれどすぐにそれも忘れて、またわたしのほうを見る。「お姫さまがいなかったのに、ぶとうかいって言えるの？」

「舞踏会を開くのに、お姫さまが出席しなくてはいけない決まりはないんだよ」わたしは説明した。

エマは視線をハムとたまごに戻し、小さな鼻にしわを寄せた。「アッシントン、ジャムは好きじゃない？」今度はそう尋ねる。

「いや、ジャムは好きだよ。ジャムとビスケットはきっと午後のお茶のときにいただけるだろう」わたしは請け合った。

「エマはいつでもジャムがほしい」ずいぶんきっぱりした口調だ。

わたしは笑みを隠そうとカップを掲げた。

「ミス・エマ、また朝食のことで文句ですか？　何度も申しあげたでしょう、用意してもらった食事に文句を言うのは失礼なことですよと。出されたものに感謝するべきです」アリスが言いながら食堂に入ってきた。ここまでの会話を聞いていたのだろう。

家庭教師の言葉などなんでもないと言いたげに、エマが肩をすくめた。「レディになったら、いつでもジャムとビスケット食べてやるわ」すました顔で宣言する。

「そんなことをなさったら、どのドレスも入らなくなってしまいますよ」アリスが間髪入れずに返した。

「ぶとうかいにお姫さまはいなかったんだって、アリス」エマがまた話題を変える。

「お姫さまはいらっしゃらないと、ゆうべご説明しましたね」アリスはうなずいた。

アリスが正しかったことが気に入らないのだろう、エマはふうっと息を吐きだして、もう一口ホットチョコレートを飲んだ。「お姫さまは、いつでも好きなときにジャムとビスケット食べるんだろうな」だれにともなく言ってから、また皿の上の料理をにらむ。

「明日の朝食にはジャムとビスケットを用意できるか、確認しておこう」またアリスが少女を叱る前に、わたしは言った。

アリスが不満そうにわたしをにらんだ。「ミス・エマは、あれこれねだってはいけないことを学ばなくてはなりません」こわばった口調で言う。

わたしは肩をすくめた。「たかがジャムとビスケットだ、アリス」

「それはわかります、旦那さま。ですがこういうことは小さなところから始まるんです。じきに新しいドレスや宝石をおねだりなさるようになりますよ」

「そんなことしない！　ドレスも宝石もほしくないもの」ふくれっ面で言う。「ホットチョコレートのほうがずーっといい」

わたしはナプキンで口元を覆って、笑いを咳でごまかした。エマの言いたい放題を助長したら、またアリスににらまれるのではと心配だった。アリスがこの仕事を引き受けたのは、エマを嫡出の伯爵令嬢として教育するという方針をわたしが承認したあとだった。エマがわたしの地位にふさわしい暮らしを送り、やがてそのときが来たら上流社会に受け入れられることを、アリスは願っているのだ。わたしはその思いを理解し、尊重している。が、おかげでわたしたちの関係は奇妙なものになってしまった。

アリスはもどかしげにため息をつくと、スカートをひるがえして食堂を出ていった。エマはまだこんなに幼いのに、家庭教師を困らせる方法を熟知している。きっと強い人間になるだろう。男だろうと女だろうと、この子の意気をくじける者は現れないはずだ。わたしの家に連れてこられるまでの人生を思えば、それは感謝すべきことに思えた。

「アリスってば、ホットチョコレートのおかわり取りに行ってくれたのかな？」エマが天使のほほえみで尋ねた。これは前にアリスが〝裏がある〟と評した笑みだ。

「それはないと思うよ」わたしは返した。

エマはため息をついてまた皿の上の料理を見た。「ホットチョコレートがあったら、たまごも食べやすくなるんだけどなあ」

「いつたまごが嫌いになった？」何カ月にもわたって朝食にたまごを食べていた子に、わたしは尋ねた。

エマは小さなあごをあげて胸を張り、まっすぐわたしの目を見た。「お茶の時間に、アリスがジャムとビスケット食べさせてくれたときよ。ジャムとビスケット、だーい好き」

そのとき、厨房に続く戸口から家政婦のミセス・バートンが現れた。小さな盆を手にしており、目はきらりと光っている。盆の上になにがあるか、見なくてもわかった。エマはこの家に来てほぼすぐにこの家政婦をとりこにした。少女がお茶の時間にジャムとビスケットをもらえたのも、ミセス・バートンが理由に違いない。

「おはようございます、旦那さま」家政婦がちょっと首を倒してから、エマに歩み寄った。許可が出るまで待つ家政婦に、わたしは軽くうなずいて承認を示した。とはいえ、エマへのごちそうをわたしが認めなかったとしても、彼女が気にするかどうかは怪しい。

「ありがと、ミセス・バートン！」目の前にホットチョコレートが置かれ、ハムとたまごがジャムとビスケットに取り替えられると、エマが歓喜の声で言った。

「どういたしまして、ミス・エマ。体型をお気になさるのはまだ少々早すぎますよ」家政婦はエマにウインクをしてから、嫌われた料理を持ってさがり、食堂を出ていった。

エマがにっこりわたしにほほえみかけた。「ミセス・バートンのこと、世界でいちばん好き」

「そうだろうな」わたしは言った。「実際、すばらしい家政婦だ」

「お友達よ」少女が訂正する。

「ああ。真の友達だ」わたしは同意した。

この壁のなかで、わたしたちは調和を見つけた。エマは毎日のくり返しに光と活気をもたらした。この家に難なく収まるこれぞという伯爵夫人を見つけることが重要だ。昨夜会ってみて、リディア・ラムズベリーはやはり思っていたとおりの女性だった。だが少しばかり静かすぎるし相手の意に沿いすぎるから、彼女にエマは少々荷が重いかもしれない。

厳しいことを言っているのだろう——なにしろわたしの意識はよそにあった。ミス・ミリアム・バサーストは無視できない存在だった。わたしの肩書きにも関心にも興味はないとはっきり示したあとでさえ。わたしはカップをのぞき、彼女がエマと出会うところを想像してほほえんだ。この二人なら、きっとおもしろいコンビになるだろう。

ミス・バサーストのことはほとんど知らないが、今日、それを変える。この段階で、リディア・ラムズベリーに決めてしまうことはできない、彼女こそわたしに……いや、エマに必要な女性だと確信できるまでは。

# 6

## ミリアム・バサースト

早起きは昔から好きだった。良質の本とホットチョコレート、温かいトースト一枚というのが、わたしにとっての理想の朝だ。きれいなドレスに着替えて訪問者を待つというのはわたしが思う楽しい朝ではないけれど、どうやらこれからしばらくは、それで我慢するしかないらしい。早く夫を見つければ早くこれも終わるし、そうなれば自由も終わる。

心の底からの深いため息をつくと、意を決して客間に向かった。故郷では、正午が近くなると客間には母と妹がいた。母は刺繍を手にしていて、ホイットニーはピアノの前に座っていた。けれどどここ、おじの家では大違い。というのもハリエットおばは刺繍にも音楽にも興味がないからだ。

レディらしからぬ風情でソファに座るおばのそばにはチョコレートをのせた皿があり、上靴は床に脱ぎ捨てられて足はむきだし、ストッキングにも覆われないままお尻の下に敷かれている。膝の上にあるのは手紙のようだ。おばは文学をたしなむタイプではない。けれどニューオーリンズにいる家族からの手紙と、おじがよしとしないゴシップ紙は大好物だ。おじはそういうはしたない上流社会の新聞の値段によく文句を言っているけれど、ハリエットおばにあのまぶしい笑顔を向けられると、たちまち心をやわらげるのだった。

ハリエットおばが読んでいた手紙から顔をあげて、わたしににっこりした。「今日もきれいね。これから訪ねてくる紳士たちも、ゆうべ以上に魅了されるはずよ」むきだしの足を床におろし、手紙をわたしのほうに差しだした。「あなたもぜひ読んで。いとこのアデルがうちの一家の最新のどたばたを書いて送ってくれたの」

「最新の？」尋ねながら手を伸ばし、受け取った。

「ええそうよ。うちの一家はしょっちゅう困った状況に陥るの」その声はどこか誇らしげで、驚かされもするし愉快でもある。おばのむきだしの足と同じだ。

「たしか一時間以内には紳士が訪ねてくるとアルフレッドが言っていたような。わたしは付き添い役を務めて、それで、訪問者には適切な滞在時間というのがあるのよね？」姪に教えるというより尋ねる口調だ。

「まだしばらく時間はある。紳士ならこれほど早い時間にレディ宅を訪れたりしないさ」アルフレッドおじが言いながら入ってきた。「もうチョコレートをむさぼっているな、愛しい人《マイラブ》」からかうように言った。

ハリエットおばはチョコレートを一つつまんで口に放りこみ、頬をふくらませてにっこりした。

「なあミリアム、もしもわたしが破産したら、原因は妻のチョコレートとゴシップ紙への度を越した愛情だったと広く知らせてくれよ。どちらも実際の価値以上の値段なんだ。いやそれより、昨夜アッシントンになにを言ったのか聞かせてくれ。あっという間にうわさが広まったようだぞ」

顔が熱くなった。もうおじが知っているなんて、おばから聞いたに違いない。だけど話して聞かせるほどの一大事ではなかったはずだ。ただのダンス。それだけ。時間稼ぎをしようとわたしが咳払いをしたとき、ハリエットおばが先ほど口に放りこんだチョコレートを食べ終えた。

「わたしに訊けばいいじゃない。わたしもその場にいたんだから。ミリアムに恥ずかしい思いをさせないで」ハリエットおばが夫を叱る。

おじが面食らった顔になった。「恥ずかしい思いをさせようとなんてしていない。わたしは感心したんだ。初めての舞踏会で、もううわさになっているなんてと」

ハリエットおばは天を仰いだ。「まったく、アルフレッド。よりによって」

「だが本当のことだろう！　ミリアムはアッシントンをすっぱり拒んだというじゃないか。ほかの令嬢はみんな彼の燕尾服の裾を必死で追いかけているだろうに。わたしの姪は違うんだ」誇らしげな口調だったので、わたしはほっとした。

「ミリアムは舞踏会の華だったのよ。男性はみんな夢中になってたけど、まあ、ミリアムはそんじょそこらの美貌じゃないものね」ハリエットおばは得意げに言って、もう一つチョコレートをつまんだ。今回はまるごと口に放りこむのではなく、端からかじる。

わたしは自分が舞踏会の華だったとは思わない。その呼び名がふさわしいのはどう考えてもリディア・ラムズベリーだし、それも当然のことだ。あの女性は真の英国美人。かたやわたしは、上流社会の令嬢らしくふるまうだけで精一杯だった。

「それなら、アッシントンになにを言ったのか、正確なところを教えてくれ」アルフレッドおじが尋ね、ぴしゃりと膝をたたいてわたしの向かいに座った。いかにも壮大な逸話を聞こうという構えだ。

「なんでもないんです、本当に。ゴシップは実際のできごとを誇張して伝えているんだと思います」できたら蒸し返したくない話だ。

アルフレッドおじは愉快そうに笑った。「だろうな。いつものことさ。しかしわたしは本当のことを知りたいんだよ」

どうやら避けられそうにない。

「アッシントン伯爵はわたしに近づいてきて、ダンスカードの次の順番は自分だとおっしゃったんです。そもそもカードには名前さえないのに。そうしたら本当に次の番だった男性が声をあげてくれたので、わたしはその男性の味方をしたんです」

アルフレッドおじは満面の笑みを浮かべた。おじの楽しげな顔はいつだってとても気さくで、わたしの母とは大違いだ。二人が兄妹だなんて、信じがたい。「尊大な男だな。おまえは正しいことをした」

「やっぱり、尊大だとお思いになる？」おじに同意してもらえてうれしくなった。

「もちろんさ！　いくら立派な肩書きがあったって、ほしいものがなんでも手に入るわけじゃないんだと教えてやれ」アルフレッドおじはそう言って立ちあがり、わたしの肩をぽんとたたいた。「よくやった、ミリアム。よくやったな」

妙な誇らしさと、認められたのだという思いがこみあげてきた。あまりにも新鮮な感覚なので、どう表現したらいいのかわからない。母や父が、いまのおじのひとことに少しでも似ているような言葉をかけてくれたことは一度もなかった。涙が目の奥を刺し、わたしはぐっとこらえた。これくらいでめそめそしていられない。そんなのは弱くて愚かだし、わたしはどちらでもない。

「ミスター・フレッチャーがミス・バサーストを訪ねておいでです」執事が戸口から言った。

わたしが最初に思ったのは、ハリエットおばがまだ裸足だということだった。次に思ったのは、少なくとも訪ねてきた一人目の紳士は感じのいい人だということだった。たとえ夫候補に含めていなくても、ミスター・フレッチャーは親切だし、その笑みは純粋だし、あまり会話をしなくてすむ。

「となると、わたしはそろそろ退散しよう。ご婦人方、どうぞ楽しいひとときを」アルフレッドおじはそう言って客間を出ていった。ミスター・フレッチャーとすれ違いざま、挨拶をする。「やあフレッチャー」

「ごきげんよう」フレッチャーが緊張した声で返した。

これ以上、ぎくしゃくした状況になるとは思えなかったものの、もしもハリエットおばがもう一かけらチョコレートを口に押しこもうとしたら、話は別だ。本当にそれがおばの次なる行動なのではと気になって、ちらりとおばのほうを見た。

するとハリエットおばは急いで上靴を履いているところだったので、わたしは自分がほっとしたのかがっかりしたのか、よくわからなかった。裸足のままだったらおもしろいことになっていただろう。わたしが持っていた手紙をそそくさとたたんで、おばに返したとき、ミスター・フレッチャーが客間に入ってきた。おばはチョコレートに手を伸ばさなかったけれど、この訪問はまだ始まったばかりだ。

「ごきげんよう」そう言ったミスター・フレッチャーの笑顔は少々まぶしすぎた。単純な訪問にしては緊張しすぎているように見える。手には庭園で切ってきたばかりと思しき野の花を束にして、ぎゅっと握っていた。「あなたに」言いながら、ぎこちなく突きつけるようなしぐさでわたしに差しだした。

「ありがとう、とてもきれいだわ」わたしは返した。

ハリエットおばがいそいそとわたしのそばにやってきた。「水に挿してやりましょう。ミスター・フレッチャー、どうぞおかけになって。お茶を持ってこさせましょうか？」おばもミスター・フレッチャーに負けないくらい緊張している声だ。だんだん愉快な状況になってきた。今日の訪問者はミスター・フレッチャーだけかもしれなくて、だとしたらほっとするし、がっかりもする。無意味な会話を強いられないのはありがたいけれど、ロンドンくんだりまで来たのは夫を見つけるためだ。そして、ミスター・フレッチャーはわたしが理想とする夫候補ではない。狩猟好きとあってはなおさら。

「お茶をいただけたらうれし――」ミスター・フレッチャーが言いかけたものの、言い終えることはできなかった。

「ロード・アッシントンがミス・バサーストを訪ねておいでです」執事の声に、わたしの愉快な気分はたちまち消えた。

さっとミスター・フレッチャーを見ると、その顔は急に青ざめて、アッシントン伯爵とはもう会いたくないと思っているのがよくわかった。それについてはわたしも同意見。今朝はだれが訪ねてくると思うかと事前に訊かれていたら、わたしの答えにロード・アッシントンの名はなかっただろう。昨夜の舞踏会での短いやりとりで、伯爵は二度とわたしに近づくまいと決心したはずなのだから。

王族のように——とても魅力的な王族のように——悠然と客間に入ってきたアッシントン伯爵は、目のさめるような青色のヒアシンスの巨大な花束を右手に握っていた。みごとで華やかだけれど、上品でもある。ホイットニーが見たらうっとりするに違いない。今日の手紙ではこの花束のことも細かに描写しなくては。

「ロード・アッシントン」ハリエットおばがやや熱のこもりすぎた声で言い、お辞儀をした。二度。きっと正しくやりなおそうとしたのだろう。よくわからないけれど。いずれにせよ、伯爵に会って喜んでいるのもひどく緊張しているのも明らかだった。

「ようこそ我が家へ。どうぞお座りください」このときばかりは、おばが表情をごまかせないことをわたしは残念に思った。

ミスター・フレッチャーはそわそわと落ちつかない様子だ。けれどわたしがどうにかしてあげられることでもない。アッシントン伯爵を本当に嫌う理由はないからだ。そもそもわたしがダンスカードのほかの人の順番を喜んで差しだすと伯爵が思いこんだのも、驚く話ではなかった。きっと社交界デビューしたばかりのお嬢さんたちのほとんどなら、嬉々としてそうしていただろう。わたしは絶対にあの尊大さにひれ伏したりしないけれど。

ロード・アッシントンがおばをうっとりさせる笑みを投げかけながらヒアシンスを半分にしたのを見て、花束が本当は巨大な一つではなく二つなのだと気づいた。ミスター・フレッチャーと違って、おばにも持ってきたのだ。気の毒なミスター・フレッチャーは頬をピンク色に染めた。

「あなたに」ロード・アッシントンが言いながら、おばに花束を差しだした。おばのことまで考えてくれたなんて、じつに思いやりがある。白状すると、昨夜の一件で嫌いになった気持ちが、完全にではないもののかなり薄れた。

「まあ、なんてきれいなんでしょう、ロード・アッシントン。こんなにすてきな贈り物をどうもありがとうございます」

わたしは花に大喜びするおばを眺めてから、視線をアッシントン伯爵に移した。

「ごきげんよう、ロード・アッシントン」心からの笑みを浮かべて言った。この紳士はたったいま、わたしのおばを有頂天にさせてくれたのだから、きちんと挨拶をするべきだ。

「ミス・バサースト」ロード・アッシントンが小さく会釈をした。「今朝のきみの美しさにはどんな花も色褪せるというものだ。もっと異国風の花を選ぶべきだったが、今日は色で選んだ。きみの目を思い出して」

お上手ね、ロード・アッシントン、とわたしは思った。どうやらその気になれば好人物になれるらしい。おかげで昨夜の一件もあまり……重要ではなくなってきた。

「とてもきれいなお花ですね。異国風の花がこの美しさにかなうとは思えません」

伯爵がわたしとの距離を詰めて、残りの花束をわたしに差しだした。「喜んでいただけて光栄だ」そう言うと、礼儀が許すよりほんの少しだけ長くわたしの目を見つめた。「いちばん喜んでもらえるのはこの花だろうと教わったので」

手にした花に思わずほほえみながら、わたしは視線を伯爵に戻した。「教えてくださった方のおっしゃるとおりですね。本当に美しいお花だわ」

伯爵の顔に純粋な喜びの表情が浮かんだので、興味を引かれた。だれであれ、この花を勧めた人を誇らしく思っているらしい。だれなのか訊いてみたくてたまらなかったものの、こらえた。そんな質問は立ち入りすぎだと思われかねないし、おばのアメリカ流がわたしにも移ってきたのではと心配だった。詮索しすぎるのもその一つだ。

「ミスター・フレッチャー」ロード・アッシントンが客間にいるもう一人の訪問者のほうを向いた。ミスター・フレッチャーは、伯爵が現れてからずっと無言のままだった。

「ロード・アッシントン」ミスター・フレッチャーが会釈をして立ちあがり、そわそわと手をもむ。「ぼくはもう行かなくては。今日もお会いできて本当にうれしかったです、ミス・バサースト。またお会いできるのを楽しみにしています。おそらくギャラガー家の舞踏会で」あまりの早口に文の区切りがわからないほどだったが、その声はいまも緊張で震えていた。

「ええ、またそのときに。きれいなお花も、訪ねてきてくださったことも、どうもありがとう」気の毒だとは思ったが、どんな小さな障害物からもこんなに大急ぎで逃げてしまうのはよくないとも感じた。臆病者に見えてしまう。

ミスター・フレッチャーはもう一度ロード・アッシントンに会釈をしてから、戸口のほうへ小走りで逃げだした。小走りで逃げるのもよくない。魅力的とはほど遠い。もっと自信をもつ方法を、少なくとも自信があるように見せかける方法を、だれか教えてあげたほうがいい。善良な男性なのだから、もう少し気骨さえ示せれば、きっとすてきな花婿候補になる。

ミスター・フレッチャーが出ていく間際に、執事が戸口に現れた。

「ミスター・ニコラス・コンプトンがミス・バサーストを訪ねておいでです」執事が発表した。

それを聞いたミスター・フレッチャーは音を立てて息を呑み、のどを締められたような咳をしてから、大急ぎで執事の脇をすり抜けて去っていった。なるほど、ミスター・フレッチャーはアッシントン伯爵だけでなくミスター・コンプトンのことも好きではないらしい。

「なんてこと」ハリエットおばがささやきにしては大きすぎる声でささやくのを聞いて、やっとわたしは昨夜の舞踏会でおばから耳打ちされたゴシップを思い出した。バルコニーでミスター・コンプトンと出会う直前に知ったゴシップを。

本当に、なんてこと……。

# 7
# ニコラス・コンプトン

　兄がメイフェア一八番地にいるとは思わなかった――と言うこともできるが、じつはそうでもない。一種の賭けのようなもので、その点、ぼくには才能がある。アッシントンはグロヴナースクエア七番地のミス・ラムズベリー邸にいるべきだが、我が兄上は美貌に弱いし、ミス・バサーストに比べればミス・ラムズベリーはややぱっとしない。本気で花嫁を探しているとしたら今朝はだれを訪ねるか、ぼくは自分に問うてみた。答えは簡単だったし、ぼくたち兄弟は憎み合っているものの、思考は似ていることが多い。認めたくないが、より父に似ているのはぼくのほうだろう。母もそう感じていたらしく、幼いころから何度もそう言われた。

「アッシントン」挨拶をして愉快そうな目を向けると、冷ややかな視線が返ってきた。それからぼくはミリアム・バサーストのほうを向いた。なにしろぼくたちがここに集まったのは彼女のためだ。「おはよう、ミス・バサースト。朝の光のなかでも月明かりの下にいるときに負けないくらい美しい」これは上流社会の女性全員に言えることではない。ぼくは左腕に六本の黄色いバラの花束を抱えていたが、右手にはミス・バサーストのおばのための小さな花束を用意していた。女性に好印象を与えたいなら、その母親をたたえるべし――今回は、そのおばを。かつて母から教わった知恵だ。まあ、スカートの下にもぐりこめる以上の好印象を与えたいと本気で思ったことはないが。

「立派なお宅ですね」ミス・バサーストのおばに言い、小さな花束を差しだした。

年上のご婦人は社交界デビューしたばかりの令嬢のように頰を染め、大喜びした。ぼくは小さく礼をしてからミス・バサーストのほうを向き、じつに独特な色調の黄色のバラを差しだした。なめらかなバターを思わせる色味で、ぜひミス・バサーストに贈りたいと思ったのだ。この女性は独特だから、贈るのも独特なものがふさわしい。ぼくにとってはただのゲームかもしれないが、ミリアム・バサーストは実際、特別なのだ。

「きみに」ぼくは言った。

ミス・バサーストがおそらく初めて、嘘のない笑みを返してきた。なるほど、これは危険な武器だ。あの瞳が純粋に輝くさまには膝も萎えそうになる。これまで女性の笑顔にそんな反応を示したことはあっただろうか？　どうやらここは危なっかしい領域らしい。慎重に歩を進めなくては。

「きれいだわ」ミス・バサーストがやさしい声で言った。「どうもありがとう」

たったそれだけの言葉で、この女性のためにロンドン中のバターイエローのバラを買い占めたくなった。どうしようもない、ぼくの弱点だ。もし兄が未来の妻候補にミス・バサーストを選んだら、彼女はぼくにとって駒でしかなくなるのに。それを忘れるな。とはいえ、この女性といると覚えておくのは非常に難しくなってしまう。

「おまえがこんな時間に外出して、人を訪問するとは驚きだな」アッシントンがはっきりと警告をこめた口調で言った。

ぼくはとっておきの明るい笑みを浮かべて兄の目を見た。「ここ以外にいたい場所なんてないさ」

「こんなにうららかな日にお二人とも訪ねてきてくださるなんて、光栄なことだわ」レディ・ウェリントンの声で、ぼくたちの静かなにらみ合いは終わった。「お二人とも、どうぞ座ってくださいな。いまお茶を持ってこさせますから。マーサというのはうちの料理人なんですが、とびきりおいしいビスケットを焼くんですよ。ミリアムのお気に入りなんです、ね、そうよね？」

そのとおりだとうなずくミス・バサーストの目には、愉快そうな光がまたたいていた。彼女のおばがアメリカ人なのは訛りから明らかだし、料理人をファーストネームで呼ぶというざっくばらんなやり方こそミリアムがおもしろいと思ったものに違いない。たいていのレディなら恥じたりぞっとしたりするだろうに、この女性は違う。おばのことが大好きなのだろうし、そこにぼくは感心した。だが兄は、たとえこの美貌に惹かれていたとしても、ミス・バサーストを花嫁候補からはずすのではないだろうか。アッシントンなら自身と同じくらい退屈で生真面目な伯爵夫人を望むはずだ。

「ご親切にありがとうございます」ぼくは返したが、アッシントンはなにも言わなかった。

するとレディ・ウェリントンがにっこりしたのだが、それはこちらがぎょっとするほど歯茎をのぞかせるまぶしい笑みだったので、ぼくは思わず笑顔を返してしまった。じつに愉快だ。これもまた、兄に容認できるとは思えないもの。そもそも男爵の姪は伯爵夫人になるべく育てられていない。その姪が、このご婦人のようなアメリカ人のおばによって上流社会に足を踏み入れようとしているなら、なおさら。

視線をミリアムに移すと、彼女はまだ笑うまいと必死にこらえていた。ふっくらしたピンク色の唇をぎゅっとくっつけて穏やかな笑みをたたえているものの、目を見ればこの状況をおもしろがっているのがわかる。つまり彼女は生真面目ではないし、どうやらぼくはその事実を大いに喜んでいるらしい。

「今朝、アッシントンとぼくの両方が訪ねてくるとは思っていなかっただろうね。少なくとも、同時には。なんて、その、運の悪い人だろう」ぼくは口元に薄笑いをたたえて言った。

　すると狙いどおり、ミス・バサーストが小さな笑い声を漏らした。アッシントンのためというより、ぼく自身のために狙ったことだ。兄に恥をかかせるための計画のなかで女性を利用するのなら、その女性を好きでいたくはない。好きになってしまったら、駒として利用しづらくなるかもしれないからだ。ミリアム・バサーストはじつに危険だ。この女性のことはあっさり好きになってしまうだろう。なんとしてもアッシントンにはミス・ラムズベリーを未来の妻に選んでもらわなくては。

　上品とは言えないミス・バサーストの一面にアッシントンがどんな反応を示したかと、ちらりと横目でうかがった。兄の表情に楽しんでいる気配はまったくなかったが、まあ、そもそもそんな顔を見せることがめったにないのだ。この男はぼくたちの父に負けないくらいおもしろみがない。

「どなたが訪ねてこられるか、レディにはわからないものです」ミリアムが控えめに答えた。控えめそのものに見える。もしかして、その気になれば礼儀正しくて堅苦しいレディとしてふるまうこともできるのかもしれない。

　お茶が運んでこられると、レディ・ウェリントンが英国のビスケットとジャムと、ニューオーリンズのビスケットとジャムの違いについて、緊張した声でしゃべりはじめた。ぼくはそのすきに兄を観察し、帰る用意をしているかどうか、確認した。しばしここに滞在したら、次はミス・ラムズベリーに会いに行くに違いない。とはいえ、メイフェアストリート一八番地を訪れるのもこれが最後かと思うと残念だった。女性を訪問するという経験のなかで、間違いなく今日が最高だった——まあ、経験数はきわめて少ないのだが。なにしろそんなことは習慣にしてこなかった。世の中にはもっとそそられる選択肢がわんさとある。

「ロード・ラドクリフがミス・バサーストを訪ねておいでです」執事の声に全員が振り返ると、ジョージ・ラドクリフがユリの花束を手に入ってきた。どうやら昨夜のミス・バサーストとのダンスがお気に召したらしい。あるいは、いつもの詮索好きを発動させたか。

ソファに腰かけていたレディ・ウェリントンがぱっと飛び起きて、ミリアムも立ちあがった。「ようこそ、ロード・ラドクリフ。わたしたち、ちょうどお茶をいただくところなんです。もう一脚、椅子を用意させますね。どうぞ仲間に入ってください」

「その必要はありません」アッシントンが言いながら席を立った。「わたしはもう行かなくてはなりませんので。ラドクリフはここに座るといい」そう言って、ミリアムのほうを向いた。「いずれまた……きみが訪問者に圧倒されていないときに」

たいていの女性なら全力を尽くしてアッシントンを引き止めようとするだろうに、今回もミス・バサーストはぼくの期待を裏切らなかった。彼女はただうなずいて、笑顔で言った。「もちろんです」そう簡潔に返すと、ラドクリフのほうを向いて歩み寄り、花束を受け取って椅子を勧めた。だがぼくは兄を見ていた。ミス・バサーストのアメリカ人のおばが、伯爵位にある訪問者を引き止めるべきか否かわかりかねたまま、あれこれしゃべりかけていた。

アッシントンはさっさと客間を出ていき、ぼくはこの状況におおむね満足して椅子の背にもたれた。兄は戻ってこないだろう。たしかにミス・バサーストの美貌には見とれるほどの価値があるが、あんなふうに引き止められもしなかったとなると受け入れがたいはずだ。実際ミス・バサーストは兄が帰ると聞いて引き止めるどころか、むしろほっとしたように見えた。ぼくは前に置かれたカップを取って、満足の笑みを隠しつつ、熱い紅茶を一口飲んだ。

ここでの仕事は終わった。こちらが努力する必要もほとんどなかった。ミリアム・バサーストとそのおばが、みごとな働きをしてくれた。ああ、この二人とひとときを過ごすだけのために、また訪ねてくる理由を見つけようか。これ以上の楽しみはロンドンにはなかったし、白状すると、これまでと違ってこの街から逃げだしたいという思いに胸をかきむしられてもいなかった。あれほど愛してきたフランス女性たちにも、もはやそれほど魅力を感じなかった。

# 8
# ミリアム・バサースト

ミスター・コンプトンと公園を散歩するなんて、せっかくの楽しい午後を手放すようなものだけれど、お誘いを聞いたハリエットおばが興奮して有頂天になったものだから、もしわたしが断りでもしたら、おばがお客さまの前で泣きだしてしまうのではないかと不安だった。ロード・アッシントンがあっという間に帰っていってしまった一方で、ミスター・コンプトンはさらに三人の男性が花を手に現れるあいだも残っていた。その彼が午後の散歩をしませんかと言うのだから、承諾するのが公平というもの。それに、ミスター・コンプトンと一緒のところを人に見られたら、夫探しも楽になるはずだ。伯爵ではなくても、伯爵家の次男なのだから。

ハリエットおばがわたしの午後の装いに気をもむさまを、わたしは立って眺めていた。あいにく、この散歩からみごと結婚にいたる可能性はない。それでも、ハリエットおばにそれを納得させるのは容易ではなかった。

本気で求愛しようとしているにしては、ミスター・コンプトンは訪問のあいだ、ずいぶんリラックスしてその場を楽しんでいるように見えた。いま、おばは散歩用のドレス三着をわたしのベッドに広げて、不安そうに下唇を噛んでいる。どれもすてきなドレスなのに、どうしておばがそこまで大騒ぎするのか、わたしにはよく理解できなかった。

「緑ね」おばが言い、くるりとわたしのほうを向いた。「これを着たあなたは目をみはるほど美しいわよ!」想像して手をたたく。

緑のドレスはたしかに上等だけれど、わたしに言わせれば、これを着たら芝生や木々と一体化してしまいそうだ。まあ、この散歩はおばが思っているほど重要ではないのだから、どうでもいいのだけれど。早く終わらせたくて、緑でいいとうなずいた。散歩用のドレスに大騒ぎするなんてくだらないとしか思えないが、おかげでまたホイットニーあての次の手紙に書く材料ができた。今朝のことだけで二ページはうまりそうだ。ハリエットおばは、今朝ロード・アッシントンとミスター・コンプトンの両方が訪ねてきたという事実をくり返し口にしていた。それは二人ともわたしに関心がある証拠で、わたしを幸運だと思っているのだ。幸運の星があなたを照らしているのよ、とおばはまくしたてた。

おばはしょっちゅうおとぎ話の住人になるけれど、わたしは違う。今回のことは、やけに奇妙だし、裏になにかあるのではとさえ思う。ロード・アッシントンが弟と鉢合わせしたことを喜んでいなかったのは間違いないから、すべての責任を負っているのはミスター・コンプトンの広い肩かもしれない。どこか含みのある笑みも、横目で兄を観察するさまも、わたしは見逃していなかった。

公園での散歩と引き換えに楽しい午後の読書を取りあげられるなら、その価値があるものにしたい。いったいどんないたずらを企んでいるのか、真っ向から尋ねて、今後はわたしを巻きこまないでくださいと要求しよう。気の毒なハリエットおばに、これ以上の興奮はいらない。どうか散歩のあいだはおばがじゅうぶん離れたところにいて、わたしたちの会話が聞こえませんように。

「緑でいいのね？」おばの声で、会話していたことを思い出した。まあ、かなり一方通行の会話だけれど。

「ええ、おばさまが正しいと思うわ。いつもどおり」わたしはそう言ってほほえもうとしたが、あまりうまくいかなかった。

うれしそうなふりをしようとしていることに気づいたのだろう、おばが近づいてきてわたしの両肩に手をのせ、そっとつかんだ。「ねえ、喜んでしまいなさい。あなたは人生にほとんど喜びを見いださないし、そのことでわたしは力になりたいの。若いころはあなたみたいな美貌を夢見たものよ。せっかくそんなに美しいのに、笑顔になれないなんて」

わたしが自分の容姿を喜ばないことがおばには悲しいのかもしれないが、女性がそれほど美しさに重きを置くことがわたしには悲劇に思えた。本当に、それでわたしは幸せになれるの？　そんなにはかないもので？　だれしも永遠に美しくはいられない。容姿が衰えようと人生は平然と続いていく。もっと実のあるなにかに幸せを求めるべきじゃないの？　何年も前からそう思ってきたけれど、おばに言うのは母に言うのと同じくらい意味がない気がした。二人とも、理解できないだろうから。もしかしたら、どんなに母が外見をほめてくれても、父はわたしへの不満を隠そうともしなかった家で育ったことに、関係があるのかもしれない。

「好きじゃない男性と結婚しなくてもいいのよ。それはわかってるわね？」おばが手のひらでわたしの頰を包んだ。「ゆっくり選びなさい。わたしたちは早くあなたに出ていってほしいなんてちっとも思ってないんだから」からかうような笑みでつけ足した。「ずっと子どもがほしかったけど、ずっと恵まれなかったの。あなたはわたしが授からなかった娘よ。ここにいてくれて本当にうれしいわ。だからわたしたちに気を遣って急がなくちゃなんて絶対に思わないで。お母さんと妹さんのことは心配ないし、今後も不自由なく暮らせるよう、アルフレッドが責任をもつわ。だから時間をかけて。いまを楽しんでみて」

おばの言葉には慰められたけれど、どのみち夫を選ばなくてはならないという事実は変わらない。アルフレッドおじはたしかに母と妹の生活を支えてくれているものの、永遠には頼れない。わたしが結婚するほかないのだ。わたしの家族の面倒を見てくれるだけでなく、ホイットニーに必要な外科手術を受けさせてくれるだれかと。

どうにかうなずいて、そっとおばの手に触れた。「ありがとう。おばさまとアルフレッドおじさまがしてくださったことには、一生感謝してもしきれないわ」

おばがほほえんで首を横に傾けると、黒い巻き毛が肩にかかった。「あなたはわたしたちに喜びをもたらしてくれたわ。だから、わたしたちもあなたに同じことをしたいのよ」

結婚するのだと思っても喜びを感じられない自分がやましくて、胸がずきんとした。おじ夫婦にこれほど支えてもらって幸せだと思えたらいいのに。これからはもっと感謝を示していこう。もっとほほえむことだってできるはず。おばのために、せめてそれくらいはしなくては。

「じゅうぶんしてもらってるわ」わたしは言った。「だからもう心配しないで。わたしは心から幸せよ」偽りの言葉だし、おばもそれをわかっていた。

おばはため息をついて悲しげにほほえみ、うなずいた。「ベッツィを呼んでくるわね」

おばが部屋から出ていくと、わたしも深々と悲しいため息をついて、ソファにどさりと腰をおろした。ロンドン上流社会の目から見れば、今日は成功といえるだろう。午前中に何人か、有力な花婿候補が訪ねてきた。ハリエットおばの言うとおり、わたしは喜びを感じているべきだ。でなければ、少なくとも安堵を。窓の外に目を向けると、上流社会のレディたちが眼下の通りを滑るように歩いていた。わたしも自分の未来を受け入れられたら、すべてが楽になるのに。

ベッツィが寝室のドアを開けたのを合図さながら、わたしは悲劇のなかに幸せを見つける努力を始めた。

「お着替えのご用意はよろしいですか?」ベッツィが尋ね、金髪の頭でちょこんとお辞儀をした。

わたしはにっこりして立ちあがった。「ええ、お願い。できるかぎりすてきにしてちょうだい。なにしろミスター・コンプトンはロンドンでも指折りの、夫にしたい独身男性の一人だというから」

ベッツィはくすくす笑った。「おっしゃるとおりですね。しかも目の保養になります」

これには純粋な笑みが浮かんだ。そう、ミスター・コンプトンは目の保養になるし、本人もそれをわかっている。そして、結婚市場で花嫁探しをしていない。わたしくらい読書に時間を費やしてきた人間は、いろいろなことに目ざとくなるし、あまりおしゃべりをしなくなるものだ。わたしはよく観察していたから、ニコラス・コンプトンがなにか企んでいることはよくわかっていた。

「じゃあ、彼のちょっと無造作な感じが好きなのね？」わたしはからかうように言った。

ベッツィは真っ赤になった。頬骨のあたりに赤い丸が浮かんで、そばかすだらけの白い肌に映える。「はい。うわさどおり、すごくハンサムな方だと思います」

わたしは笑った。ベッツィの言うとおりだ。たしかにわたしはニコラス・コンプトンから求婚の言葉を引きだそうと画策してはいないけれど、彼がハンサムなのは間違いない。ハンサムすぎるくらいだ。美しいと言ってもいい。けれどベッツィにはそうしたことをなにも言わなかった。メイドはうわさ話をするものだし、いまのはロンドンの家々に広まってほしい感想ではない。

「ねえベッツィ、わたし、芝生にまぎれてしまうかしら？」おばが選んだ緑色のドレスを手にしたメイドに尋ねた。

ベッツィは理解できない言語で話しかけられたように、怪訝な顔でわたしを見た。

「いいえ。これをお召しになったら間違いなくおきれいですよ。もちろん、いつだっておきれいですけど。さあ、早くお支度をしましょう。ミスター・コンプトンが恋に落ちてしまうように」

声に出して笑いそうになった。腰を折らずにはいられないほどの大笑いを。一つ言えることがあるとすれば、ニコラス・コンプトンは恋をするような紳士ではないということだ。少なくとも、たった一人の女性に恋したりはしない。むしろ、女性全員を愛しているのではないだろうか。

# 9

## ニコラス・コンプトン

散歩に誘った理由について、一度ならず自問した。公園か広場でミリアム・バサーストと一緒にいるところを目撃されれば、うわさ好きが話題にすることは間違いないだろう。遅くとも日暮れには兄の耳にも入るはずだ。だがしかし、アッシントンがまだミス・バサーストを花嫁候補に考えているとは思えない。むしろありえないと思う。それなのに、ぼくはこうしてミス・バサーストを散歩に誘った。

すでに回りはじめたうわさから、アッシントンがメイフェアストリート一八番地を出てまっすぐラムズベリー邸に向かったことは知っていた。この二つ目の訪問については、母親のレディ・ラムズベリーによってだれもが知るところとなるだろう。どうせあのご婦人、頭のなかではもう壮大な結婚式の計画を立てていて、伯爵夫人になった娘の姿に妄想をかきたてられているに違いない。アッシントンが先にミス・バサーストを訪ねたことを、彼女はいつ知るだろう？　そんな疑問に、ついにやりとしてしまった。

ともあれそういうことだから、ぼくもミリアムとそのおばとの楽しいひとときを終わらせてそちらへ向かうべきだった。それなのに、そうしなかった。それどころか、なんの理由もなくミス・バサーストを散歩に誘った。アッシントンが今後またミリアムと過ごして彼女をよく知ろうとするなど、ありえないのに。本気で伯爵夫人を探しているなら、ミリアム・バサーストは兄の基準を満たさない。彼女はロンドン社交界が求めるような、小さくてつまらない型に収まるような女性ではないからだ。ぼくは彼女のそこが気に入ったし、白状すれば、一緒にいるのが楽しかった。とはいえそれで悪いことはない。まさか求愛するでもなし、ただ一緒の時間を楽しめばいいのだ。

ミリアムと過ごしたあとでリディア・ラムズベリーに関心を向けるのは容易ではないだろう。それでも、そうするしかない。ロンドンに来たのは未来の妻を見つけるためではなく、アッシントンに屈辱を味わわせるためなのだから。その思いに身をすくめ、今日の散歩は一度かぎりのこと、ちょっと楽しみたいだけだ、と自分に言い聞かせた。

まさかミス・バサーストの姿に息を呑まされることになるとは、考えてもいなかった。いったいどうやっている？　非の打ちどころのない美しさだ。こんな美を前にしたら、男はばかなことをしてしまう。美人ならいままで山ほど目にしてきたし、楽しませてもらってもきたが、この女性はなにかが違った。まるで磁石のように吸い寄せられる。つかの間、その美貌を崇めるだけのためでも。

「お待たせしました、ミスター・コンプトン。よかったわ、公園で散歩するにはうってつけのお天気で」レディ・ウェリントンがあのまぶしすぎる笑顔で言った。「こんな日は、馬車のなかに閉じこめられてなんかいたくありませんものね」

「おっしゃるとおりです」ぼくは言い、ミリアム・バサーストに見とれるのではなく、そのおばと目を合わせようとがんばった。「本物の美人に挟まれてこんな天気を味わう機会を与えられるとは、ぼくは運のいい男だ」

レディ・ウェリントンは頬を染め、手袋をはめた手を振った。「あらあら。美人はミリアムだけでしょう」

そのミリアムに目を向けてみると、彼女はまるでぼくの思考を読もうとしているようにじっとこちらを見つめていた。頬は染まっていないし、ふっくらした唇にもはにかんだ笑みはない。ぼくのお世辞にはまったく効き目がなかったのだ。それどころか、ぼくを品定めしているように見える。言葉の真意を推し量り、ぼくという人間の価値を鑑定しているように。まったく、なんて興味深い女性だ。じつに離れがたい。

「いかにも美しい」彼女のおばの言葉に同意しつつも、目はミス・バサーストと見つめ合ったままだった。

ミリアムは小さな笑みを浮かべたが、その目を輝かせているのは喜びではなくいたずら心だ。あたかもこれはゲームで、彼女はその一部であるような。「ありがとう」ミリアムが簡潔に言った。「仕立て屋の才能のおかげです」

エメラルド色の散歩用ドレスはたしかにすばらしい仕立てだが、重要なのはドレスではなかった。ミリアム・バサーストなら、ぼろを着ていても美しいだろう。目をきらめかせる知性の光と自信たっぷりに胸を張った姿勢だけで、男ならだれでも目を奪われるに違いない。それでも、すっきりしたあごの線やふっくらした唇、切れ長の目、ちょんと先のとがった鼻には純粋な美しさがあった。この女性は完璧だし、どれほど本人が謙遜してもその事実は変わらない。

「なにを言っても無駄なんですよ、ミスター・コンプトン。悲しいかな、姪には自分がはっきり見えないんです」レディ・ウェリントンがそう言って舌打ちをし、やれやれと首を振った。「目を開けさせて、ようく鏡を見せてやりたいんですけどね、わたしたちには見えているものが姪には見えないらしいんです。もったいないことだけど、ありがたいことなんだと思うようにしました」

ミス・バサーストと二人きりになって、この件について訊いてみたくなった。なぜほかの人間に見えるものが、きみには見えないのか、と。それからあのしみ一つないクリーム色の頬に触れてふっくらした唇に唇を押しつけ、見た目どおりのみずみずしさ、やわらかさなのか、たしかめてみたかった。だがどれも実行はしない。すればこれまでのすべてが水の泡になるからだ。欲望に負けて復讐を忘れるなど愚かなこと。欲望はもうじゅうぶん満たしてきたから、こんな誘惑も無視できる。たとえ、いままでぼくの前にぶらさげられてきた誘惑のなかで、これがもっとも甘美だとしても。

「もったいない」ミリアムだけに聞こえる低い声で言ってから、腕を差しだした。「行こうか？」

ミリアムはしばしぼくの腕を眺めてから、肘のところに手をかけた。

「わたしは後ろのほうでこのお天気を楽しんでるから、あなたたちはあなたたちで、二人だけのささやかなひとときを楽しんでちょうだい」レディ・ウェリントンの声には笑みが含まれていて、ぼくはこのご婦人にあらぬ期待をいだかせてしまうことに罪悪感を覚えた。今日のひとときからなにが生じるということもない。当のミス・バサーストにはぼくたちの散歩をおばほど喜んでいる様子がないので、こちらの女性には罪悪感をいだかなくてすむ。が、代わりに好奇心がどっと押し寄せてきた。ぼくに関心を寄せられて喜ばない若い女性など、ロンドンの上流社会にはいない。それなのに、この女性ときたら。

無言のまま、公園までの短い距離を歩いた。会話をするべきかもしれないが、それならミス・バサーストにしゃべってほしかった。ぼくが家を訪ねてからこっち、彼女はほとんどしゃべっていない。ほどなく、ぼくの願望は叶えられた。

「どうして散歩に誘ってくださったの？」ついにミス・バサーストが尋ねて、静寂が破られた。

彼女を見おろしてにんまりした。会話となると、この女性には失望させられることがないどころか、いつも興味深いものにしてもらえる。花だのドレスだの舞踏会だのを、ミリアム・バサーストは話題にしない。まっすぐ要点をつく。そのやり方は男のようで、じつにおもしろい。

「理由は明らかだと思うけどな。きみと一緒にいるのが楽しいんだ」

ミス・バサーストが顔を傾けてぼくを見あげた。「本当に？」そんな言葉を信じると思っているのならあなたは頭がどうかしているわ、とでも言いたげな顔だ。

「楽しいと思わない人間がいるかな？　きみはおもしろい人だ。退屈でも生真面目でもない。じつに興味深いよ」

するとミス・バサーストは目をそらし、まっすぐ前方を見つめた。「そうですか。だけどあなた、なにか企んでいらっしゃるんでしょう？」

ずばり言い当てられるとは予想もしていなかった。この女性が賢いことはわかっていたが、まさかここまでとは。おみごとすぎて、こちらが居心地悪くなるほどだ。

「どうしてそう思った？」こう尋ねたのは、ほかに言うことを思いつかなかったからだ。鋭い指摘に不意打ちを食らっていた。

ミス・バサーストはしばし無言だったが、やがてまたぼくを見あげた。聡明さにあふれた、夢など見ない目。上流社会の令嬢の目のように期待で輝いていない。ミス・バサーストが頭のなかでおとぎ話をくり広げることはないし、地位や有力な肩書きを夢見ることもないのだろう。

「あなたの目を見ればいろんなことがわかります、ミスター・コンプトン。お兄さまの目も同じ。あなたがわたしを散歩に誘ったのは、わたしの言動がおもしろいから、それだけでしょう。いわば、つかの間の暇つぶしです。あなたにもロード・アッシントンにも、わたしはなにも期待していません。ロンドンに来たのは妹のためで、妹の将来を幸せなものにするためなら、わたしはやるべきことをします。あなたの仕組んだゲームに乗りたいとは思いません。純粋に、そんな余裕はないんです」

まつげをぱちぱちさせたり媚びた笑みを浮かべたりせずに、ここまで率直な言葉を発するレディには、初めてお目にかかった。少なくとも、ロンドンの上流社会では。ちらりとミリアムを見て、尋ねた。「きみ、本当にフランス人じゃない？」違うとはわかっていたが、言葉を抑えず考えをはっきり示すそのやり方に、フランス娘を好きな理由が思い出さされた。

そのとき、ミス・バサーストがほほえんで、ありえないことに、ますます背筋がまっすぐになった。「ありがとう」簡潔に言った。

なぜ礼を言われるのかと眉をひそめ、しばしの間のあとに尋ねた。「どういたしまして。だけどなにお礼を言われたのかな？」

するとミス・バサーストがにっこりした。得意げな笑みで、この女性が浮かべるとは思っていなかった表情だ。ほとんど蠱惑《こわく》的とも呼べるその顔はじつに魅力にあふれていた。なにもしなくても魅力的なのに、この笑顔ときたら、知らないうちに膝が萎えてしまいそうだ。「わたしには嫌いなことが多いんです、ミスター・コンプトン。花婿探しをしている愚かな英国女性の一人になることも、その一つ」

それでもきみはここロンドンの社交シーズンにいて、まさにそれをしているじゃないか。「間違っていたら訂正してほしいんだが、きみがロンドンに来たのは結婚市場のためじゃないのか？」

ミス・バサーストはため息をつき、ほんの少しだけ肩を丸めた。「ええ、おっしゃるとおりです。でも、だからといって、わたしがそうしたがっているとか、ほかの女性と同じだと思われたがるとか、そういうことにはならないわ。夫なんてほしいと思ったことはありません。こんなことを言ったら驚かれるかもしれないけれど、すべての女性が結婚したがるわけではないんですよ。すべての女性が自由を手放して、自分も……その……」言葉を止め、手を振って散歩中のほかの人々を示した。「……みんなと同じになりたがるわけじゃないの」

周囲を見まわさなくても言いたいことはわかった。ミリアム・バサーストに魅了されていたが、それは彼女がぼくの兄を拒絶するところを目撃したときからのことだ。この女性は、どれもこれも見分けがつかない女性たちの海にぽつんと漂う特異点なのだ。

「きみほど興味深い女性には会ったことがないな」正直に伝えた。

たちまち彼女の口元に小さな笑みが浮かんで、頬がほのかなピンク色に染まった。この女性を赤面させたのだと思うと、妙な喜びがこみあげてきた。間違っても簡単なことではないはずだ。用心しなくては、ぼくが用意してきたすべてをミス・ミリアム・バサーストにぶち壊されるかもしれない。

# 10
# アッシントン伯爵

こんな作業をこなすには、わたしはまだ若すぎる。ふさわしい妻を選ぶという重責を背負わされるには、若すぎるのだ。それとも、選り好みをしすぎているだけか？なにが悪いにせよ、優先順位を整理しなくてはならない。エマには母親が必要だから、わたしはそれを提供する。だがその前に、いま直面している問題を解決しなくてはならない。ブランデーの入ったグラスをのぞきこんだが、当然ながらそこに答えはなく、ただもどかしさがほんの少し薄れるだけだった。

今日、リディア・ラムズベリーを訪問してみて、いくつかのことがわかった。一つ、ミス・ラムズベリーはとてもきちんとしたレディで、家を切り盛りするよう育てられており、伯爵夫人に必要なすべてを理解しているうえ、控えめで口調はやわらか、しかもやさしくてピアノが上手で、どこまでも果てしなく退屈。最後の一つに顔をしかめ、もう一口ブランデーを飲んだ。彼女が悪いわけでもないのに、ずいぶんひどい言い草だ。それでも、午前中にミス・バサーストを訪問するというまずい選択のせいで、思考が狂ってしまった。そうとしか説明しようがない。

もしミリアム・バサーストがあれほど恐れ知らずで、あれほど自信に満ちていて、あれほど……美しくなければ、一緒にいないときにその存在を忘れるのはもっと簡単だっただろう。だが実際は、ほぼ不可能だ。あれくらいの年ごろのレディにはけっして理解できないような深みを見せて輝く、あの目のせいだろう。ミス・バサーストはろくな伯爵夫人にならないし、ろくな妻にもならない。あのまなざしには従順さのかけらもなく、魅力と知性にあふれている。彼女はわたしが与える人生に満足しないだろうし、エマには手本となる女性像が必要だ。疑問や憶測を招くことなく、上流社会にすんなり入っていけるように。

背後のドアが開いて甲高い声が聞こえたと思うや、青いものがわたしの横をさっと走り抜けて分厚いカーテンの陰に隠れた。つかの間、無言で見つめた。どうしたのかと尋ねるべきか、それともアリスが来るのを待つべきか。アリスはじきに追ってくるはずだ。もう一口ブランデーを飲んでそばの机にグラスを置いたとき、案の定、アリスが現れた。

室内を見まわしてからわたしを見つめた家庭教師の疲れた顔を見れば、訊かなくてもわかった。またエマが手こずらせているのだ。やはり一刻も早く妻を見つけなくてはならないし、ミス・バサーストのことを考えているのは時間の無駄だ。

「どこにいらっしゃいますか？」アリスが尋ねて腰に片手をつき、わたしをにらんだ。まるでわたしがあの子を隠したように。わたしが手でカーテンを示したとき、その後ろから小さなくすくす笑いが聞こえてきた。

「ミス・エマ、いますぐそのカーテンの後ろから出ていらっしゃい！」アリスが言った。まったくあのちびっ子ときたら、今度はいったいなにをした？　かなり悪いことをしたのではないだろうか。アリスの表情は明るいとは言えない。まあ、アリスは根が明るい人ではないのだが。

「いや！」エマは叫んだが、その声は少女の目の前の分厚い布地のせいでくぐもって聞こえた。

アリスはもどかしげにため息をついた。「お名前を書く練習をする時間ですよ」

「手習いは嫌い。たいくつなんだもの」エマが言い返す。「それより赤ちゃんをお風呂に入れたげたいの」

「お風呂に入ったのは赤ちゃんだけじゃないでしょう。さあ、そこから出ていらして、お着替えをしましょう。全身ずぶ濡れじゃないですか」

「またお名前書かせるから、いや！」

アリスがわたしに向けた顔は、手を貸してくださいと訴えていた。

わたしがカーテンに歩み寄って布をそっとめくると、小さな問題児が現れた。エマはかすかに震えていて、青いドレスはずぶ濡れ、金髪も濡れた輪っかになって顔にへばりついている。「これはいったいなにごとだ？　服を着たまま風呂に入ることにしたのか？」わたしは尋ねた。

エマは首を振り、かすかに下唇を震わせた。「ち、ちがう！」歯をかたかた鳴らしながら言う。「メイちゃんをお風呂に入れたげてて、そ、そしたら水に落ちちゃったの。わ、わざと、じゃ、ない」

「だといい。服を着たまま風呂に入って、濡れたまま駆けまわって、カーテンの陰に隠れるのは、賢いことじゃないからな。しかし、どうしてまだ浴槽に湯が張ってあったんだ？」だれが仕事を忘れたのだろう？

エマは鼻にしわを寄せた。「エマがお願いしたの。メイちゃんにって」

「なるほどな」湯を張ったのはだれなのか、とは訊かなかった。エマが口を割るとは思えなかったからだ。この子のそういうところがすばらしい。わたしは手を差し伸べた。「おいで。風邪を引く前に、濡れた服を着替えて髪を乾かそう」

エマは片側に身を乗りだして、わたしの向こうをのぞいた。「でも、またお名前の練習させられる」重大問題であるように、こぼした。

「そうであってほしいよ。若いレディが自分の名前を書けなかったら、たいへんだからね」

エマがわたしを見あげた。「そうなの？」

わたしはうなずいた。「わたしが知っているお姫さまはみんな、とても上手にお名前を書かれるよ」

エマはしばし考えてから、敗北のため息をついた。「わかったわ」そう言うと、わたしを回ってアリスのほうに歩いていった。「行こう、アリス。お着替えしよう」

アリスはほっとした顔で、わたしに感謝の会釈をした。

「だれがお風呂に湯を張ったのか、教えてくれますか？」アリスが少女に尋ねた。

エマはきっぱり首を振った。「教えない」

「でしょうね」アリスは苦い顔で言った。

執務室から出ていく二人を見送りながら、わたしはほほえんだ。エマがいると、この家には退屈なときがない。湯を張った人物には心当たりがあった。メイドではなく、あの子に甘い家政婦に決まっている。だがその秘密を明かす気はなかった。深刻な害はなされていないのだから。

妻を迎えたら、どんなふうに変わってしまうだろう？　未来の妻はたったいまわたしが対処したようなことを同じやり方で処理するだろうか？　わたしのやり方は間違っているのか？　関係性はどんなふうに変わる？　そもそも妻を見つけようというのが間違っているのか？　疑問は多く、答えはない。そもそも、だれに訊けばいいいんだ？

ずぶ濡れのままカーテンの陰に隠れて言うことを聞かないエマを、なんとかしようとするリディア・ラムズベリーを想像してみた。リディアはどう対処するだろうか？　できるだろうか？　アリスは厳しい家庭教師だが、そのアリスでさえエマの意志の強さには手を焼いている。そんな少女の母親として、英国女性の鑑のような妻を選ぶのは正しいことなのか？　そういう女性が母親なら、エマが成長して上流社会に加わるときには役立つだろうが、いまはどうなんだ？　エマにはあの活気と強い意思をもちつづけてほしい。絶対に失ってほしくない。

意に反して、ミリアム・バサーストの姿が頭に浮かんだ。あの女性が頑固なエマにやすやすと対処するところなら難なく想像できた。ミス・バサーストは礼儀正しくはないものの、上流社会のまっとうな家の出だし、その名についてまわる醜聞もない。彼女を花嫁候補から除外したのは性急だっただろうか。もしかしたらミリアムのような女性こそ、エマに必要なのかもしれない。彼女が考えるまっとうな英国の家庭はたいていの人が思うものほど厳格ではなさそうだし、それこそわたしに必要なものではないのか？　育ちのいい女性ほど、庶子を我が子として受け入れたりしないのでは？

ミス・バサーストは家族を貧困から救うために結婚する必要がある――少なくとも、調べてわかったのはそういうことだった。そしてわたしは、エマの母親を必要としている。そのときが来たら、わたしが用意しておいた嘘であの子を進んで守ってくれるだれかを。笑みが浮かんで、ブランデーの入ったグラスをふたたび手にした。今日という日が明るく見えてきた。理由については深く考えないことにする。なにしろ、探しているのはわたしを幸せにしてくれる妻ではなく、エマの母親だ。わたしの感情は考慮しなくていい。考慮しても悲惨なことになるだけだ。感情は結婚をややこしくするだけだし、敬意さえあればあとはなにも問題ない。

# 11

## ミリアム・バサースト

昔はダンスが好きだったし、幼いころは舞踏会で踊るところを夢に見た。だけど現実は、あまりすてきなものではなかった。次から次へと紳士が、まるでわたしに土地を売りつけようとするみたいに自身について語るのを聞いているのは、ひとことで言って退屈だった。そういうわけで、最初に逃げる機会が訪れたとき、わたしはそれを逃さなかった。横手のドアからするりと抜けだして、バラに覆われたパティオに出た。左手の遠くのほうで男女が話していて、付き添い役だろう年配の女性が少し離れた位置にいる。わたしは安堵の息をついて、あたりに満ちるバラの香りを吸いこんだ。

今夜の舞踏会は、結婚相手にふさわしい男性を見つけるいい機会だ。心を広くもって楽しんでみようと決心していた。これまでのところ、どちらも実現していない。実際に起きたことといえば、つま先を踏まれて、にんにく臭い息を顔に吐きかけられるのに耐え、あろうことか既婚男性に誘いのようなものをかけられたくらいだ。今宵唯一のすばらしい点は、ミスター・コンプトンもロード・アッシントンも出席していないことだろう。

ロード・アッシントンが二度とおじ夫婦の家にわたしを訪ねてこないのはわかっていたけれど、散歩に誘ってきたミスター・コンプトンまで現れないのは少し意外だった。あの散歩のとき、最初はやや緊張感が漂っていたものの、最後にはどちらもくつろいで、気取らないおしゃべりができるようになっていた。それぞれが語った話で何度も笑いさえした。散歩を楽しめるとは思っていなかったのに、蓋を開けてみれば楽しかった。ミスター・コンプトンも同じだと思っていた。

どうやら違っていたらしい、と苦い気持ちで思った。ミスター・コンプトンはわたしの探している夫にはなりえないのに。必要なのは金銭的な支えだけではない。ただし、わたしのためではなく、妹のために。たとえわたしの頭のなかでしか聞こえないにしても、その響きが気に入らなかった。

背後でくすくす笑う声がしたので振り返ると、ちょうど若い娘二人とその母親らしき女性が舞踏室から出てきたところだった。娘の一人はレモネードの入ったグラスを手に、不機嫌な顔をしている。もう一人はとても愉快そうな顔だ。わたしは視線をバラに戻し、三人にプライバシーを与えた。三人とも顔には見覚えがあるけれど、名前は知らない。不機嫌そうな娘は豊かなマホガニー色の髪をしていて、今夜、わたしが踊ったのと同じ男性数人と踊っていた。色白の美人ではないけれど、美人には変わりないし、男性の目を引く。もう一人は年下で、もう社交界デビューしていることにわたしは驚いていた。結婚市場に出てくるには浅はかすぎるし幼すぎるように見えた。

「その笑い方はやめなさい。ばかみたいよ」年上のほうの娘が言った。

「ロード・アッシントンが来られてないからむしゃくしゃしてるんでしょう」年下のほうが返した。

「夜はまだ始まったばかりよ」母親の口調は、それこそ上の娘が抱えている難題だと言わんばかりだった。

「閣下がもし来られたとしても、きっとリディア・ラムズベリーを探すわ。みんな知ってることだけど、閣下は彼女を訪問して、今週は公園で乗馬を楽しんだのよ。一緒にオペラを見に行って、閣下のボックス席に座ったとも聞いてるわ」妹のほうは大いに楽しんでいるようだ。

わたしはあきれて天を仰ぎたくなったけれど、自分に向けられていない会話を盗み聞きしているのはわたしだ。あきれるなら自分にあきれるべきだろう。

「たしかなことはなにもないわ」母親の口調に、わたしはぞくりとした。

「リディア・ラムズベリーなら完璧な伯爵夫人になるでしょうね」姉のほうがしぶしぶ認めた。

「あなただって」母親が言った。

前回の舞踏会でロード・アッシントンは見るからにリディア・ラムズベリーに関心を示していた。だからこそ翌朝、わたしを訪ねてきたのは驚きだったし、すぐに帰っていったことは驚くに当たらなかった。べつにどれも重要ではない。ロード・アッシントンがどうしようと興味はない。これっぽっちも。あの紳士はこのうえなく厄介な夫にしかならないだろうから。

三人の会話が耳に入ってくるのが苦痛になってきたので、最後にもう一度、かぐわしい花の香りを吸いこんでから、向きを変えて舞踏室に戻っていった。なかに入ってハリエットおばはどこかと見まわしたとき、ミスター・ニコラス・コンプトンと目が合った。彼は舞踏室にいて、踊っていた……リディア・ラムズベリーと。

認めたくないけれど、失望がこみあげてきた。ほんの数日前には、ミスター・コンプトンのことなど好きでもなんでもなかったのに。それでも彼はここにいて、しかも踊っている相手ときたら。今週、彼の兄がほとんどの時間をともに過ごした女性だ。わたしは世間知らずではないから、なにが起きているかは完全に理解できる。だからこその失望だ。

幼くして現実と向き合うことを学んだので、いまもよくわかった。ミスター・コンプトンがいっときわたしに関心を示した理由は、わたしではなく自身の兄にあったのだ。ミスター・コンプトンは本当にゲームをしていた。兄だけでなく、その過程でほかの人たちにも影響を及ぼすような、残酷で人を傷つけるゲームを。わたしは面の皮が厚いから、そんな仕打ちにも傷ついたりしない。だけど大事に守られて安穏な暮らしをしてきた令嬢となると、そうはいかないだろう。

その瞬間、ニコラス・コンプトンのことが心の底から嫌いになった。彼は興味深い人などではなく、意地悪で冷酷な人だったのだ。リディア・ラムズベリーが賢い女性で、彼の魅惑の笑みやハンサムな顔にころりといかないことを本気で祈った。わたしには尊大さより嫌いなものがある――残酷さだ。

「そこにいたのね」ハリエットおばがワイングラスを手に、かたわらに現れた。「ミスター・コンプトンが来たときに、あなたに知らせようと思って探したんだけど、どこにもいなかったから」

最後にもう一度、鋭い目でニコラス・コンプトンを見てから、おばのほうを向いた。「新鮮な空気を吸いたかったの」

ハリエットおばはうなずき、ダンスフロアに視線を戻した。「ダンスカードに空きはある？」おばが希望をこめて尋ねた。

「いいえ。申し訳ないんだけど、頭痛がするから帰りたいの。いいかしら？」わたしは返した。

知らない言語で話しかけられたように、おばは眉をひそめた。「たいへん。すぐ帰りましょう」口ごもりながらおばが言ったので、わたしはおばがついてきてくれるものと信じて出口のほうに歩きだした。あと少しでこのすべてから逃れられる……と思ったそのとき、ロード・アッシントンが入り口をふさいだ。周囲を見まわさなくても、伯爵の到来がすでに注目を集めているのがわかった。彼が通りすぎたあとに出ていこうと、わたしは足を止めて待ったものの、意外にも伯爵はわたしと視線を合わせた。その目に浮かぶ表情は、じつに思いがけないものだった。

なにかへの関心。けれど、そのなにかがわたしであるはずはない。伯爵の短い訪問のあと、わたしには再訪する価値なしということで、お互い了解したのだから。それなのにいま、ロード・アッシントンは待ち受ける人々ではなくわたしたちのほうに歩いてきた。

「レディ・ウェリントン」伯爵がおばに挨拶してから、わたしに視線を戻す。「ミス・バサースト。わたしはいま来たばかりだが、もうお帰りかな？」

わたしはどうにかうなずいた。「頭痛がするので」わたしがここにいようと帰ろうと、なぜ伯爵が気にするのだろうと訝りながら答えた。気にするなら、弟がとんでもない放蕩者のごとく、リディア・ラムズベリーに粉をかけているという事実のほうだ。

ところが伯爵は本当にわたしを心配しているように、眉をひそめた。この男性はだれ？　ロード・アッシントンになにをしたの？「家までお送りしてもいいですか？」

伯爵がおばに尋ねた。

なんですって？

「ご親切にありがとうございます、ロード・アッシントン。でも、うちの馬車がすぐ外にいますので」ハリエットおばがどこか悲しげな声で言った。

「そうですか」ロード・アッシントンが言い、これまで浮かんだところを見たことがないようなやさしい笑みを、わたしのおばに投げかけた。いったいどうなっているの？　いつからロード・アッシントンはこんなに……感じがよくなったの？

そのとき悟った。ニコラス・コンプトンはいま、リディア・ラムズベリーと踊っている。少なくとも、先ほどまでは踊っていた。きっとロード・アッシントンはそれを目撃して、だれを相手にしているかをリディアに思い出させるだけのために、わたしたちに関心を示しているのだ。そう気づいてかちんとくるあまり、本当に頭が痛くなってきた。もはや逃げだすための口実ではない。わたしがロンドンまで来たのは、兄弟間のばかげた駆け引きなんかに巻きこまれるためではなく、夫を見つけるためだ。

「楽しい夜を、ロード・アッシントン」わたしは言い、それ以上なにか言われる前に伯爵のそばをすり抜けた。兄弟がどんなゲームで争っているにせよ、わたしは駒になる気はない。兄弟の麗しい容姿と上流社会における地位に目をくらまされてそんなふうに利用される女性たちを、わたしは気の毒に思った。

ハリエットおばがついてきてくれるよう祈りつつ、急いで玄関を出て階段をおり、待っている馬車のほうに向かった。伯爵へのふるまいについてきっとお説教されるだろうけれど、わたしと違っておばはなにが起きているかをわかっていない。兄弟の反目の理由がなんであれ、それはそこに――兄弟のあいだに――とどめるべきだ。罪もない人たちを嘘と欺きの渦に引きずりこむなんて、許されるべきではない。

目の奥がかすかにつんとして、まばたきで涙をこらえた。泣くなど愚かなことだし、わたしは愚かではない。大違いだ。本当に愚かだったことは一度もない気がする。夜風に負けまいと両腕でお腹を抱いていると、背後からおばの足音が聞こえてきた。

「どうしよう。どうしましょう」本当に心配そうな声だ。

「大丈夫よ、ハリエットおばさま」わたしは言った。

おばは不安そうに下唇を噛んだ。「だけど相手は伯爵よ、ミリアム。理想の結婚相手よ」

言われなくてもわかっている。わたしは無言のまま、馬車が来るのを待った。

「本気で夫を見つけたいなら、もう少し……柔軟にならなくちゃ」おばが言った。

もちろんそのとおりだ。けれどニコラス・コンプトンもロード・アッシントンも、絶対にわたしに求婚したりしない。だからおばもあの二人のことで気をもまなくていい。

「わかってるわ」簡潔に言った。おばにあれこれ説明しても意味はない。どうせばかだと思われる。あるいは妄想癖があると。

「ならよかった」おばがそっと言った。

なぜ帰りたいのか、おばに説明できなかった。説明すれば、わたしが大嫌いな弱さを見せることになる。今夜、ミスター・コンプトンがリディアと踊っているところを目撃し、露骨に無視されたのだと悟って、傷ついた。なにも感じたくなかったのにそんなふうに感じてしまったという事実は、じつに受け入れがたくて不愉快だった。話せばおばはわかってくれるだろうけれど、同情はほしくない。少しのあいだ愚かだっただけで、もう愚かにはならない。ミスター・コンプトンとの散歩にそれ以上の意味があったと思ったのはわたしの失敗だった。二度と同じ失敗は犯さない。

# 12

# ニコラス・コンプトン

同じ部屋にミス・バサーストがいては、リディア・ラムズベリーに意識を集中させておくのは難しかった。ミリアム・バサーストという女性は、目を向けるたびに前回より魅力を増したように見えるのだ。この数日、何杯も酒を飲んだり自分に言い聞かせたりしてようやく、ミス・バサーストを再訪したい気持ちをこらえてきた。兄がリディア・ラムズベリー求愛に専念しているという事実だけが、正気を保ってくれた。

ミス・バサーストとそのおばが帰っていったときは、ほっとしつつ不安も覚えた。アッシントンがなにか言ったせいで早く帰ることにしたのかもしれないが、兄が現れたときにはもう、二人は帰ろうとしていたように見えた。アッシントンが向きを変えて、去っていくミス・バサーストたちを見ていたので、一瞬あとを追うのかと思った。それは予期していなかった。

ぼくは今宵の舞踏会に着いてからずっと、兄の目下の関心の対象と踊って、気があるふりをしてきた。そろそろ兄も彼女を探しだして、自分がいるべき場所にもうぼくがいるのを知るころだ。もっと早く来るべきだったな、兄さん。一度オペラ鑑賞をともにしたくらいでは、リディア・ラムズベリーはつかまえきれないぞ。

人々が兄に気づいてひそひそ話が始まり、ちらほらとリディアの名が聞こえてきた。リディアも兄を見つけて、頰をあざやかなピンク色に染めた。今週、兄はリディアにずいぶんいい印象を与えたらしい。もしぼくがミリアム・バサーストに惹かれる気持ちにあらがっていなければ、自分を楽にするような行動をとっていたかもしれない。自分の魅力は疑っていないものの、いまはあまり発揮できている気がしなかった。

ぼくたちを見つけたとき、兄はただ会釈をして、そのまま歩きつづけた。アッシントンは大騒ぎするような男ではないし、いまこそリディア・ラムズベリーをぼくのほうに傾けさせる好機かもしれない。舞踏会に来てみたらぼくたちが踊っていたのだから、兄はいま不機嫌だろう。兄のあまり感じのよくない側面をリディアに見せてやるいい機会だ。

「失礼、ミス・ラムズベリー」ぼくは言って小さく礼をした。「みなさんご存じのとおり、兄はぼくのことが好きじゃないし、あなたが兄の関心を望んでいるのはわかっています。兄があなたに近づけるよう、ぼくはひとまず離れましょう。お相手してくださってどうもありがとう。じつに楽しいひとときでした」とっておきの魅惑の笑みを浮かべて、彼女がなにか言う前に立ち去った。ミス・ラムズベリーがぼくを引き止めるとは思えないから、ぐずぐずしても意味はない。彼女が求めているのは兄の関心だということくらい、ぼくだってよくわかっている。兄は伯爵だが、ぼくは違う。ロード・アッシントンの好意をつなぎとめておくことがどれほど重要か、きっとリディアは母親からうるさく言われるに違いない。いまは兄のあまり輝かしくない側面を彼女に知らしめて、ぼくのほうがましだと思わせるとしよう。

今夜の成果に満足しつつ、出口に向かった。リディアの前で兄が不機嫌な態度をとるところなど見ていたくなかった。兄はそうするだろうし、彼女はそれを目の当たりにするだろう。リディアの母親は、もっと明るくほほえんで愛想よくしなさいと娘に言い、兄はにこやかとはほど遠いまま過ごす。そして今夜が終わるころ、一人になったリディアは、今宵いちばん楽しかったときを思い出すのだ――ぼくとの時間を。

これ以上、このサーカスに巻きこまれていたくなかったので、去り際にも数えるほどの人としか話さなかった。ほかに気になるダンスカードはない。まあ、そもそもダンスカードなどめったに気にしないのだが。今週、兄の動向についてゴシップを耳にした母親たちが、ぼくをちらちらと見ては娘をつついてこちらに行かせようとしていた。退散するのは思っていたより難しそうだ。五回ほど失礼と断ってから、だれとも目を合わせないようにして戸口を抜けた。

舞踏室の息苦しい暖かさに比べると、夜風はありがたいほど心地よかった。月明かりのなかで馬車に乗りこもうとするミリアム・バサーストの姿は、なおさら目に心地よかった。ミス・バサーストという誘惑はなかなか拒めない。少し言葉を交わすだけでもじゅうぶんだ。

「ミス・バサースト」ミリアムとそのおばに聞こえるくらいの声で呼びかけた。二人が振り返ってぼくに気づく。レディ・ウェリントンはにっこりしてぼくに会えた喜びを示したが、ミリアムは顔をしかめた……不快そうに。なんという心意気。この女性はたわむれたりすねたりしない。思いをはっきり表すその大胆なやり方が、ぼくにはじつに好ましい。ぼくが再訪しなかったのがおもしろくないのだろう。あるいは、今夜ほかの女性につきっきりだったのが。ミス・ラムズベリーのような礼儀正しい英国女性なら、たおやかにほほえんで、そんな侮辱などなんとも思っていないふりをするところだ。がしかし、ミス・バサーストは違う。その単純な事実が無視しがたい。ミス・バサーストには嫌われたくないし、つまらない男だと思われたくなかった。もし彼女もぼくも、そのためにロンドンに来たものを手に入れられたら、そのときはもうどう思われてもかまわない。だがいまは、嫌われてもいいと思えるだけの強さがぼくにはなかった。

「ミスター・コンプトン」レディ・ウェリントンが応じ、体ごとぼくのほうを向いた。「もうお帰りですか?」尋ねるご婦人の目には意味深な表情があった。今夜のぼくがリディアだけに集中していたことを、レディ・ウェリントンも見逃さなかったのだろう。ご婦人の目がきらりと光った。レディらしいやり方でぼくをとっちめてやろうかと思っているように。ああ、このアメリカ女性はじつにいい。

「今夜は少し退屈になってきたので」薄笑いを浮かべて言い、ミリアムに視線を向けると、彼女は自分こそ退屈していると言わんばかりに手袋をはめた自身の手をしげしげと見ていた。「ぼくが到着する前にきみのダンスカードはいっぱいになっていたね。惜しいことをした」態度をやわらげてほしくて言った。最後に会話をしたときは、ぼくたちのあいだには笑いだけでなく、あまり長々考えてはいけないなにかもあった。だがあれは何日も前のことだし、ぼくはそのあと、花を贈ることも訪ねることもしていない。いまのミス・バサーストの態度はぼくにしてみれば当然の報いだが、そのままにはできなかった。彼女の笑顔が恋しかった……いろんな笑顔が。ちょっぴり蠱惑的な笑顔はとくに。

「そうですか。じゃあ、わたしたちは行かなくてはいけないので。馬車がもう来ているんです。おやすみなさい、ミスター・コンプトン」そう告げるミス・バサーストの硬い笑みは、地獄に落ちろと物語っていた。いやはや、この笑顔はなしでいい。突然、彼女を引き寄せて唇に唇を押し当てたいという衝動に駆られた。甘美さにとろけさせてうめき声をあげさせたい。もちろんそんなまねはしないが、そうしたいという思いはうごめいていた。

「今夜は早いんだな」ぼくは言った。もう一度ほほえみかけてくれるような言葉が見つかるまで引き止めたかった。散歩のときの笑顔が見たかった。

「あなたこそ」ミリアムが言い、ぼくに背を向けた。

「ミリアムは頭痛がするんです」レディ・ウェリントンが口を挟んだ。

その説明には納得しかねた。むしろミス・バサーストはぼくに腹を立てていて、おそらくは傷ついているのだ。怒っているだけではないと思うと、腹の底がざわざわした。自分がこの女性を傷つけたという事実に向き合える自信がなかった。これもまたミス・バサーストによって暴かれた、いままで自覚していなかった弱点だ。

「それはお気の毒に」ぼくは言い、ミリアムに視線を戻すと、彼女はもう従僕の手に支えられて馬車に乗りこむところだった。

「おやすみ、ミス・バサースト」もはや彼女を引き止めるすべはないと悟って、言った。

ミス・バサーストは座席に腰かけて、もう一度ぼくを見た。小さく会釈をしてから、また目をそらす。とたんにぼくはこれまで経験したことがない後悔の念に襲われた。こんな感情には慣れていない。思うままに行動し、その結果を受け入れるのが常で、自身の行動を後悔するタイプではないのだ。それなのに、ミス・バサーストから本物の笑顔を引きだせなかったことで自責の念がこみあげてきた。ああ、この女性とひとときをともにしていなければ。うわべの美しさだけでなく、もっと深いところまでこの女性を知ることがなければ。だが、仮にそんなことが可能だとしても、時間をさかのぼってあの散歩をとりやめたりするだろうか？

公園でのひとときは楽しいものだった。少なくともぼくは大いに楽しんだ。だからこそ、その後はミス・バサーストを避けてきた。ぼくにとってだけでなく、兄のために用意した計画にとっても、この女性は危険だから。あまりにも魅力的で、独特で、悩ましいほど美しい。

「おやすみなさい、ミスター・コンプトン」レディ・ウェリントンが愉快そうな笑みを浮かべて言った。ぼくの置かれた状況をおもしろがっていて、それを隠そうとしていない。姪が裕福な男と結婚することよりも幸せになることを願っているのだろう。

「おやすみ」ぼくは言い、小さく礼をした。「またすぐに会おう、ミス・バサースト」そう約束して一歩さがると、馬車はぼくを暖かい夜風のなかに残して走りだした。

最後のひとことにミス・バサーストが浮かべた険しい表情を思うと、こんな状況にもかかわらず、にやりとしてしまった。ミリアム・バサーストの好意を取り戻すのは、そう簡単ではないだろう。しかし、簡単ではないのが気に入った。ああ、兄が的を定めたのがミリアムだったらどんなによかったか。それなら、復讐を遂げる満足感以上のものが得られたのに。それでも、ミリアムを利用するのは気が進まなかった。いかなるかたちでも彼女を傷つけるのは許しがたいことに思える。なぜかはよくわからない。だが今夜、彼女を侮辱したことでこれほど強く反応した事実を思うと、本当に傷つけてしまったら、果たして自分を許せるだろうか？　ミリアム・バサーストをぼくに惚れさせておいて、背を向けて立ち去れるか？　わからない。

「彼女はおまえのタイプではないだろう、弟よ」最後のひとことは、いかにも不快そうだった。アッシントンだ。

振り返ると、兄が一メートルと離れていないところにいた。舞踏会を抜けだしてくるとは思いもしなかった。なにしろ遅れて来たのだから。ミス・ラムズベリーに求愛したくて来たんじゃないのか？

「教えてくれよ、兄さん、ぼくのタイプのなにを知っている？」ぼくは返した。実際、兄はぼくのことなどほとんど知らない。知らないままでいいと、何年も前にあっちが決めたのだ。

「彼女は賢くて、簡単にはなびかなくて、裕福な夫を必要としている」さも当然のような口調で言った。

腹の底でいらだちが目覚めた。なんだ、ミリアムをよく知っているようなその口ぶりは。一緒にいた時間はわずかで、なにも知りはしないくせに。「ウィットに富んでいて、ユーモアのセンスがあって、笑うといっそう美しくなる――じつにめずらしいことだ。たしかに金持ちと結婚してくれなくちゃ家族は困るだろうが、肩書きはべつに必要ない。彼女は読書家で、何時間でも文学の話をしていられる」言葉を止めて、一歩兄に近づいた。「そっちと違って、ぼくが見てきたのは表面だけじゃない。彼女のことは時間をかけて知ってきた」

アッシントンはひるまなかった。石のような顔に表情はいっさいなかった。「それにしては、大急ぎでおまえから逃げていったようだが」

見られていたか。あれには理由があるのだが、わざわざこの男に説明する気はない。ミス・バサーストはぼくの計画の一部ではないし、残念ではあるが、どんなに彼女のことをもっと知りたいと思っていても、その願いを実行するつもりはなかった。ミリアム・バサーストのような女性には二度と会えないだろうと思うと、じつに口惜しい。それでも、アッシントンへの復讐を遂げなくてはならない。

「よく知らないことを話すものじゃないぞ、兄さん」ぼくは返した。

「行動は言葉よりはるかに雄弁だぞ、弟よ。おまえが思っているより、わたしはいろいろ知っている。ここですべてを見ていた。レディ・ウェリントンだけはわたしに気づいて、状況を楽しんでいたようだ」

憎らしい男だ。こいつのそばにいるだけで、どれほどの苦悩を与えられてきたかを思い出す。目の前の男とはいっさい関わりたくない。それでも、母に誓った復讐だけはかならず果たしてみせる。

「いつもどおり、会えてうれしかったよ」皮肉をこめてのんびり告げたあとは、言われたことを気にしていると思われそうななにかを口走ってしまう前に、背を向けて立ち去った。兄のことも、兄の言葉も、ぼくにはなんの意味もない。じきに厄介払いできるし、向こうはぼくを憎む理由を手に入れるだろう。そんなもの、くれてやるさ。こちらはそれまでの時間をぞんぶんに楽しむまでだ。

# 13
# アッシントン伯爵

「その人ってお姫さま？　それともこうしゃくふじん？」エマが期待に満ちた表情で尋ねた。天使のような小さな顔にきらきらした目でわたしを見あげている。わたしの念入りな身支度を見て、これは自宅での夕食のためではないと気づき、わたしが答えられないくらい矢継ぎ早に質問を浴びせはじめたのだ。

「残念ながらお姫さまでも公爵夫人でもないが、それでもおまえは好きになると思うよ。とても美しい女性なんだ」これであきらめてくれるよう祈りつつ、答えた。

エマはしばし考えてから、質問攻めを再開した。「先週、オペラに連れてったのとおんなじ人？」

この子はなにも忘れない。絶対に。もしやアリスの言うことが正しくて、わたしはいちいち外出についてエマに教えないほうがいいのだろうか？　エマがすべてをつぶさに覚えているとしたら、あとで混乱しかねない。

わたしは首を振った。「今回は新しい女性だよ」言いながらも、わたしがどの女性とどれだけの時間を過ごしたか、少女が頭のなかで記録をとっていないようにと心から祈った。エマに対する話し方については、しばしばアリスから注意されている。子どもに言ってはいけないこともあるのだと。その線引きがわたしにはよくわからないので、しょっちゅう一線を越えてしまうらしい。

「今日の人は前の人よりきれいなの？」エマがまた好奇心に目を輝かせて尋ねた。

　真実を答えようとしたとき、アリスが厳しい顔で玄関広間に入ってきた。「そんなことは大事ではありませんし、そういう質問をするのは失礼ですよ、ミス・エマ」

　エマは天を仰ぎ、あーあと声に出してため息をついた。そのやんちゃぶりに、わたしは頬の内側を嚙んで、笑ってしまわないようこらえた。「難しいことなんて訊いてないのに」エマが家庭教師のほうを見てぼやいた。

「子どもでも大人でも、そういう質問は失礼なんです」アリスが言う。「さあ、おやすみなさいを言って、もう行きましょう。ベッドに入る時間をとっくに過ぎていますよ」

　エマがしょんぼりとうなだれた。「おやすみなさい、アッシントン」敗北感たっぷりに言う。

「ロード・アッシントン、でしょう。閣下のことはロード・アッシントンとお呼びしなくてはいけません」アリスがきっぱり言った。

エマはそれを無視して、小さな肩をわざとらしく上下させながらまたため息をついた。「今日の人がきれいで、いっぱい笑ってくれるといいな。アッシントンはもっと笑ったほうがいいもの」エマが言い、両腕をわたしの脚に回してぎゅっと抱きしめた。ちらりとアリスを見ると、その表情はやわらいでいた。厳格なアリスにさえも、エマはこういう作用を及ぼす。それこそ、アリスがまだこの家から逃げだしていない理由だ。家庭教師の初日から、アリスは忍耐力を試されてきた。だがこうしたささやかな瞬間に、その価値はあったと思わされるのだ。わたしは腰をかがめてエマを抱きしめ返した。「おやすみ、エマ。最高の夢を見るんだよ」

少女はうなずいた。「そうする」

アリスはもう厳しい命令をすることなく、エマはとことこ歩いていって、アリスの手を握った。「今日も楽しかったね、アリス」のけぞって家庭教師を見あげながら言い、階段のほうに歩きだした。

「ええ、ミス・エマ。とても楽しい一日でしたね」アリスも言った。

メイフェアストリート一八番地までは馬車ですぐなので、ミス・バサーストと二人きりになったらなにを言うか、考える時間はかぎられていた。ミス・バサーストとそのおばにわたしのボックス席でオペラを鑑賞しませんかという招待状を送ったときは、かならず承諾されるとは思っていなかった。とはいえ、彼女は自身が望んでいなくても、おばのために承諾するのではという予感があった。ミス・バサーストは間違いなく、わたしのことも弟のことも好きではない。嫌いではなくなってもらえるよう、できるだけ努力するつもりでいる。ニコラスについては、距離を置くとは彼女もなかなか賢明だ。

エマの質問攻めにあって、しばし気がそれていた。いまこうしてウェリントン家に馬車で向かっていると、今夜は愛想のよくない女性のとなりで過ごすことになるかもしれないという事実がひたひたと迫ってきた。なぜそれで笑顔になるのか、我ながらよくわからない。機嫌の悪い女性のとなりにいたいと思う男がいるだろうか？　最近のわたしは正気を失ったのか？

馬車が停まったので、座席を立って歩道におりたった。玄関に向かう一歩ごとに、これはエマのためだと自分に言い聞かせる。ミス・バサーストと過ごしてみて、必要な役割に彼女が当てはまるかどうか、見極めるのだ。伯爵夫人としてだけでなく、エマの母親としても適任かどうかを。ミリアム・バサーストが従順でもの静かでもないのはいいことだ。そうでなければ、一日でエマから逃げだすに違いない。ミリアム・バサーストには強さと自信が備わっている。それはエマの母親として必要なものだし、伯爵夫人として期待されるものでもある。とりわけ、エマにまつわるうわさ話やゴシップが上流社会に広まりはじめたときには。どれほどわたしに地位と力があろうと、エマの嫡出については疑問をもたれるだろう。わたしが用意している嘘はしっかりしたものだが、もっとしっかりした女性でなければそれを平然と貫くことはできないはずだ。

執事はわたしを客間に案内し、奥さまとミス・バサーストはすぐに参りますと告げた。お待ちになるあいだにお茶をお持ちしましょうかとメイドが尋ねたものの、わたしが答える前に、レディ・ウェリントンのアメリカ訛りの大きな声が廊下の向こうから響いてきた。あの女性にエマがどれほどなつくか、アリスがどれほど眉をひそめるか、考えただけで笑みが浮かんだ。

レディ・ウェリントンがいそいそと入ってきた。「ロード・アッシントン、アルフレッドにご挨拶させたいところなんですが、今夜、夫は出かけてしまいまして。お待たせしてないといいんですが。ミリアムはすぐに参ります。お茶はいかが？　それよりブランデーがいいかしら。アルフレッドのとっておきを持ってこさせますよ？」

たしかにいまはブランデーに惹かれたが、首を振った。「その必要はありません」感謝の笑みを浮かべて返した。

ところがわたしの返事はご婦人をうろたえさせてしまったらしく、レディ・ウェリントンはやや笑みを陰らせてそわそわと手をもみはじめた。いただくと言うべきだった。むやみに緊張させるつもりはなかった。

「わたしたち、今夜を楽しみにしてたんですよ」レディ・ウェリントンが笑顔を取り戻して言った。「今日はずっとその話ばかりしてました。お招きいただいて本当にありがとうございます」

笑みを返しつつも、ミリアム・バサーストがわたしのボックス席でオペラを鑑賞する夕べについて夢中にしゃべって一日を過ごしたわけがないことは、重々わかっていた。とはいえ、想像すれば愉快ではある。おそらくミス・バサーストはどんなことについてでも夢中になってしゃべったりしないのではないか。簡単に舞いあがる女性なのか、そうではないのか。彼女について知っていることはほとんどない。その点、ニコラスの言は正しかった。わたしが知っていることといえば、人伝に聞いた話か、一緒にいたときに自身の目で見たことか、それだけだ。ミリアムについてはニコラスのほうがよく知っているし、いろいろ知った結果、弟はますます彼女を好ましく思ったらしい。今夜はわたしが彼女を知る。その手始めが、レディ・ウェリントンとの会話だ。姪のこととなれば、情報の泉になってくれるだろう。

わたしは口を開いたものの、舌の上にあった言葉がなんにせよ、ミリアム・バサーストが入ってきたとたんにどこかへ消えてしまった。この女性を表現できる言葉があるとは思えない。いつ見ても息を呑まされる。けっして人の手ではつくりだせない生まれながらの美が備わっているのだ。並ぶもののない美しさ。透明に近い真珠色の絹のイブニングドレスのおかげで、人間というより天使のようだ。燃えるような赤褐色の巻き毛は頭のてっぺんでまとめられ、首と肩のなめらかな肌を引き立てていた。

　これほど美しい人を目にしたことがあっただろうか？　本当にこの世のものではないみたいだ。いままでに見たなににも似ていない。もしも血の通った人間だと知っていなければ、天上の存在だと思っただろう。エマならお姫さまだと言うに違いない。

　目の前の光景に呆然としていられたのは一瞬のことで、ミス・バサーストが向けた冷ややかな笑みに、はたと思い出した。ここにいるのは人間の女性で、わたしに好意をいだいていない。どうやら並大抵の努力では足りなさそうだ。が、急にそれも悪くないように思えてきた。一緒に過ごす時間が長くなればなるほど、この女性がわたしの求める妻の像に合致するかどうか、より正確に見極められるようになるだろうから。

「お待たせしたなら申し訳ありません」ミス・バサーストは言ったが、その目は待たせたとしても気にしないと語っていた。そう、この芯の強さこそエマに対峙する人間に必要なものだ。

「お気遣いなく。行き先がどこだろうと、きみほど美しい女性をエスコートできるなら、何時間でも待つというものだ」わたしが返すと、ミス・バサーストの動きが一瞬止まった。ほめ言葉にどう返すべきかと迷ったのだろう。

「まあミリアム、なんてきれいなの」レディ・ウェリントンが感嘆の声をあげた。

ミス・バサーストが頬を染め、あけすけに称賛したおばのほうを向いた。わたしは一瞬、彼女がおばをたしなめたり否定したりするのかと思ったが、ミス・バサーストはただやさしい笑みを浮かべて礼を言い、わたしに視線を戻した。

一つのことにおいてニコラスは正しかった。わたしはミリアム・バサーストをほとんど知らない。

# 14

## ミリアム・バサースト

すばらしい光景だった。これほど贅沢な環境でオペラを鑑賞するのは初めてだ。なぜロード・アッシントンが今夜わたしたちを招待したのかはわからないものの、ハリエットおばは興奮して頰を紅潮させているし、おばにこんな体験をさせてくれたことにはわたしも素直に感謝していた。それに、ロード・アッシントンはなんらかのゲームを仕掛けているようには思えなかった。ここまでともに過ごした短い時間、伯爵は嘘偽りなくわたしに興味があるように映った。わたしの家族のことを尋ね、妹が大好きだと察すると、妹について細かな質問をしてきた。ミスター・コンプトンは一度もホイットニーについて尋ねなかった。兄弟を比べたくはないけれど、比べないでいるのは難しい。たった一度のダンスや、あっという間の訪問より長い時間をともにした男性は、ここロンドンには二人しかいないのだから。

音楽が始まりもしないうちに、わたしにまつわるいろいろなことをアッシントン伯爵に知られていた。気がつけば、ここに着いてからわたしはずっとしゃべっていた。

伯爵のなごやかな問いかけ方には、しゃべりすぎていることを忘れさせるなにかがあるのだ。頬が熱くなるのを感じて両手に視線を落とし、自分がしゃべった内容を思い出そうとした。

「社交シーズンのあいだに妹さんがロンドンへ来られるといい。こんなにきみが会いたがっているのだから」伯爵の声には真心がこもっていた。

視線をふたたび彼に向けて、どうにかほほえんだ。「ええ、本当に。妹はロンドンが大好きになると思います」

伯爵がほほえみ返して尋ねた。「きみはロンドンが好きかな？」

わたしは一瞬ためらったが、嘘をつく理由はないと判断した。首を振って答えた。

「いいえ、あまり好きではありません。ロンドンにはとてもすばらしいものがたくさんあります――たとえばこれもそう」言いながら、手で場内を示した。「だけどどれをとっても、人の手が入っていない田舎の豊かな自然や、そのすがすがしい香りには、かないません」

伯爵の笑みがやわらいだ。「完全に同感だ。ロンドンは活気と光に満ちているが、田舎は自然な美と穏やかな空気にあふれている。正直に言って、離れていると恋しくなる」

その答えには驚いた。「離れていると？　じゃあ、いつもロンドンにいらっしゃるわけではないんですか?」わたしは尋ねた。アッシントンのような人は田舎の邸宅に引っこんでいるのではなく、ロンドンの近くで暮らしているのだとばかり思っていた。

「事情が許すかぎりは。田舎のほうがずっと好きだ」伯爵が返した。

ロード・アッシントンには本当に驚かされる。舞台照明がついて音楽が始まっても、わたしの頭からは伯爵との会話が消えなかった……その会話が楽しかったという事実も。まったく予想外のことだった。

ハリエットおばの手が伸びてきて、今宵の興奮のままにわたしの手をぎゅっと握った。心底うれしそうなおばに、わたしはほほえみかけた。これでまた、ロード・アッシントンにいままでいだいていた感情がやわらぐ。今夜のすべてが楽しかった。

そうこうするうち、ついにわたしも音楽に引きこまれて、声の美しさと衣装の華やかさに我を忘れた。ホイットニーもきっとうっとりするだろう。あの子に見せてやりたい。こんなボックス席に座らせて、すべてを体験させてあげたい。そもそもわたしがここにいるのは妹のため。あの子のためにロンドンに来た。ホイットニーの未来をたしかなものにするよりほかに、わたしにとって大事なことはない。

ちらりとロード・アッシントンを見ると、伯爵はたったいままでのわたしのように舞台を見つめてはいなかった。むしろ、椅子の背にもたれてわたしを眺めていた。わたしは急にひどく落ちつかない気持ちになって、うろたえてしまった。なぜ見られていることに気づかなかったの？　それほど眼下の舞台に没頭していた？　なぜ見られているのかわからないまま、そっと伯爵の目をのぞいた。わたしは変な顔をしていた？　称賛の声を漏らしてしまった？

伯爵との近さと周囲の薄闇を急に強く意識してしまって、頭からはホイットニーのことも消えた。反対側にはハリエットおばがいるのに、なんだか許されないことをしている気がしてきた。もちろんそんなことはしていないけれど、それでも頬がかっと熱くなった。暗くて助かった。見つめられてこんな反応を示したのも知られなくてすむ。どうして伯爵はほかの人のように舞台を見ていないの？　人がオペラ会場へ足を運ぶのはそのためじゃないの？　演技を見るためでは？

「すばらしいわね」ハリエットおばが耳元でささやいたので、わたしは飛びあがった。

答えようとおばのほうを向く寸前、ロード・アッシントンの顔に浮かんだ愉快そうな笑みが目に入った。まったく彼らしくないその笑みは、冷ややかでもよそよそしくもなかった。無理に浮かべたのではない、じつに自然な笑み。目が輝いて、その瞬間だけは何歳も若く見えた。こんなふうにほほえむことはどれくらいあるの？　わたしが見たのは初めてだし、リディア・ラムズベリーを魅了しようとしているときでさえ、こんな表情は浮かべていなかった。もちろん、そんなにじっくり観察していたわけではないけれど。

そのとき、わたし自身の唇にも笑みが浮かんだと思うや、胸に不思議な感覚が広がった。軽く引っ張られるような、ほのかなぬくもり。どう分類したらいいのかまるでわからない、奇妙な新しい感覚で、なんと表現したらいいのか見当もつかなかった。思いがけないこの感覚がなんであれ、胸が踊ると同時になぜか怖くなった。ロード・アッシントンは、安易に警戒を解いていい男性ではない……でしょう？　この人が本気かどうか、わからないのだから。

どうにか視線をそらしておばのほうを向くと、おばはつかの間、わたしを見つめてからにんまりした。「ねえ、もしもわたしがあなたをよく知らなかったら、恋してるんだと思うところよ」ささやくように言った。

たちまちわたしは笑みを消し、心のなかで顔をしかめた。「恋なんてしてないわ」わたしは愚かな少女ではない。笑顔一つで恋したりしない。恋に落ちるならもっと深いものが必要なはずだ。そしてわたしはもっと用心深いはず。過去に、ありえないほどひどい拒絶を味わった。おかげでわたしは強くなったし、用心深くなった。人を信じていないから、この先、本気でだれかに恋することがあるかどうかもわからない。なにもかも、父のおかげだ。

ハリエットおばが両眉を上下させてから、わたしたちがここへ来た理由に――舞台に視線を戻した。もうロード・アッシントンのほうを振り返れなかったので、わたしもまねをした。今夜の目的はハリエットおばを満足させること、それだけ。なのにわたしはこんなふうに、ロード・アッシントンについて思い違いをしていたなどと考えている。どうやらこの伯爵には、世間に見せている顔以上のものがあるらしい。それがどんなものなのか、探る勇気がわたしにあるだろうか？　もし伯爵が心を閉ざして自身を守ろうとしているのなら、その気持ちは完全に理解できる。彼は知らないだろうけれど、わたしはわたし自身を守るためにどこまでもやる人間だ。もしかしたらわたしたちは似た者同士なのかもしれない。なんて愉快な思いつき。

舞台上の美しさにとうとうわたしもとりこにされて、幕がおりたときにはロード・アッシントンのこともおばのことも忘れていた。完全に音楽に集中していた。薄暗かった劇場内が徐々に明るくなっていき、わたしは深く息を吸いこんでからロード・アッシントンのほうを向いた。

「今夜はお招きありがとうございました。本当にすばらしい席から鑑賞させていただきました」心からお礼を言った。

「ええ、ええ、こんなにいい席からオペラを見たのは初めてですよ」おばもうれしそうな声で言った。

「喜んでいただけてよかった。ぜひまたご一緒しましょう。今夜ほどオペラ鑑賞が楽しかったことはありません」

伯爵の目は真摯に映ったけれど、言葉についてはまたしても疑ってしまった。彼には魅力的なだけでなく、正直でもあってほしかった。伯爵は先週、別の女性に腕を差しだしていたし、来週はまた別の女性に、ということも大いにありうる。

「たいへん光栄です、閣下」わたしは言った。

「本心ですよ、ミス・バサースト」伯爵は簡潔に言うと、わたしに腕を差しだした。

# 15

## ニコラス・コンプトン

「あなたのバラ園はだれもがうらやむほど美しいですね、ミス・ラムズベリー」ぼくはリディアに言った。二人並んで歩きながら、木陰のベンチに座っている彼女の母親から離れたほうへ誘導する。

「ここは母のバラ園で、わたしのではありませんわ、ミスター・コンプトン。お花や草木といったことになると、わたしはほとんどなにも知りませんの」リディアは謙遜して言った。

今朝、ぼくが訪ねてきたとき、彼女は刺繍にいそしんでいた。太陽の光がちょうどいい具合に当たって、金髪が天使のように輝いて見える位置に座っていた。よく計算され、配置されたものだ。思いついたのは本人か、それとも母親か。二人とも、ぼくの兄が昨夜ミリアム・バサーストをオペラに連れて行ったことは知っているらしい。

一夜明けた今朝の、無理に浮かべた母親の笑みやリディアの厳かなふるまいを見れば、知っているかと訊くまでもない。たとえロンドンにはびこる醜聞だらけのゴシップ紙を読んでいなくても、昨夜のうちには無理だったかもしれないが、今朝早くには二人の耳に入ったに違いない。ぼく自身、その話を聞いて驚いたし、これはアッシントンがぼくにしかけてきたゲームなのではと思いもした。

だが、楽しいとはほど遠いリディアとの会話と、ミリアムと過ごした時間を比べてしまえば、おのずと選ぶ道は決まってくるはずだ。どちらの女性もじつに美しいものの、ミス・バサーストが見る者をはっとさせるような独特な美しさなのに対し、リディアは典型的で、ある種平凡な英国美人だ。

今日の午後は公園での乗馬にリディアとレディ・ラムズベリーを誘うつもりだったが、ここは待つべきかもしれない。仮にアッシントンが心を決めかねているとしたら、いまは我慢してなりゆきを見守るべきだ。復讐の駒としてミリアムを利用すると思うと、苦い気持ちがこみあげてくる。今日は、アッシントンも同じ道をたどっているようにと心底願いながらここへ来た。ミリアムがこのゲームの一部になってしまったら、自分がどう進めていくかわからない。アッシントンは知っているのか？　だから昨夜、ミリアムをオペラに連れて行った？　ぼくがミリアムに弱いと勘づいている？

もしぼくが祈るタイプの男だったなら、兄が未来の妻にミリアムではなくリディアを選ぶことを、偶然頼みになどしていないだろう。とはいえリディアはかなり繊細に見える。ミリアムよりはるかに繊細に。ぼくだって血も涙もない怪物ではないから、リディアに苦痛や屈辱を与えると思うと罪悪感を覚える。それでも彼女なら、結局はいい条件の縁談が結べるだろう。ただ、相手がコンプトン家の男ではないだけだし、その点、本当はぼくに感謝してくれてもいいくらいだ。そうとも、やはり兄がリディアを選べば、こちらはずっと楽になる。もう一つの道には直面するだけの心の準備ができていない。

兄の将来設計を破壊するという計画に少し気分がよくなって、とっておきの笑みをリディアに投げかけた。「なんだか今朝はいつものあなたらしくありませんね。具合でも悪いのかな?」彼女がすねている理由を知らないふりで尋ねた。

するとリディアはほんのり頬を染め、それをぼくから隠そうとでもいうのか、首を傾けた。おやおや、純真なお嬢さんだな。女性のこととなると、ぼくはきみの想像もつかないほど詳しいんだよ。すっかり知っていることを尋ねたのは、きみがどんな答えを返すか聞きたかったから、それだけさ。

ついにリディアが視線をぼくに戻し、弱々しくほほえんだ。「わたしなら元気ですわ、ミスター・コンプトン。きっと社交シーズンの重圧のせいでしょう。有利な縁談をとりつけるよう、母から強く言われておりますので……」言葉を濁した様子は、本当はもっと言いたいけれどそんな勇気はないようだった。

「結婚市場にいる母親というのはそういうもののようですね。だれもが理想の男を狙っている。ぼくに言わせれば不公平だ」

リディアの目が丸くなった。「そうお思いになるの？　つまり、不公平だと？」

リディア・ラムズベリーが実際はどれほど世間知らずで守られてきたのかを思い、ぼくは低い声で笑った。この女性にぼくの兄はまったく不釣り合いだし、もし母親のほうがよく目を開いていればそれに気づくはずだ。「もちろんそう思いますよ。初めての社交シーズンを迎えた若い令嬢が、跡継ぎをもうけるには年齢を重ねすぎた公爵や伯爵に嫁いでいくのを、何度も見ていますからね。もったいない話です。女性は自分が愛せそうな男を、せめて好きになれそうな男を、自由に選べるべきだ。結婚が事業契約である必要はない」

ぼくの言葉に、リディアが衝撃の表情を浮かべた。「ですが、そうでなくては」

ぼくはため息をついてまた歩きだした。リディア・ラムズベリーは物心がついたときから地位だけのために結婚するよう育てられてきたのだろう。彼女はきっとそのとおりにするだろうし、求婚してきた男がじゅうぶんに有力でさえあれば、父親はその男の年齢など気にもせず、娘を嫁がせるはずだ。

無言のまま二人でバラ園を回ってレディ・ラムズベリーのそばまで戻ってくると、年上のご婦人がぼくにほほえみかけた。おそらくはぼくが訪ねてきたことに感謝しているのだろう。ただの〝ミスター〟に娘を嫁がせたいからではなく、ぼくの兄がこの訪問のことを耳にしたらまたリディアを訪ねてくるのではと期待しているからだ。たしかにそうなるかもしれない。アッシントンが次になにをするか、ぼくにはもうよくわからなかった。できれば本当にリディアを訪ねてほしい。

「だれもがうらやむバラですね、レディ・ラムズベリー」そう言ったのは、本当はバラなど気にもとめていないものの、ほめればご婦人が喜ぶとわかっているからだ。

「ありがとうございます、ミスター・コンプトン。わたくしはここでバラを眺めて過ごすのが大好きなんですのよ」

リディアが黙ったままなので、そろそろいとまを告げることにした。「お二人とも、すてきな時間をありがとうございました」ぼくは言った。

「こちらこそ、うれしゅうございました」レディ・ラムズベリーが返す。「今朝はロード・アッシントンがお見えになるかと思っておりましたの。あなたがおいでになったのはうれしい驚きでしたわ」

なるほど、抑えきれなかったか。今朝の兄の所在をぼくが知っているかどうか、実際に尋ねることなく尋ねているのだ。つまり、当のアッシントンが忌み嫌っている弟に訊くこともいとわないほど、レディ・ラムズベリーは情報に飢えているということ。

ぼくはその飢えを満たすことなくただうなずいて、さよならを告げると、女性二人をバラ園に残して立ち去った。アッシントンが昨夜ミリアムと過ごしたのは、もっと会話が楽しみたかったからだろう。リディアはかなり口数が少ない。ぼくも今朝はずいぶん会話に骨を折らされた。それゆえ少し疲れた状態で馬車に乗りこんだものの、その前に御者に指示した――メイフェアストリート一八番地へ。

表にアッシントンの馬車がなかったので、ほっとした。今朝はもうじゅうぶんくたびれている。ここへ来た理由は二つあり、アッシントンと顔を合わせることはそのどちらでもなかった。だが昨夜の首尾を突き止めることはそのうちの一つだ。もう一つは完全に身勝手なもので、純粋にミリアムに会いたかった。ぼくは正直な男だ――少なくとも、自分には正直。自分以外の人間には、まあ、条件しだいだ。

執事に客間へ通された。前回と違ってぼくはミリアムを喜ばせるための花を持ってきていないし、ミリアムもほかの求愛者をもてなしていなかった。今日の彼女はソファに腰かけて膝の上に本を広げ、左手にはチョコレートらしきものをつまんでいた。

ミリアムはぼくを見て目を丸くし、本とチョコレートの両方をおろしてから立ちあがった。「ミスター・コンプトン」挨拶として言ったものの、そこにぬくもりや歓迎の響きはなかった。一般的な訪問の時間を過ぎているし、彼女は見るからにくつろいでいる。そういう姿を見られてうれしかったので、たとえ異例の時間でも立ち寄ることにしてよかったと思った。

「おばはすぐに戻ります。いましがた、母からの手紙を取りにいったところで」ミリアムが説明した。「まさかお客さまがいらっしゃるとは」悲しいかな、彼女の目には警戒心が浮かんでいた。ぼくに会ってもうれしくないし、ぼくを信用してもいないのだ。

「一般的な訪問時間を過ぎているのはわかってるが、ちょうど通りかかって、きみに会いたくなったんだ。どうやらきみとの会話が恋しかったらしい。今朝はちょっと退屈だったからね」ぼくは説明した。

ミリアムはなにを信じたものかと言いたげな顔でしばしぼくを見つめた。「てっきり道に迷われたんだとばかり」ぼくと一緒にいられてうれしいふりをする気もないらしい。その心意気が気に入った。またしてもミリアム・バサーストを好きになる理由が増えた。これ以上、背中を押してもらう必要などないのに。

「道に迷ったりしてないさ。最後に会ったときからずっと、またきみと話すことばかり考えていたんだ」態度をやわらげさせるのは無理でも、せめてこちらを向いてもらうためには、多少ぶしつけに述べたほうがいいだろう。また好意をもってもらうのは容易ではないはずだ。

驚いたことに、ミリアムは向かいにある背もたれの高い椅子を手で示した。「どうぞおかけになって。お茶を持ってこさせます。少し時間が早いけれど、ハリエットおばが常備しているチョコレートよりビスケットのほうがわたしにはよさそうだから」

ぼくはほほえんで、勧められた椅子に腰かけた。「ありがとう。お茶か、うれしいな。きみと一緒にいられるのもうれしい」彼女のおばが部屋に現れるまで椅子は勧められないものと思っていた。これはきっといい兆候に違いない。

ミリアムはふたたびソファに座ったものの、ぼくが来たときに持っていた本にもチョコレートにも手を伸ばさなかった。「わたしに会いたかったのかしら、それともお兄さんのことを探りたくて来られたの？」まばたきもせずにずばり尋ねた。

これだ。この女性はまったく恐れを知らない。まっすぐ要点に切りこんで、かわいく見せるために無知を装ったりしない。まあ、無知を装うののどこがかわいいのか、ぼくにはさっぱり理解できないが。ともかく、お茶にも椅子にも意味はなかったのがわかった。ミリアムはただ、真正面からぼくと向き合うことにしただけで、迷わず先制攻撃でぼくを気詰まりにさせた。これでぼくを追い返せると思ったか？　いや、それはないだろう。そんな期待をするほどこの女性は愚かではない。

「両方だ」負けずにずばり答えた。兄を苦しめることだけを目的とした復讐の渦中にミリアムを巻きこむ可能性があるのなら、せめて彼女になにか訊かれたときは正直に答えるのが筋だ。ああ、なんとしてもアッシントンにはリディアを選んでほしい。とはいえ、兄がミス・バサーストに心を奪われたとしてもたやすく理解できるが。

ミリアムがうなずいた。「やっぱり」

「なぜぼくは驚かないんだろうね？」ぼくは尋ねた。

彼女は片方の肩をすくめてため息をついた。「さあ。たぶんわたしがあなたの魅惑の笑みやきれいな顔に惑わされて、あなたの本当の意図を忘れたりしないから、じゃないかしら。あなたが、ご自身のゲームで役に立ちそうな人ならだれにでも特別親切になさることくらい、気づいているのよ」

「きれいな顔？　侮辱されたと怒るべきか、不快に思うべきか、それとも光栄だと喜ぶべきか、わからないな。いままで女性にきれいと評されたことはないよ、ミス・バサースト。初めてを経験する相手がいつもきみだというのは、いったいどういうことだろうね？」ぼくの本当の意図、という言葉については聞かなかったふりをした。どうやらミス・バサーストはぼくが思っていたよりはるかに奥まで見通していたらしい。復讐の計画はだれにも知られてはならない。この女性にも。

ミス・バサーストがふざけた様子で鼻にしわを寄せた。「たいていの人は女性を表現するときに〝きれい〟という言葉を使うけれど、別にそうと限ったものじゃないわ。〝ハンサム〟のほうが雄々しい表現だけれど、あなたは完璧な顔立ちをなさっているから、女性はその見た目だけでうっとりするでしょうね。浅はかにも」

ぼくが笑ったのは、無理矢理でも演技でもなかった。本当に愉快だったからで、考えてみるとミリアム・バサーストと一緒にいるときだけは、このぼくでさえ前向きな気持ちになるようだった。この女性は幸せと光を思い出させてくれる。もっと違う人間になりたいと思わせてくれる。だけどそんな人間になれはしない。たとえ彼女のためにでも。それでもミリアムと一緒にいると、そんなことは忘れてただ彼女だけに浸っていたくなる。

けれどミリアムはにこりともしなかった。まるで、もう一度ほほえみかけてほしいというぼくの願いを知っていて、ぼくを罰しているようだった。残念だが近い将来、ミリアムはなによりぼくを忘れたいと願うようになる。そしていつかきれいに忘れるだろう。それでも、ぼくが彼女を忘れることはない。ミリアム・バサーストは永遠にぼくの心に棲みつづけるのだ。

# 16

## ミリアム・バサースト

「大ニュースよ、ミリアム！　ついにあなたの妹が来るの！　なんてうれしいんでしょう。社交シーズンが始まって以来、わたしもおじさんもあなたのお母さんに何度も手紙を書いてそうするようにお願いしてきたんだけど、やっとお許しが出たわ。あなたのお母さんってちょっと気難しい方ね」ハリエットおばが興奮のあまり、叫び声とも呼べそうな大声でしゃべりながら入ってきた。足はむきだしで、チョコレートを一かけら片手に持ち、もう一かけらは反対側の手に手紙を持ったまま話せるよう、片方の頬の内側に突っこんである。

あいにくおばは手紙から顔をあげて状況を見ることなく、口にチョコレートを含んだまま、大声のアメリカ訛りでしゃべりつづけた。「手紙にはこう書いてあるわ——ホイットニーをロンドンの街なかに連れだしたいのなら適切な衣服が必要だけれど、そちらがあの子のために新しいドレスを買ってやるつもりがないのなら、人目につかないよう家のなかに閉じこめておいてください、とね。信じられる？　もちろんかわいいホイットニーにはドレスを用意するけれど、いったい――」ようやく手紙から顔をあげてわたしが一人ではないことに気づいたおばは、途中で言葉を止めた。

驚きのあまり、目が丸くなって口が開く。しばし静寂が広がり、おばはようやく自分が裸足であることと口にチョコレートを含んでいることに思いいたった。おばの目の光を見て、わたしはくつくつ笑いだしてしまった。抑えきれなかった。自宅にいるときのハリエットおばはかなり自由にくつろいでいて、まったく礼儀を重んじない。果たしてニコラス・コンプトンはこれをどう受け止めただろうかと思ってちらりと見てみると、わたしの笑いにつられまいと必死にこらえているのがわかった。彼が現れてから、笑うどころかほほえむ気分でもなかったのに、それを変えてしまうのだからハリエットおばはさすがだ。

そのとき、ついにつられ笑いが起きた――けれどつられたのはミスター・コンプトンではなく、ハリエットおばだった。いつものおばらしく、お腹の底から大きな声で笑って、しゃべるあいだ片側の頰に含んでいたチョコレートを吞みこんだ。おかげでわたしはますます笑ってしまったものの、そこでおばが急いで入ってきた理由をはたと思い出し、急に興奮と喜びでいっぱいになった。

立ちあがっておばに歩み寄ると、おばは笑いやんで、わたしにほほえみかけた。

「本当なのね？　本当にホイットニーが来るのね？」わたしは尋ねた。

おばは熱心にうなずいた。「とびきり美しいドレスを買ってあげましょう。お姫さま気分を味わえるように」おばが約束した。

笑いは突然、喜びの涙に変わった。わたしは目をうるませてハリエットおばに両腕を回し、きつく抱きしめた。「ありがとう、おばさま。本当にありがとう。妹はきっとロンドンが大好きになるわ」

日ごとにホイットニーのことが恋しくなっていた。妹がここにいてくれさえすれば、すべてがずっと楽になる。

「お礼なんて。あなたのお母さんが難しいことを言わないでいてくれたら、もっと早くに呼べてたんだけど」ハリエットおばが言った。けれど説明はいらない。母がどういう人で、どんなふうに困らせるかは、ほかならぬわたしがよく知っている。

ハリエットおばがわたしの背中をたたいて言った。「せっかく訪ねてくださったのに、礼儀とはかけ離れたわたしたちをお見せしてしまったわね、ミスター・コンプトン。許していただけるとうれしいわ」ハリエットおばがわたしの肩越しに明るい口調で言った。たまたま披露してしまった感情的な場面をミスター・コンプトンにどう思われようと、まったく気にしていない口調だ。

わたしはおばから離れて、涙の伝った頬と目を拭った。ミスター・コンプトンの前で泣くつもりなんてなかったけれど、急に押し寄せてきた感情は抑えようがなかったのだ。夜ごと妹に会える日を思いながら眠りについていたし、眠ればあの子がロンドンの社交シーズンだけでなく、ずっと憧れてきたいろんなものを体験できるときを夢に見た。

「謝る必要はありませんよ」ミスター・コンプトンが言ったので、涙を拭って向きなおってみると、彼はもう椅子を立っていた。そろそろ帰るのだろう。責められはしない。たいていの男性ならもっと前の段階で戸口に走っている。ところがミスター・コンプトンはわたしに歩み寄ってきて、糊のきいた小さな白いハンカチを差しだした。わたしはそれを受け取ってたたみ、そっと頬を押さえた。上の隅に彼のイニシャルが刺繍されていた。

「ありがとう」わたしは言ったけれど、彼が目撃した場面について言い訳をする必要は感じなかった。こちらが訪問者を予期していなかったときに、向こうが訪ねてきたのだ。おばはアメリカ人で、その流儀は英国流と違うのだ。ここはそのおばの家で、おばが裸足で歩きまわったり口にものが入ったまま話したりしたいと思えばそうしていいのだ。それにわたしは、ミスター・コンプトンにいい印象を与えようとは思っていない。彼がここに来たのは兄に関する情報を聞きだすためだとわかっている。

ロード・アッシントンのほうは本気で妻を探しているのだろうけれど、ミスター・コンプトンは問題を起こしたいだけだ。勘違いかもしれないが、ここまで見てきたかぎりではそうとしか思えない。ニコラス・コンプトンは少々これ見よがしがすぎるやり方で、わたしとリディア・ラムズベリーのあいだを行ったり来たりしている。ほかの女性をオペラに連れて行くことも、公園での散歩に連れだすことも、ダンスに誘うことさえしない。この男性の行動に誠意はない。

「お客さまがいらっしゃるなんて知らなかったの。手紙を開いて、アルフレッドの妹がついに下の娘のロンドン行きを許したとわかったとたん、いますぐミリアムに知らせなくちゃと思って。ミリアムは妹にとても会いたがっていたのよ」ハリエットおばは説明したが、わたしはできればしてほしくなかった。なにもかも、ミスター・コンプトンには関係のないことだし、今後もそれは変わらないから。ミスター・コンプトンのゲームに進んで参加する気はない。

「これほど大事にしてくれる愛情深いおば上が味方についているなんて、ミス・バサーストはとても運のいいレディだと思いますよ。ぼくはただの訪問者なのに、お二人の感動的な場面を目にすることができて、たいへん光栄です」ミスター・コンプトンが返した。

礼儀正しい返答ではなかったけれど、ハリエットおばはにっこりした。彼が礼儀を欠いていることに気づいていないのだ。これがおばの流儀だし、それでおばがいいというなら、わたしはそれでかまわない。そもそもここまで来て、どうやったらこれ以上、礼儀を欠くことができるというの？　おばは最初から裸足だったし、口にものを入れたまましゃべっていた。

　そこへメイドが入ってきた。ミスター・コンプトンが現れたときにわたしが呼び鈴を鳴らして頼んでおいたお茶を運んできたのだ。

「どうぞこのまま、お茶を飲んでいってくださいな」ハリエットおばが言った。午後のお茶にはまだ早すぎることも、彼が来たからこそわたしが頼んだのだということも、理解しないままに。

「喜んで」ミスター・コンプトンが言い、わたしのほうを向いて共犯者めいた小さな笑みを浮かべた。お茶の件はわたしたちの秘密にしよう、という意味だ。つまり、おばの誤解をこの場で訂正しないであげてくれ、ということ。そんなふうにされたら彼を嫌いになれない。たいていの紳士なら、けちをつけるようなことを言って、帰る理由をでっちあげているところだ。ニコラス・コンプトンには欠点があるけれど、これはその一つではない。心の奥底には善良なところもあるのだ――もっと頻繁にそれを表に出せばいいのに。

　ハリエットおばは彼の返事に胸を躍らせたらしく、両手をたたいて言った。「すてき。じゃあ、ちょっと上靴を探してくるわ。すぐに戻りますからね」向きを変え、先ほど入ってきた戸口から急いで出ていった。

おばが行ってしまうと、ニコラスがこちらを向いて尋ねた。「おば上は足が冷えないのかな？」

わたしは首を振った。「冷えないわ。それから、戻ってくるまで少し時間がかかるかもしれないわね。上靴をどこに置いたか、たいてい覚えていないから」正直に答えた。

これにはニコラスもさらに笑い、わたしはにっこりしてお茶を一口飲んだ。彼の前でリラックスしても悪いことはないだろう。わたし目当てで訪ねてきたのではないのだから。今日の彼は兄の目的を探りに来ただけ。けれど本音を言うと、ロード・アッシントンがこの先もまたわたしと一緒に過ごすとは思えなかった。わたしには肩書きがないし、伯爵夫人になるには自己主張が強すぎる。そういう地位につきたいと思ったことはないし、いまからそんなことを願う気もない。夫は必要だけれど、そんなに立派な肩書きの紳士は求めていないのだ。

……ということを、昨夜帰宅したときに自分に言い聞かせた。ロード・アッシントンになにかしらの感情をいだいてもいいことはない。昨夜、彼を見つめたとき、胸のなかに奇妙なぬくもりが広がった。伯爵は、わたしが思っていたよりずっと興味深い人だった。きっとすばらしい夫になるだろう。ただし、わたしの、ではない。わたしはロード・アッシントンが妻に選ぶような女性ではないし、そうではないと妄想するなんて、いずれ悲しみにつながるのがおちだ。なぜって、油断したらロード・アッシントトンに想いを寄せてしまいそうな自分がいるから。

「妹さんのことを聞かせてくれないか」ミスター・コンプトンが言い、紅茶の入ったカップを手近なテーブルに置いた。

もうすぐ妹がやってくると思っただけで、自然と口元に笑みが浮かんだ。「なにをお聞きになりたいの？」本当に興味があるのか、それとも会話をしたいだけなのか、計りかねて尋ねた。

「きみが話したいことならなんでも。妹さんの話はほとんど聞いていないし、とても仲のいい姉妹なのは明らかだからね。ぼくにはまったくなじみのないことだな。アッシントン以外に兄弟姉妹はいないんだ」

それ以上、言う必要はなかった。なにを意味しているかはわたしにもわかる。それでも、この兄弟が憎み合っているのはアッシントンだけに責任があることとは思えなかった。さらに言うと、わたしはこの兄弟が対立している詳しい事情を知る立場にない。探りを入れたとしても、たいした事実は見つからないだろう。ニコラス・コンプトンの目には、不正直な光がある。

「ホイットニーは本当に美しい子で、あの子が入ってくるだけでどんな部屋も明るくなるわ。笑い声は音楽のようだし、どんなに憂鬱な日でも楽しくする力があるの。ささやかな瞬間に喜びを見いだす天才で、わたしもこの子みたいに世界を見てみたいという気にさせられる。家は恋しくないけれど、ホイットニーのことは恋しいわ。わたしにとって、あの子こそが帰るべき場所よ」妹の話をするのは簡単だった。じきにまた会えるのだと思うと、寂しさが大いに癒やされる。妹の話をしているだけで心が軽くなった。

ミスター・コンプトンはなにも言わずに聞いていたが、わたしに向けられた視線は謎めいていた。まるで、初めて会った人を見るような目。その人とその言葉を品定めしているような。そんな視線を向けられるのは奇妙な体験だった。なにを考えているのだろうと思ったものの、なにも訊かずに黙っていた。

やがてついに口を開いたミスター・コンプトンは、まず咳払いをしてから、ビロード張りの椅子の高い背もたれに寄りかかった。「生まれてこの方、女性がほかの女性のことを、これほど嘘のない敬意をこめて語るのは聞いたことがない。たとえそれが姉妹でも、そのあいだにはかならず競争心とか嫉妬心といった垣根があるものだ。それなのに、きみの語る言葉には疑いようのない純粋な思いがこめられていた」自分の言っていることが信じられないような口調だ。

「妹のためなら人生も差しだすわ」きっぱり言った。実際、わたしはいままさにそうしている。結婚を選ぶことは、長年の夢をあきらめることとイコールだ。ホイットトニーが与えられて当然の人生を手に入れるために、わたしは夢見ていた人生を手放す。

「その言葉を疑っていないし、正直、そんな自分に驚いているよ」ミスター・コンプトンはまだ奇妙なものでも見るような目でわたしを眺めながら言った。「まったくきみという人は、これ以上、興味深くなりようがないと思わせておいて、一緒にいればいるほど、それが間違いだったとわからせてくれるんだな」

うれしい言葉だけれど、わたしが彼のゲームの駒でしかないという可能性は消えていない。将来的にわたしが傷つくこともありうるのだから、額面どおりに受け取ることはできなかった。ロンドンに来たのは自分のためではない。妹のためだ。それを忘れてはならない。

「わたしはほかのだれとも変わらない、平凡な女性よ」わたしは返して紅茶を一口飲んだ。今後はどれだけの感情を表に出すか、気をつけたほうがよさそうだ。とりわけニコラス・コンプトンのような人の前では。彼の見た目の美しさにだまされてはいけない——その美しさは心までは届いていないのだから。

# 17
# アッシントン伯爵

あとどれくらいでロンドンを離れ、差し迫った仕事の待つチャトウィックホールに戻らなくてはならないだろう。エマは田舎が大好きだから、戻ることになれば大喜びするだろうが、わたしはまだ妻選びについて心を決めかねていた。だが二週間ほどなら都会を離れても問題なさそうだし、そのあいだに頭も整理できるかもしれない。

黄色いものがわたしのそばを走り抜け、図書室のドアの横で急停止してから、なかに飛びこんでいった。まるでわたしなどここにいないかのように。待っていると、ほどなく廊下の向こうからアリスの重たい足音が近づいてきた。

「ミス・エマ、一つでも家具をお汚しになったら承知しませんよ」警告の口調でアリスが呼ばわった。

汚す？　あの子め、今度はいったいなにをした？

アリスがわたしに気づいて足を止めた。「ミス・エマをお見かけになりませんでしたか？」疲れた顔で尋ねた。

わたしは図書室のドアを指差した。

アリスは両眉をあげた。「旦那さまの貴重な蔵書にジャムだらけの指が触れていないことをお祈りください」そう言うと、まっすぐ図書室に向かった。

本が心配になって、わたしもあとに続いた。通常、図書室はカーテンが引いてあって暗いのだが、先ほどまでわたしがここにいたので、カーテンは開いていた。今後はいたずら好きの小さな逃亡者が入ってこないよう、かならず閉じることにしなくては。

「お台所からジャムの入った瓶をお持ちになったことはわかっていますよ、ミス・エマ」アリスが切りだした。「ジャムのついたお手々でものにお触りになったら、そのものがだめになってしまいます。このお部屋にあるのはとても大事なご本ばかりなんですよ」

わたしは周囲に視線をめぐらせ、ものの下や後ろに小さな足が隠れていないかと探した。

「指ならきれいに舐めたもん」小さな声が返ってきた。

わたしは安堵に息をついた。

「いますぐ出ていらっしゃらないなら、今後はお茶のときでもジャムはなしです」アリスが言う。

さすがにこの脅しには、上手に隠れていたエマもシェイクスピア全集を収めた本棚の陰から出てくる気になったらしい。小さな白い上靴がのぞいたと思うや小さな体が続き、ついには大真面目な面持ちが現れた。口の周りはベリーのジャムだらけで、鼻にもちょんとついている。手はきれいにしたかもしれないが、顔はひどいありさまだった。

「さあ、あちらできれいにしましょう。そのあとはお昼寝です。今日はお茶はなし。もうジャムはじゅうぶんお召しあがりになったようですからね」アリスが言った。

エマはがっくりと肩を落とした。「でも、お茶大好きなのに」

「嘘おっしゃい。お茶はろくに召しあがらないじゃありませんか。ジャムを塗りたくったビスケットを召しあがるだけ。だけどこうして、今日のお茶でお出しするはずだったジャムを一瓶まるごと平らげてしまわれたんですから、お茶のときにもジャムはなしです」

エマはため息をついた。「お台所に行けば、もっとジャムがあるんじゃない？」ごく小さな希望をこめて尋ねる。

アリスは首を振った。「残っているジャムはすべてロード・アッシントンのビスケット用です」

するとエマはわたしのほうを向いた。その目を見れば、もう作戦を練っているのがわかる。小さな顔には知性のきらめきがあって、わたしはそれが誇らしかった。

「アッシントンは、ジャムなんている？」挑戦状をたたきつけるように尋ねた。わたしがいると答えたら、力づくで奪ってやると言わんばかりに。

「ええ、ロード・アッシントンにはジャムがおいりですよ」わたしが答える前にアリスがきっぱり言った。エマへのわたしの返答をまるで信用していないのだろう。

エマは例に漏れずそれを無視してわたしをにらみつづけ、返答を待った。懸命に怖い顔をしようとしているものの、わたしとしてはアリスのほうが怖かった。「ビスケットにはジャムがあったほうがうれしいね」答えを聞くまで動かないのがわかったので、言った。

エマはまた肩を落とし、うらぶれた様子でアリスに向きなおった。「お台所にも、ほんとにもうないの？　ミセス・バートンにお願いしたら、市場へ買いに行ってくれるんじゃない？」

アリスは強く首を振った。「くれません。ジャムを一瓶まるごと召しあがってしまったんですよ、ミス・エマ。お腹が痛くならなかったら奇跡というものです。さあ、もう行きましょう。お昼寝の時間です」

エマはとうとうアリスに歩み寄ったが、その足取りはしごくゆっくりで、家庭教師のもとにたどり着くまでにわたしがなにかしらの解決策を思いつくのを待っているようだった。

「今日、お茶をいただけないのが悲しくなられたら、このことを思い出すんですね。そして、そこまでする価値はあっただろうかと考えてごらんなさい」アリスがかたわらにとぼとぼとやってきたエマに言った。

とたんにエマはぱっと顔をあげて目を見開いた。「かちなら大ありだったわ。ジャムってほんっとうにおいしい」力をこめて、正直に答えた。

わたしは手で口を覆って笑いを咳払いでごまかし、アリスはエマを連れて図書室から出ていった。

二人が階段をのぼりはじめたので、わたしは執務室に行こうと向きを変えたが、そのとき玄関をノックする音が響いた。足を止め、そのまま執事が玄関を開くのを見守った。訪問者の予定はなかったし、これほど午後遅くなってから訪ねてくる者もめったにいない。今夜はレディ・ウィザリントンの舞踏会があり、わたしは出席する予定だった。

執事のチャールズが一歩さがって訪問者を通したとき、ニコラスの姿にわたしは凍りついた。弟は帽子を取ってわたしと目を合わせた。「やあ、兄さん」陽気な声で言う。「出迎えてくれるとはずいぶんご親切だな」

そういうことではないのはお互いにわかっているし、弟がわたしの家にいる――エマのすぐ近くに――と思うと、体がこわばった。ニコラスはここでは歓迎されない。

はっきりそう口にしたことはないものの、それはわたしが弟の家を訪ねていかないのと同じで、暗黙の了解ごとだった。エマの安全こそわたしの最優先事項。ニコラスはそれを脅かす存在だ。

「なにをしに来た？」尋ねながら、それ以上家の奥まで入ってこられないよう、弟のほうに向かった。

「もちろん兄さんに会いに、さ。めったに話す機会もないだろう？　いろいろ近況報告でもしようじゃないか」仲のいい兄弟であるように、ニコラスは言った。

「そういうことなら帰ってくれ。おまえには会いたくないし、やるべきことがあるんだ」わたしはそう返すと、背を向けて歩み去った。エマを守るためという以外に理由がないとしても、ニコラスにはここにいてほしくなかった。いまはまだエマの存在を知られるときではない。召使いはみんなわたしに忠実で、エマのことも溺愛している。召使いたちが沈黙を守るとしたら、それはわたしではなくエマのためだ。執事のチャールズはこれをよく理解しているから、ニコラスをこれ以上奥まで通すことはないだろう。いまやわたしが伯爵で、この家ではニコラスに自由はない。

「さっきまでミス・ミリアム・バサーストとそのおば上を訪問していたんだ。じつに魅力的なレディだと思わないか？」ニコラスの問いかけに、わたしはおそらく弟の狙いどおり、足を止めた。

振り返って弟を見る。ニコラスは、自分がなにを仕掛けていてどんなことを企んでいるか、兄には気づかれていないと思っているのだろうが、あいにくわたしのほうが年上だ。向けられた憎しみをよく理解している。強い復讐心を。ニコラスにとってのわたしは、愛する母に屈辱を与えた憎い存在でしかない。彼女が一度としてわたしに――まだ幼かったころのわたしにさえ――やさしさを示さなかったという事実にも、弟の気持ちを変えることはできないのだ。兄は敬意をもって母に接するべきだったとニコラスは思っている。残念だが、永遠に失望してもらうしかない。弟の母親は生まれつき性悪だったが、その点では父も負けていなかった。

「おまえがどこで過ごそうと知ったことではない。わたしには関係のない話だ。おまえが着けている偽りの仮面を見破れないような女性なら、わたしの伯爵夫人にはふさわしくない」わたしは返した。

ニコラスは感情を表すような男ではない。どんなに機嫌が悪くても、いつでもごきげんに見せかける天才だ。わたしたちの父親は弱さを許さない人間だったので、そこからニコラスは自身の弱さを隠すことを学んだ。おそらく弟自身よりもわたしのほうが、弟をよく理解しているだろう。

「そうか、兄さん。ぼくとゆっくりおしゃべりする時間がないというなら、今日のところは帰るとするよ。楽しい夜を。今夜のパーティでまた会えるだろう」ニコラスが言った。

　わたしはなにも返さなかった。返事をすれば弟のゲームに乗ったことになるが、参加する気はみじんもない。若かったニコラスは傷ついていて、かつてはわたしも守ってやろうとしたが、残念ながら失敗した。弟どころか自分も守れなかった。向きを変え、弟を送りだす役目は執事のチャールズに任せた。ニコラスが早く帰ってくれれば、エマの安全はよりたしかなものになる。いまはお昼寝の時間だとしても、いつなんどきあの階段を駆けおりてきて、またいたずらを引き起こしかねないのだから。

# 18
# ミリアム・バサースト

本当に、どれもこれも似たようなものなの？　社交シーズンの舞踏会を表現する形容詞は、そろそろ底をついてきた。もうすぐホイットニーがロンドンにやって来るけれど、前回とそっくりの舞踏会について、どうやったらもっと独創的なやり方であの子に教えてやれるのだろう？

女性がこぞってほかより目立とうとするので、ドレスはより豪勢に、より凝ったものになってきた。人気の女性もはっきりしてきた。ダンス一曲も座ったままでいない女性がいれば、レモネードを手にへりのほうにたたずみ、年上の女性たちのゴシップで時間をつぶす女性もいる。そして多くの紳士が明らかに特定の女性に求愛しはじめたとあって、娘をもつ母親たちはさらに攻勢を強めてきた。

わたしはというと、ダンスのせいで足が痛くなってきた。おまけにロード・ブライアが異国での旅の日々について語るのを笑みを絶やさずに聞いていたので、顔がこわばってきた。たしかにロード・ブライアはあちこちのめずらしい土地に赴いているけれど、話しやむということがないから、しばらくすると聞き手の耳が疲れてくるのだ。

曲が終わると、ロード・ブライアはわたしをおばのところへ連れて行った――そのあいださえ、一度もおしゃべりをやめることなく。一瞬でいいから黙ってくれたらいいのだけれど。この声がだんだん不快に思えてきた。ロード・ブライアは自分のことが大好きらしく、自身が成し遂げたことを恥ずかしげもなくいつまでも語りつづけた。

「ぜひまたご一緒させていただけたら光栄です」その言葉で、ロード・ブライアがいつの間にか外国の輸出入産業について話すのをやめて、別れの段階に移行していたのを悟った。

「ええ、ぜひ」どうにか答えながら、さっきのがロード・ブライアとの最後のダンスでありますようにと心のなかで祈った。彼が子爵だろうと〝たいへんな成功者〟だろうと、どうでもいい。おしゃべりでここまで耳が疲れたのは初めてだ。それに、ロード・ブライアはわたしの父親でもおかしくないほど年上。

無理に笑みを浮かべると、おばは手で口を覆って咳をするふりをした。やっとロード・ブライアが去っていったとき、わたしは深々とため息をついた。「インドに何種類の絹があるか知ってる？　スペインの浜辺の比類なき美しさについてはどう？」わたしが尋ねると、おばはくすくす笑った。

「ロード・ブライアはあちこち旅してるのね？」おばが言う。

わたしはうなずいた。「ええ。そして大いに成功なさってる。すごい方よ。本人に訊いてみて」

ハリエットおばはにんまりして、扇で自身をあおぎはじめた。明日の朝食の席で、またロード・ブライアをネタにした冗談を聞かせてあげよう。

「もっとすてきな方が来られたわよ」おばが耳元でささやいたので、その視線を追うと、ロード・アッシントンがこちらに向かっていた。

「もしダンスに誘われたら、お願いだから今回は断らないで」ハリエットおばがささやいた。「とても楽しいオペラの夜を過ごさせてもらったんだもの」言われなくても覚えていることを指摘された。

「断らないわ」わたしは言った。お願いしなくてはならないとおばに思われていたことが、少し恥ずかしかった。

「よかった」おばは安堵の声で言った。

「ダンスカードの次の順番が彼なの」おばのほうを向いて目を合わせ、ほほえんだ。

「そうでしょうとも」おばが言った。

「ごきげんよう、レディ・ウェリントン、ミス・バサースト」

ハリエットおばは小さくお辞儀をした。「ごきげんよう、ロード・アッシントン」

お辞儀について、わたしはおばの間違いを指摘しなかった。気づいた人がいたとしても、それぞれご自身で立ちなおってほしい。

ロード・アッシントンはほほえんでおばに会釈をした。

それから体ごとわたしのほうを向いた。「ブライアとのダンスにもめげなかったならいいのだが。一緒にいるあいだ、あの男はしゃべりつづけていただろう？　しまいには、きみの耳と心の平穏が心配になっていた」冗談めかした口調で言った。

見られていたという単純な事実に胸がときめき、思いがけないその反応に我ながら驚いた。ロード・アッシントンに関心を向けられてこんな反応を示したのは、これで二度目。あまりにも新鮮な体験だから、どう解釈したらいいのかわからない。

「ロード・ブライアはとても……物知りな方ですね」わたしは返した。

「パリより遠くへ行ってみたいなら、彼の知識に頼るのが正解だ」ロード・アッシントンは言い、今度はにっこりほほえんだ。そんなふうにほほえむと、いつもより若く、まったく伯爵らしくなく見えた。どこか……弟に似ていた。

「おっしゃるとおりですね」わたしは同意した。

「行こうか」ロード・アッシントンが言い、腕を差しだした。

笑顔を返して前に出たわたしはその腕に手をかけた。ロード・ブライアのかび臭い木と軟膏のにおいと違って、ロード・アッシントンはミントとスパイスの香りがした。そそられる香りだから、近づいて吸いこみたくなる。今夜はここまでどうにか我慢して、ロード・アッシントンの一挙手一投足をつぶさに観察しないようこらえてきた。伯爵は一度、ミス・ラムズベリーと踊った。少しも嫉妬しなかったと言えば嘘になる。わたしのダンスカードに伯爵の名前があるのを知っていたからこそ、どうにか笑みを浮かべたまま踊れた……なんてこと、あのときだれと踊っていたのか忘れてしまった。だって、少し上の空だったから。今宵のリディア・ラムズベリーはアイスブルーの美しいドレスを着ており、淡い金髪に白い肌と相まって、本物のお姫さまのようだった。

ああ、わたしもほかの令嬢みたいになりつつある。競争相手を品定めするなんて。いつからこうなったの？　いつからロード・アッシントンがだれと踊るかを気にするようになった？　その件についてあれこれ考える前にロード・アッシントンに両手を取られて、わたしたちは踊りはじめた。とたんに、ほかのことはどうでもよくなった。

「舞踏会三つ目でようやくきみと踊る権利を手に入れた、ミス・バサースト。きみが期待に応えてくれることを願っているよ」ロード・アッシントンが言った。

顔が熱くなるのを感じて、頬が染まっているのがわかった。「それならがっかりさせてしまうかもしれません、ロード・アッシントン。わたしたちの初めての出会いは、むしろ感謝すべきものだったとお思いになるかも」

これを聞いて伯爵が笑うと、その目の光にわたしの心臓はほんの少しきゅっと縮まった——心臓が縮まるなんてことがありうるとして。ありうるとは思えないけれど、本当にそんなふうに感じたのだ。

「きみは自分の長所に気づいていないようだな」ロード・アッシントンが言った。

「そのようです。なんでもずばずばものを言うところを長所とみなすなら別ですが」

ロード・アッシントンがほほえんだ。「では教えてさしあげよう、ミス・バサースト。鋭い機知、やさしい心、ほどよい品のよさ、公明正大さ、家族愛、そしてもちろん、比類なき美しさ。すべてが長所だ」

心臓がまたあの奇妙な反応を示し、わたしは生まれて初めて完全に言葉を失った。〝鋭い機知〟はどこかへ行ってしまったらしく、そんなふうに評されてどう返すのが正しいのかわからないまま、わたしは踊りつづけた。ありがとうだけではすまないはずだが、ほかになんと言えばいいのかわからなかった。しばらく考えて、ようやく返した。

「そんなに寛大な人物評は聞いたことがありません。評されている人物がわたしなら、とくに。どうもありがとうございます、ロード・アッシントン」

ダンスが終わると、伯爵はしばしわたしを見つめた。「いままで一人の男もきみのそういうところに気づかなかったなら、そんな男どもには時間を割く価値などない。先ほど述べたのはきみの長所のなかでももっともすばらしいもののいくつかだが、ごく一部にすぎない」

またしてもわたしは言葉を失った。ほかにどんな長所があると思っているの？　本当のわたしを知ったら、ひどくがっかりなさるんじゃない？　ロード・アッシントンが述べた長所は、どんな女性にでも備わっているようなものだ。懸命に努力して手に入れるようなものではない。

ロード・アッシントンが差しだした腕に手をのせて、二人でおばのほうに向かった。もっとなにか言わなくてはいけない気がしたものの、いまはなにを言うべきなのかわからなかった。今度はわたしが彼の長所をほめるべき？

「しばしミス・バサーストと二人でベランダに出て、新鮮な空気を吸ってきてもいいでしょうか？　ベランダにはほかにも人がいますから、ご安心ください、二人きりにはなりません」ロード・アッシントンがおばに言うのを聞いて、次になにを言うべきかと考えこんでいたわたしは、はっと我に返った。伯爵は二人で外に出る許可を求めている。わたしはロード・アッシントンと外に出たいの？

「もちろんです」ハリエットおばはうれしそうに言った。「どうぞ新鮮な空気を吸ってきてください。ここはちょっと息苦しいですものね。きっとミリアムも喜ぶでしょう」

わたしもそうしたいとうなずいて合図をするまで、おばは待つ気がないらしい。伯爵と二人で外に出てきてほしいのだ。まったく、ハリエットおばさまったら、今夜ここにいるほかの母親たちに負けないくらい鼻息が荒くなっているわよ。けれど腹は立てられない。わたし自身、ロード・アッシントンともう少し一緒にいたかった。

大きなアーチの下をくぐると、そよ風とひんやりした夜の空気に迎えられた。わたしは安堵の息をつき、伯爵に導かれるままベランダの左手奥に向かった。近くの壁はさまざまな色調のピンクのバラに覆われていて、見た目どおりのすてきな香りがした。

「ここのほうが楽だろう」伯爵が言う。

「ええ、本当に」わたしは返した。「ずっとなかにいたので、新鮮な空気がありがたいです」

「田舎にいるときはよく外で過ごすのか？」伯爵が尋ねた。

「お天気が許してくれるなら。太陽が照って暖かいのは大好きだけれど、寒くてどんよりした日は暖炉のそばで本を読むほうが好きです」

ロード・アッシントンがほほえんだ。「読書が好きか」質問ではなく事実を述べたまでという口調だった。「わたしもだ。チャトウィックホールには広い図書室がある。よければきみとおば上とおじ上で訪ねてくるといい」

「チャトウィックホールに？」正しく理解している気がしなくて、尋ねた。アッシントン伯爵の領地がどこにあるか、正確には知らないものの、それがチャトウィックホールと呼ばれていることは知っていた。覚えているのはそれだけだ。

伯爵がうなずいた。「ああ。むろん、ロンドンの社交シーズンをしばし離れること
に気乗りするならの話だが。二、三日のあいだ、どうかな」
　領地に招かれている。彼の故郷に。それはいったいどういう意味？　この人は女性
相手によくこういうことをするの？「妹がロンドンにやってくるんです。いつまでい
られるかわかりませんが」わたしは言った。
「すばらしい。きみが妹さんに会いたがっていたことは知っている。もちろん妹さん
も一緒に来るといい。きみがあれほど大事にしているのだから、会えるのが楽しみだ。
きっと特別な人なのだろう」
　チャトウィックホールのようなところに行く機会を与えられたら、ホイットニーは
飛びあがって喜ぶに違いない。アルフレッドおじのもとに滞在するあいだ、妹が目に
するだろうロンドンのごく一部に比べれば、はるかに胸躍る体験になるはずだ。ロー
ド・アッシントンが差しだしている機会を逃したら、ホイットニーがそんな体験をす
ることはおそらくない。そして本当の本心を言えば、わたしも伯爵の故郷を見てみた
かった。この男性ともっと一緒にいたかった。
　わたしはロード・アッシントンが好き。そう認めるのは、どこか解放感のあること
だった。
「寛大なお誘いを、ありがとうございます」わたしは言った。

ロード・アッシントンが人差し指をわたしのあごの下にあてててすくいあげ、視線を合わせさせた。目にした真摯な表情に、わたしの心臓の鼓動は加速した。「勘違いするな、ミリアム。これは寛大な誘いではない。身勝手な誘いだ。なにしろわたしは、きみと一緒にこの――」周囲を見まわしてから視線をわたしに戻す。「――ばか騒ぎから離れて過ごしたいと思っているのだから。互いをもっとよく知って、新鮮な空気を楽しむ時間がほしい。きみの家族については、うれしいおまけだと考えている。きみは家族を大事にしているし、きみが愛する人たちをわたしは知りたい」

わたしをもっとよく知りたい。

わたしの家族を知りたい。

わたしを……ミリアムと呼んだ。

「ええ、ぜひ」答えた声はささやきでしかなかった。

伯爵が浮かべたほほえみはいかにも純粋で、そんな笑顔を向けられたら、女性はだれでも全身でその威力を感じてしまうはずだ。この笑みには強い力がある。本人はわかっているのだろうか？

# 19

## ニコラス・コンプトン

舞踏室を見まわしたぼくは、ベランダから戻ってくるアッシントンとミリアムを見つけた。つまり兄はミリアムを外に連れだしていたのだ。なんと……すばらしい。もう少し早く到着して、今夜の兄の動向を見張っておくべきだったかもしれない。兄は最初からミリアムだけに関心を示していたのか？　あるいは、今夜も彼女のダンスカードに名前がなかったから、新鮮な空気を吸うために外へ連れだしたのか？

「ミスター・コンプトン、お会いできてうれしいわ」左手から女性の声がしたので、しぶしぶ兄とミリアムの観察をやめて振り返ると、近すぎるところにギャラガー公爵夫人がいた。この公爵夫人は夫の半分ほどの年齢で、ロンドンにいるぼくに接近してきたのはこれが最初ではない。ほかの男との逢瀬のことは知っているし、年配の夫がそれについて知ったらどうなるかもわかっている。

「ごきげんよう、公爵夫人」ぼくは礼をした。「今夜もお美しい」

ギャラガー公爵夫人はもう若くてうぶなお嬢さんではないから、へらへら笑うことも赤面することもない。ただ身を乗りだし、ぐっと寄せられてドレスの襟ぐりからこぼれだしそうな胸元をぼくに見せつけた。「あなたこそ、今夜も魅力的よ、ニコラス」耳元でささやいた。

ニコレットは人目を引く女性で、四年前は社交シーズン随一の華だった。そのシーズンでもっとも力のある称号ともっとも年配の夫を勝ちとった彼女だが、それだけでは満足しなかった。この女性は、結婚するずっと前からスカートをまくりあげることで知られていた。ギャラガー公爵もそれを知っていたが、婚前の軽はずみな行動は大目に見たという。もしかしたら経験者がお望みだったのかもしれない。そういうことならぴったりの女性を選んだものだ。

「申し訳ないが、ちょうどある女性のダンスカードの順番が回ってきたところでね」

公爵夫人はすねるように赤い唇をすぼめた。「踊りたいの？　庭園の奥のほうで、ほかにいろんなことができるのに？　小屋があってね……鍵がかかっていないのよ」

鍵のかかっていない小屋がそこにあることをなぜ知っているのか、それ自体が怪しい。なにしろ、ここは彼女の家ではない。来る前に庭師と会話でもしたのか？　これまでに何度、その小屋へ男を連れて行ったのだろう？

「じつにそそられるが、公爵夫人のことは深く尊敬しているんだ。わかってくれるね」とっておきの魅惑の笑みを浮かべてそう言うと、腕をつかまれて肉に爪を沈められる前にその場から逃げだした。

ギャラガー公爵夫人は美しいし、性技にも長けている。誘いに乗ればしばしのお楽しみが得られるばかりか、記憶に残る体験を味わえるだろう。だとしても、ぼくはただの〝ミスター〟で、彼女の夫は富も権力もある公爵だ。庭師の小屋での逢瀬なんかのために絞首台にのぼる気はない。

視線をめぐらせると、リディア・ラムズベリーが男性数人に囲まれていた。複数から関心を寄せられていやがってはいないようだが、アッシントンも彼女が人気者であることをいやがっていないらしい。リディアのこともその賛美者たちも眼中になさそうだ。ミリアムたちのほうへ歩きだしたぼくは、彼女のおばがにこにことほほえんでいるのに気づいた。ミリアムもうれしそうで、少し……恥ずかしそうでもある。こんな表情の彼女は見たことがない。まさか、頬まで染めている？

二度ほど人に呼び止められてから、ようやく三人のもとにたどり着いた。レディ・ウェリントンがまずぼくに気づき、しょっちゅうやるように目を丸くしたので、アッシントンも振り返った。

ぼくを見て浮かべた不快そうな顔で、知りたかったことはすべてわかった。どうやら兄はミリアム・バサーストに的を絞ったらしい。ぼくが望んでいたことではないし、これで計画は余計に難しくなる。ミリアムは安易に利用できない。いまでは彼女について深く知ってしまったし、彼女を好ましく思っているから。

「ごきげんよう、レディたち。それにアッシントン」挨拶をした。

「ミスター・コンプトン、お会いできてうれしいわ」レディ・ウェリントンは言ったが、本心とは思えなかった。声が不安そうだ。兄はこんなに早く二人ともを魅了してしまったのか？

「ニコラス」アッシントンが言った。

ミリアムは無言のままで、それがなにより多くを物語っていた。以前、ぼくが〝ゲーム〟を仕掛けていると指摘した彼女は、いまぼくが急に現れたこともそのゲームの一部だと思っているのだろう。誤解だ。これはゲームではない。復讐だ。くだらないゲームなんかとは比べ物にならない。ぼくがここへ来たのは、兄になにかを証明するためではない。兄がぼくの母に恥をかかせたように、兄に恥をかかせるためだ。ミリアムは周囲で起きていることを鋭く察知してしまうから、計画を遂行するのはじつに難しくなるだろう。兄がリディアを選んでくれていたら、ずっと単純だったのに。

「ダンスカードの次の順番はぼくだと思うんだ」カードのどこに名前があるか、知らないままに告げた。ぼくはいま来たばかりなので、ミリアムがここまでにだれと踊ったのか知らなかった。

「今夜はわたしのカードにお名前はないわ」ミリアムは偽りのやさしさをこめた声で

言った。まるで挑戦のような響きだったが、まあ、ぼくは挑戦が大好きだ。

「間違いないかな？」片方の眉をあげて尋ねた。

ミリアムはうなずいた。「ええ。断言できるわ」

そのとき、アッシントンの後ろ数メートルのところにミスター・ニーズが現れて、それ以上近づいていいものかと迷っているような顔でこちらをうかがいはじめた。なにをしているのかと思ったとき、ミリアムが前に出て彼の腕に手をのせた。「次の順番はミスター・ニーズなの」

ダンスフロアに歩いていく二人の後ろ姿を、ぼくは見送った。

アッシントンが咳払いをした。「ニコラス、どうやら今夜は来るのが遅すぎたようだな」

ぼくはレディ・ウェリントンのために無理やり笑みを浮かべた。「ああ、そのようだ。二度と同じ失敗はしないことにしよう」警告のつもりだった。兄なら理解できる警告。

「たった一度の失敗で流れが変わってしまうのはよくあることだ」兄は言い、レディ・ウェリントンのほうを向いた。「今夜もたいへん楽しい時間でした。この先はミスター・コンプトンに任せるとします。わたしと彼の両方がいては、一人の女性には荷が重すぎるでしょうから」その言葉にレディ・ウェリントンは吹きだし、すぐさま口を覆って真っ赤になった。

するとと信じられないことに、アッシントンがウインクをした。あの兄が、ウインクを。

ぼくは向きを変えて、去っていくアッシントンを見送った。兄はリディア・ラムズベリーのところへ行くのではなく、人気《ひとけ》のない隅に向かった。そこで足を止め、視線をダンスフロアにいるミリアムとニーズに据えると、腕組みをしてその場に陣取った。これは主張だ。兄を見ている全員にもそれとわかるもので、その意味は誤解しようがない。

レディ・ウェリントンに視線を戻すと、ご婦人はまたしても目を丸くしていた。ぼくと同じくらい、このなりゆきに驚いているらしい。ミリアムとアッシントンがベランダに出ていた短いあいだに、いったいなにがあった？　ただ外に出ていただけではなさそうだ。

「どうやら兄は関心の対象を切り替えたようですね」情報を引きだせないかと思って、言ってみた。

レディ・ウェリントンはアッシントンを見つめたまま、うなずいた。「かもしれないわ」ほかの人が耳を澄ましているかのように、小声で返した。盗み聞きされる可能性はいつだってあるが、ぼくはあまりそういう心配をしない。「ミリアムは本当に、めったにいないようなすばらしい娘なんだけど、そのすばらしさを積極的に見せようとはしないの。とても警戒心が強くて。だけどロード・アッシントンには見えたんでしょうね、ミリアムの……壁の向こう側が」

兄はなにかを見たのだろうし、ミリアム・バサーストの魅力なら、ぼくでもすぐに列挙できる。あんな女性に惹かれない男がいるとしたら、目も耳も口もふさがれているに違いない。

「ミス・バサーストのほうも、アッシントンになにかしらいいところを見つけたんでしょうか？」最後に話をしたとき、ミリアムは間違いなくアッシントンを好いていなかった。

レディ・ウェリントンは肩をすくめた。「わたしにはさっぱり。だけど正直なところ、なにもかもすごくおもしろいわ。ロンドンの社交シーズンなんて、退屈で堅苦しいとばかり思ってたのに、こんな展開が待ってるなんて知りもしなかった」

ずいぶん率直な物言いに、思わず笑みが浮かんだ。レディ・ウェリントンとの会話はじつにおもしろい。いつだって楽しませてくれる。「退屈なときがありませんね」ぼくは同意した。とはいえ、兄の選ぶ妻には退屈であってほしかった。当の兄が退屈なのだから、似たような伯爵夫人を選ぶというのは筋が通る。それなのにいま、兄がじっと見つめているのはこの部屋でいちばん興味深く輝く光だった。いや、英国一かもしれない。ミリアム・バサーストはいっさいの努力もなしに兄の関心をリディアから奪ってしまった。ただありのままの彼女でいるだけで。

後悔のため息をついて、ミリアムがミスター・ニーズにほほえみかけるのをぼくは眺めた。なにもかもが違っていたらよかったのに。母の復讐を果たそうとするのと、手に入ったかもしれない未来の幸せを失うのとは、別の話だ。兄にはけっしてミリアム・バサーストを幸せにできない。兄が妻に強いるのは、ミリアムでは絶対に収まりきらない人生、ミリアムが絶対に望まない人生だから。かたやぼくなら、ミリアムはいまのままでいられるし、ぼくは一瞬一瞬を楽しむだろう。

アッシントンはぼくがミリアムに惹かれていることを知っているのだろうか？　知っているからこうしたのか？　復讐のテーブルは引っくり返されていたのに、ぼくは兄の動きに気づかなかった？　ミリアムは操られていいチェスの駒ではない。どうしたら一歩さがったまま、兄が彼女を利用するのを黙って見ていられるだろう？

復讐のために、ぼくはどこまでやる？

# 20

## ミリアム・バサースト

ホイットニーがメイフェアストリート一八番地の玄関から一歩なかに足を踏み入れた瞬間、過去に経験したことがないくらい、わたしの全身で喜びが爆発した。目に涙がこみあげて、胸ははちきれそうになる。階段の上で一瞬だけ足を止め、天使のような顔を見つめてから、ついに妹がここへ来たことが信じられなくて前に駆けだした。

妹の笑い声が玄関広間に響き、わたしの世界はようやくまた完璧になった。泣き笑いしながら妹を抱きしめて、二度と離したくないくらいだった。朝からずっと部屋の窓の外を眺めて、馬車が来るのをいまかいまかと待っていたものの、やっぱりこれは夢なのではないかと不安でもあったのだ。

「ほら、妹に息をさせてやりなさい」アルフレッドおじの深い声が背後から聞こえた。わたしは腕の力をゆるめたけれど、完全には離れることができなくて、ただ身を引いた。

「来たのね」感動をこめて言う。

「ええ！」ホイットニーは喜びいっぱいに答えた。「姉さま、泣いてる！」

わたしはまた笑って、顔を伝う涙を拭った。「あなたがいなくて寂しかった。それだけよ」

ホイットニーは驚嘆の顔で周囲を見まわした。「こんなものに囲まれていて、どうしたらわたしがいないことを考える時間があったの？　こんなにすばらしいのに」

「王妃さまの城にいたってあなたを思うわよ」わたしは言い、妹の顔を両手で包んでじっと見つめた。本当に、ここにいる。

「かならずエイダを説得してホイットニーをここに来させると約束しただろう？　いずれわたしを信用するようになってくれるとうれしいね」アルフレッドおじが冗談めかして言いながら近づいてきた。

ホイットニーは初めて出会うおじに視線を移した。おじがわたしたちの家を訪ねてきたときは、わたしでさえまだうんと幼かったので、そのときのことを覚えていないくらいだ。妹の視線を追って、長身で肩幅の広い、無愛想な男性にほほえみかけた。この男性がわたしたちにとても寛大なふるまいをしてくれた。

「ええ、たしかに約束してもらったし、おじさまのことは疑っていなかったわ。残念だけど、わたしが疑っていたのは母なの」

母には本当の力などないと言わんばかりにおじは舌を鳴らし、ホイットニーのほうを向いた。「来てくれてうれしいぞ。それくらいの年のころのお母さんにそっくりだな。まあ、ミリアムから聞いたところによると、言動のほうは似ていないそうだから、その点はじつにありがたいことだが」鳴り響くような声で言った。

「アルフレッド！」夫の言葉を聞きつけて、ハリエットおばがたしなめるように言った。「母親のことをそんなふうに言うもんじゃないわ。来たばかりのお嬢さんに」

アルフレッドおじは振り返り、ホイットニーの到着に居合わせなかったので急いでやってくる妻を見つめた。「じゃあ、この子の前で思ったままを話せるようになるまで何日待てばいいんだ？　ミリアムは怒っていないようだぞ。そうだろう、な？」わたしに尋ねる。

わたしがほほえんでホイットニーを見ると、妹は心から楽しんでいる顔ですべてのやりとりに見入っていた。わたしに明るい笑みを投げかけて、くすりと笑う。わたしは言った。「本当のことには怒りようがないわ、おじさま。気にしないで、ハリエットおばさま。ホイットニーもわたしと同じで、母と同じ家で暮らしてきたんだから、幻想はいだいてないわ」

ハリエットおばがふんわりとほほえみ、ホイットニーに一歩近づいた。「ああ、お姉さんに負けない愛らしさね。ミリアムはあなたのことばかり話してたのよ。来てくれて本当にうれしいわ。わたしたちの家はあなたの家。自分の家だと思ってくつろいでちょうだい。荷物はミリアムの部屋の向かいに運ばせたわ。だけどミリアムからは、故郷では同じ部屋を使っていたと聞いてるから、もしお姉さんと一緒の部屋で眠りたければ、そうしてもらってまったくかまわないのよ。あなたたち姉妹がついに揃ったことで、わたしたちは大喜びしてるの」

温かい歓迎を受けて妹は頬を染めた。おじ夫婦が暖かく迎えてくれるだろうことは一度も疑っていなかったけれど、二人の寛大さは、やはりとてもありがたかった。ホイットニーの最後の手紙の文面から、ロンドン行きにどれほど胸を躍らせているかがわかったものの、おじ夫婦に迷惑をかけるのではないか、足を引っ張るのではないかと心配しているのも伝わってきた。実際は、ハリエットおばはもう一人娘が増えることになって有頂天だった。

「この家に二人を迎えられて、ハリエットもわたしもうれしいよ。困ったことがあればなんでもハリエットに言いなさい。さて、ゴシップ紙とチョコレートが出てくる前に、わたしは退散するとしよう。執務室でやることがあるんだ」アルフレッドおじが言った。

ハリエットおばは夫が挙げた二つの悪徳など聞こえなかったふりをしたが、ほんの少し目を見開いてホイットニーに尋ねた。「チョコレートは好き？」

ホイットニーはしばし考えてからうなずいた。「ええ、好きだと思います。何年か前に出席したクリスマスパーティで一度食べたことがあるきりだけど」

「ロッキンガム家ね」わたしは言った。あのときのパーティで供されたあふれんばかりの料理のことならよく覚えていた。ごく最近まで、あれはわたしが目にしたことのあるなかでもっともすばらしい家とパーティだった。けれどロンドンを知ってしまったからには比べ物にならない。ああ、ホイットニーが舞踏会に行けたらいいのに。

「そう！　ロッキンガム家！」ホイットニーは楽しそうに言った。「チョコレート専用のテーブルがあったのよね。いろんなかたちや色のチョコレート。あんなにきれいなものを見たのはあのときが初めてよ」

「そしてベッドにもぐるときにはお腹が痛くなっていたのよね」わたしは言った。

　ホイットニーは赤くなった。「ほんの八つだったのよ」

　ハリエットおばが笑った。「八つ！　チョコレート専用のテーブルなんて前にしたら、わたしだってお腹が痛くなるまで食べてしまうわ。そんなわたしが何歳になるかというと……まあ、それは秘密にしておきましょうか」ウインクをしてつけ足した。「二人とも、いらっしゃい。ホイットニーの新しい部屋へ行って、荷ほどきを手伝いましょう。それがすんだら、お茶とチョコレートよ。田舎の暮らしについて、たっぷり聞かせてほしいの」

　ホイットニーが語って聞かせられるようなことはそう多くない。わたしたちの故郷での暮らしは、ハリエットおばが地方で経験するものとは比較にならないのだ。けれどその説明はあと。いまはホイットニーがロンドンにいるあいだに自分の寝室と呼ぶ空間を、早く見せてやりたい。

「アメリカではほとんどチョコレートを食べたことがなかったの。うちは大家族でね、とても仲がいいんだけど、裕福ではなかったから。父は働き者で、日々の暮らしに苦しむようなことはなかったとはいえ、アルフレッドが教えてくれたような生活をわたしは一度も見たことがなかった。二度目の外出でアルフレッドが初めてチョコレートを食べさせてくれたんだけど、そのあとでもまだわたしと結婚したいと思ってくれたのは奇跡なのよ。わたしったら、新鮮な肉のかたまりを差しだされた野生の動物みたいになってしまって。あんなにおいしいものは食べたことがなかったわ。そのときわかったの、この男性を愛してるって」

ホイットニーは全身を耳にしてハリエットおばの話を聞いていた。三人で階段をのぼりながらわたしはほほえみ、妹はいつ、ハリエットおばが上靴も靴下も履いていないことに気づくだろうかと考えた。おばのその習慣については手紙で触れておいたけれど、ホイットニーは到着してからすべてに圧倒されているので、いまはおばの足元事情など考える余裕がないだろう。

「すてきなお話だわ」ホイットニーが言った。「じゃあ、おばさまは愛のある結婚をなさったの？　この人と結婚しなさいとお父さまに命令されたんじゃなくて？」

ハリエットおばは声を立てて笑った。「父さんは自分が選んだ男にわたしを嫁がせるようなばかな人じゃないわ。わたしたち娘が強くて自立した女性になるよう育てたんだもの。わたしがあなたのおじさんと知り合ったとき、父さんはいっさい反対しなかった。ただ、おまえには幸せになってほしいとだけ言ったわ。あなたのおじさんがわたしと結婚する許しを求めたとき、父さんはこう言ったそうよ――娘がきみと結婚したいのなら許可しよう。ただし、娘を守って養うんだぞ。もし、もうそうしたくないと思う日が来たら、あるいは娘の口のきき方に腹が立って殴りたくなったら、そのときはすぐにわたしのところへ連れ戻せ。絶対に娘を傷つけるな。かすり傷一つでもつけてみろ、きみはおしまいだ。その点、間違えるんじゃないぞ――とね」

初めて聞く話だったし、ホイットニーと同様、わたしも階段のてっぺんで足を止めて、ハリエットおばが奇妙な訛りで再現する父親の言葉に耳を傾けた。

「お父さまがそうおっしゃったの？」ホイットニーがわたしと同じくらい驚いている口調で尋ねた。

ハリエットおばがうなずいた。「ええ、そうよ。五人いるわたしの姉妹の夫たち全員にも同じことを言ったわ」そしてふたたび歩きだし、長い廊下をホイットニーのものになる部屋のほうへ向かった。

ホイットニーが驚きに目を丸くしてわたしを見た。妹はハリエットおばほどおもしろい人のそばにいたことがない。いまの話が気に入ったなら、これからもっと楽しめるはずだ。妹とまた一緒にいられるようになって本当に幸せだった。ロンドンで見せてやりたいもの、経験させてやりたいこと、それらを思うだけで、もう何年も感じていなかったほど胸が浮き立つ。

ホイットニーはロンドンが大好きになるだろう。

# 21
# アッシントン伯爵

笑い声が階段を駆けおりてきて、アリスの叱る声が続いた。二人は一足早く田舎へ向かって先に落ちつくことになっている。わたしは数日かけてこの決断にいたった。エマはここに残していくべきか、一緒にチャトウィックホールへ連れていくべきか、決めかねていたのだ。ここに残していけば、たまたま立ち寄っただれかに見つかる危険がある——たとえそのだれかが家の奥まで入ってこなかったとしても。そして、いちばんの心配がニコラスだった。

しかし、一緒に連れていけば、ウェリントン夫妻とミリアムにあの子のことを説明する必要が生じる。実際、ミリアムとエマの相性については早めに確認しなくてはならない。わたしには守るべき存在がいて、未来の妻にはエマを立派に育てあげる手助けをしてほしいと思っていることについて、ミリアムがどんな反応を示すか、たしかめなくては。だがこの重大な事実を打ち明けるには、時期尚早という気もした。まだミリアムのことを知りつつある段階だし、今回はそのミリアムだけでなく、妹とおじ夫妻とも一緒に過ごすいい機会になるだろう。妹のこともおじ夫妻のこともほとんど知らないが、彼らもエマの人生の一部になるかもしれないのだ。ならばエマのために、どういう人物なのかを見定める必要がある。美しい女性に惹かれたというだけでは不十分だ。

最終的に、エマは田舎に連れて行くがチャトウィックホールでは寝起きさせない、というのがあの子を守る最善策だという結論をくだした。領地内には、祖母が住んでいたのを最後にだれも使っていない先代伯爵未亡人用の家がある。先に遣いをやって、アリスとエマのために掃除と用意をさせた。家は領地のずっと奥にあるので、夜に小さな光を放っても近隣の家の明かりに見えるだろう。

もちろんこの計画にも穴はあるが、すべての選択肢のなかでこれがもっとも安心できるし、これならエマを近くに置いておける。近くにいれば守ってやれるが、ロンドンに残していけば、万一何者かに目撃されたとしても、わたしは遠く離れた場所にいてあの子を守ってやれない。こんな小さな泡のなかに閉じこめておきたくはないが、わたしが結婚して作り話が動きはじめるまでは、この生き方で我慢させるしかなかった。コンプトン家の人間として当然手に入れるべき未来を、あの子のために願うなら。

「アッシントン！　エマたち、旅に出るのよ！　旅に出るの！」エマが歌うように言い、階段のいちばん下から飛びおりると、わたしのもとにスキップしてきた。

「ああ、そうだね」わたしは言った。

するとエマは眉根を寄せてわたしを見あげた。「アリスがね、アッシントンは一緒に来ないって」

わたしは腰をかがめて少女と視線の高さを合わせた。「こっちでやらなくてはいけないことがあるんだ。だがすぐに追いかける。一足先に田舎を楽しんでおいで。行くのは久しぶりだろう?」

エマはぶんぶんとうなずいた。「アリスがね、エマたちはこてーじに行くって。ご本に出てくるみたいなおうちのことよ」とても楽しみにしている様子を見て、わたしは安堵のため息をつきたくなった。

「おとぎ話のなかに入りこんだような気分を味わえるだろうな」わたしは言った。

エマはわーいと歓声をあげて、数メートル離れているアリスのほうを向いた。「ねえアリス、いまの聞いた? おとぎ話のなかに入れるって」

アリスはうなずいた。「楽しみですね」

エマがわたしに向きなおり、ふっくらした小さな腕でわたしの首に抱きついた。

「寂しくなるわ、アッシントン」

抱きしめ返すわたしは、胸が締めつけられる思いだった。「わたしのほうが寂しくなるよ、エマ」

エマはほんの少し身を引いてわたしの頬にちゅっとキスをしてから、体を離した。「泣かないで。すぐ会えるから」そう言って、小さな笑みを浮かべた。

わたしは体を起こして、少女に小さく敬礼をした。

アリスが手を差し伸べると、エマは駆けていってその手につかまった。「行こう、アリス。エマたちの旅の始まりよ」

わたしを振り返ったアリスの顔には、いつもの厳しい表情ではなく愉快そうな笑みが浮かんでいた。わたしがうなずくと、二人は召使い用の出入り口のほうへ歩きだした。エマは玄関を使えない。もしも他人に見られたら、たちまちゴシップが広まるからだ。これもまたエマを守るための手段ではあるが、不要だったならとどうしても思ってしまう。ここはエマの家なのだから、存在していないような生き方を強いるのは不当だが、ほかに方法は思いつかなかった。

玄関に向かい、執事のチャールズに上着をはおらせてもらって外に出た。屋敷の横手から出てくる馬車を見たかった。できれば最後に一度、エマに手を振ってほしかった。なにがあってもアリスがあの子を守ってくれることはわかっているが、わたし自身がそばにいられないと、どうにも安心できなかった。

馬車が屋敷の角を回って表の通りに出てきたとき、窓からぱっと小さな手が出てきて懸命に振られた。わたしは笑顔で手を振り返した。エマは壮大な冒険に乗りだそうとしている。なかなか外出を許されない少女が。ロンドンの社交シーズンのためにチャトウィックホールを離れることになったとき、エマはしょんぼりしていた。わたし同様、田舎が好きなのだ。今回、新鮮な空気を吸えばいい気分転換になるだろう。

「ご準備はよろしいですか、旦那さま?」従僕に尋ねられるまで、彼が来たことに気づいていなかった。

従僕にうなずいてから、玄関口でわたしの指示を待っていたチャールズのほうに向きなおった。「火曜の夜には戻る」もちろんこの旅が失敗すればもっと早くに戻ってくることになるが、ミリアム・バサーストとその家族について、必要なすべてがわかるよう、わたしは願っていた。

「旅のご無事を祈っております」執事が言い、屋敷のなかにさがって玄関を閉じた。

この旅が終われば、わたしがミリアム・バサーストを次のアッシントン伯爵夫人に考えているのだと、ロンドンじゅうが知ることになる。チャトウィックホールに女性とその家族を招待したことは一度もない。この行為がなにを意味しているかは、ウェリントン夫妻にも明らかだろう。

そうしているうちに別の紳士がリディアに求婚するかもしれないし、わたしは深刻な間違いを犯しているのかもしれない。なにしろロンドンで何不自由ない生活を送り、親戚筋もいいリディアなら、だれが見ても立派な伯爵夫人になってくれるだろう。かたやミリアムは男爵の姪でしかなく、田舎育ちゆえにその立ち居ふるまいは最高に洗練されているとまでは言えない。ミリアムを選ぼうとしているのは、あの意志の強さと、元気のかたまりであるエマの相手ができそうだと見こんでのことだ。もしもこの選択が間違いだったら、今後のエマの人生に影を落とすことになる。

完全に正直なことを言うと、ミリアム・バサーストを選ぶ理由はほかにもあった。あのウィット、知性、意志の強さ、家族愛、比類ない美しさ……つまり、わたしはミス・バサーストに惹かれているのだ。妻とベッドをともにすることについて、以前はさほど興味がなかったものの、ミリアムをその役割に当てはめると、大いに気乗りがした。ミス・バサーストのような妻がいれば愛人など必要ない。だとしても、欲望のせいで選択を誤るわけにはいかなかった。エマにとって最高の人物を選ばなくては。

責任の重さをずしりと両肩に感じつつ、馬車に乗りこんだ。自分がミリアムを欲するようにリディアを求めるとは思えなかった。リディアとの結婚は、どう考えても政略結婚にしかならない。だがミリアムとのそれは、最高の意味で刺激と挑戦に満ちたものになるだろう。

# 22

## ミリアム・バサースト

どんな言葉を駆使しても、チャトウィックホールのすばらしさは表現できないだろう。到着してみて、その壮大な美しさに打たれたわたしは、ハリエットおばがなにか言っているのも聞こえないくらいだった。けれどホイットニーが手を伸ばしてきてわたしの手をぎゅっと握ったときは、ほんの一瞬だけ土地と屋敷から目をそらして、妹の顔を見た。

ホイットニーは目を丸くして眼前の光景に見入っていた。もし今回の旅からなんの結果も生まれずに、やはりわたしたちは互いにふさわしい相手ではなかったとロード・アッシントンが結論をくだしたとしても、この週末には一秒一秒に大きな価値がある。ホイットニーの夢が叶うのだ。妹はぼんやりした状態から覚めようとしてか、二度まばたきをしてわたしを見た。「こんなにすばらしいものを見たことがある？」ささやき声で尋ねた。

「いいえ」わたしは言った。本当に、見たことがない。

「外がこんななら、早くなかを見てみたいわ」ハリエットおばも言った。

まったく同感だと、わたしたち姉妹はうなずいた。

「きっと宮殿みたいにみごとよ」ホイットニーが言う。

それを聞いてハリエットおばは笑った。「バッキンガム宮殿？　そうねえ、たしかにここは立派だけど、なかが王族にふさわしいとは思えないわね」

本当にそうだろうか。馬車が入り口に近づくにつれて、ますます息を呑まされる。別々の馬車に乗ることになっていてよかった。ロード・アッシントンがわたしたちとその荷物をのせるために用意してくれた馬車は、わたしが乗ったことのあるどの馬車よりも大きかったけれど、男性はあちらに、女性はこちらにと分けてもらえたおかげで、とても快適だった。とりわけこうして、伯爵の土地や屋敷をじろじろ眺めているいまは。

ロード・アッシントンにはまだよくわからないことがいくつかあるし、これほど立派な屋敷を所有しているからというだけで、喜んで妻にという気にはならない。もちろん、まだ求婚されてもいないけれど。ただ、わたしはそこまで浅はかではないということ。こんなお屋敷と引き換えでも、みじめな一生を送る気はない。ハリエットおばとわたしをオペラに招待する前のロード・アッシントンを覚えておくことが重要だ。人は一夜にして変わらない。伯爵の本性を突き止めなくては。

馬車が停まるとハリエットおばがわたしを見た。「ロード・アッシントンをアルフレッドから救ってあげて。きっと旅のあいだじゅう、閣下を尋問してたに違いないから。ロード・アッシントンには、どうしてわたしたちを招待したのかを思い出してもらって、あなたのおじさんからしばし解放してあげなくちゃ」そう言う顔はほほえんでいたけれど、本気で言っているのがわかった。前方の馬車のなかで男性二人がなにを話しているかなんて、ほとんど考えもしなかった。もしアルフレッドおじが本当に伯爵を質問攻めにしていたのなら、じつに気まずい。

ホイットニーがそれを聞いてくすくす笑ったので、わたしは妹に悲しい笑みを投げかけた。まさに長時間、馬車に揺られたあとにやりたいことだ——領主さまのご機嫌とり。ホイットニーがまた窓の外に目を向けて、ほうっとため息をついた。こんなに幸せそうな妹が見られるなら、なんだってやろう。それに、ロード・アッシントンもだいたいのときは一緒にいて苦痛な人ではない。

馬車の扉が開き、ハリエットおばが従僕の手につかまって先におりた。「こんなに立派なお屋敷を見たのは生まれて初めてですよ、ロード・アッシントン」大きな明るい声で言う。

ホイットニーがまたくすくす笑い、いけないと口を覆った。ハリエットおばの大声の賛辞に面食らって、目を丸くしている。妹はまだハリエットおばの流儀に驚いてしまうようだけれど、じきに慣れるだろう。わたしは肩をすくめて首を倒し、従僕の手につかまるよう妹をうながした。

外に出て屋敷の前に立ったとたん、ホイットニーは愉快な気分を忘れて呆然と目をみはった。このためにわたしはロンドンに来たのだ。さすがにここまでは願っていなかったものの、妹が夢見てきたような経験をさせてやることは願ってやまなかった。

馬車からおりるとロード・アッシントンと目が合ったので、わたしはほほえんだ。純粋な笑みだ。妹とおばをこんなに幸せにしてくれただけで、大きな贈り物をもらった気分だった。この週末を一緒に過ごすことからなんら結果が生じなかったとしても、招待してくれたことには一生感謝する。伯爵の生活というのがどんなものなのか、わたしたちはほとんど知らない。ハリエットおばとアルフレッドおじは、その生活様式の周縁で踊っているようなものだ。もちろんおじ夫婦も上流社会の人間でそれなりに裕福だけれど、いま目の前にあるような富は一人で築けるわけではない。歴史あるもの。アッシントン伯爵家の一部。

「馬車は問題なかったかな」その伯爵家の現当主がわたしに近づいてきて腕を差しだした。

「ええ。問題ないどころか、とても快適でした。ありがとうございます」わたしは返した。

「それはよかった。すぐに部屋に入って休みたいかな？」全員で玄関に向かいながら伯爵が尋ねた。

アルフレッドおじのことが頭に浮かび、まだしばらくロード・アッシントンがおじから逃げられない様子を想像した。おじは領地のことであれこれ質問したいだろう。

「ご迷惑でなければ、領地を案内していただけませんか？　ずっと座っていたので、少し歩けたらうれしいんです」

伯爵の口角があがったのは、アルフレッドおじから逃れられるのでほっとしたのか、散歩ができるのがうれしいのか、どちらだろう。いずれにせよ、わたしは正しいことを言ったらしい。

「もちろんだ」伯爵が答えた。

ホイットニーも誘いたかったものの、やめておいた。長時間、馬車のなかに閉じこめられていたので、しばらく脚を伸ばして休まなくてはならないはずだ。旅のあとは脚が引きつって悩まされるのが常だった。

チャトウィックホールに入ると、ハリエットおばが間違っていたことがわかった。かのバッキンガム宮殿でもここまで荘厳なはずはない。わたしは足を止めて、堂々たる玄関広間と大理石の床、貴重な芸術品、ドーム型の天井に眺めいった。

「チャトウィックホールへようこそ」ロード・アッシントンが、突っ立って見とれているわたしたちに言った。アルフレッドおじでさえ言葉を失っているようだった。

ここで育つなんて、どういう感じだったのだろう？　いったい何度、屋敷のなかで迷子になった？　そのとき、階段のそばで静かに控えているメイド数人に気づいた。うち三人はまだ若く、年配の一人は責任者のようだ。彼女たちにほほえみかけてから、この人たちも屋敷のなかで迷ったことがあるかしらと考えてしまった。

「道中が長かったので、みなさん、少し休んでさっぱりするといいでしょう。アグネスが――」ロード・アッシントンが言い、前に出た年上の女性を手で示した。「――それぞれの部屋に案内して、荷ほどきの面倒を見ます。必要なものがあればなんでも言ってください」

ハリエットおばはもう一度、ロード・アッシントンに礼を言うと、すぐさまアグネスに歩み寄った。部屋に入って休憩したいのだろう。ホイットニーもおばに続いたが、旅の疲れで少し脚を引きずっているのがわたしにはわかった。妹は助けを求めたり痛みを訴えたりしない。旅の直後に妹を放ったらかしにするのは気が進まなかった。なにかしら、手が必要になるかもしれないから。

「わたしにできることはないか？」ロード・アッシントンが小声で尋ねた。

伯爵がすぐそばにいることに気づいていなかったので驚いたが、振り返ると、彼はハリエットおばの後ろをゆっくり歩くホイットニーを見つめていた。深い思いやり。

ほかの人なら妹の状態を気遣っただろうか？

「部屋に案内してもらって、脚をあげて休めたら助かります。旅のあとはそうすると楽になるので」

伯爵がうなずき、わたしには見えないだれかに手で合図をすると、たちまち彼のかたわらに年配の男性が現れた。銀髪で、ここで働いているのは間違いないけれど、それでもかなり洗練されて見える。わたしがホイットニーのために求めたことがらを伯爵が伝えると、その男性は行ってしまった。

「ニールがすべて面倒を見る。ホイットニーに必要なことはアグネスが把握しているから、最高の気配りを期待してくれていい」

「ありがとうございます」どう感じているかを言葉で伝えたかった。ただの感謝ではない。安堵だ。ホイットニーこそ、わたしにとって昔から最大の心配ごとだった。

「ここに来られて妹は大喜びしています。わたしでは絶対に叶えてやれないことでした。妹にとって旅はけっして楽なものではないんですが、チャトウィックホールのようなところに来られるなら、妹は絶対にその機会を逃さないでしょう。本当に感謝しています、ロード・アッシントン」思いをこめて、伝わるようにと祈りつつ、言った。けれど言葉はめったに思いを伝えない。

ロード・アッシントンが片方の眉をあげた。「きみが？　本当に感謝している？」

わたしは戸惑い、しばし面食らいながらゆっくりうなずいた。「ええ、もちろんです。感謝しないわけがありません」

「それならこの週末は、わたしをただアッシントンと呼ぶようにしてみないか？」

わたしはその場に立ったまま、じっと彼を見つめた。いまのは聞き間違いだろうか？　そんな呼び方は礼儀を欠いているし、馴れ馴れしい。どうしたらそんなことができるだろう？　そんなふうに呼べるほど、わたしたちはお互いをよく知らないのに。

「簡単なことだ。ただのアッシントン。ロード・アッシントンはわたしの父で、たしかにこの数年でわたしもその呼称に慣れてきたものの、まだ苦労している。名はヒューだが、それは父がわたしを呼ぶときの名でもあった。そこに温かい思い出はない」

そんなふうに言われてしまうと、反論するのがとても難しくなった。

「わかりました。ですがわたしが閣下を……アッシントン、とお呼びするなら、わたしのことはミリアムと呼んでいただかなくては」平等にしたくて、そう言った。

すると伯爵はほほえんだ。ほとんどよこしまな笑みだった。「そうするつもりだった」

その図々しさに驚くべきなのかもしれないけれど、実際は違った。わたしは笑った。礼儀正しくないことなのだろうが、かといって、わたしは常に礼儀正しい英国女性でもない。この点は手遅れになる前に知っておいてもらわなくては。

「このメイドがきみを部屋に案内する。散歩に出かける用意ができるまで、わたしは客間で待っていよう。どうぞごゆっくり、ミリアム」まるで秘密を隠しているように笑みをたたえたまま、伯爵が言った。

「ありがとう、アッシントン」わたしは返して向きを変え、恥ずかしそうにほほえんでいる黒髪の娘のほうに歩きだした。背後でロード・アッシントンがくっくと笑う声が聞こえ、わたしの笑みはますます広がった。

# 23

# アッシントン伯爵

しばらく待たされるだろうと思っていたのに、意外にもミリアムは一時間以内で戻ってきた。手にしていた本から顔をあげたわたしは、彼女の純然たる美しさにはっとした。ふつうの女性なら何時間もかけなくてはたどり着けない領域に、この女性は自然にしているだけで到達してしまうのか。

本を閉じてそばのテーブルに置き、立ちあがった。「もう少し時間がかかってもかまわなかったのに」早く戻らなくてはと無理に急いだのでなければいいが。とはいえ正しい理由からそうしたのであれば、なかなか悪くない。

「ホイットニーがゆっくりできているので、わたしはなにより脚を伸ばして探検したいんです」やわらかな笑みを浮かべて言った。

「では、わたしは非常に運のいい男というわけだ」わたしが言うと、ミリアムの頬がほんのり染まった。

それ以上、なにも言わないまま二人で客間を出て、長い廊下を玄関に向かった。二人きりになれたことでわくわくしていた。気を遣うべき人が周囲にいないいま、ようやくミリアム・バサーストという人物を見ることができる。少なくとも、ミリアムがしっかり築いている心の壁の向こうにいる人物の一端を。

六月の午後遅い太陽はまぶしく輝き、わたしたちは新鮮な空気を胸いっぱいに吸いこみながら、玄関の外の階段をおりて地面に立った。

「やっぱり我が家がいちばんじゃありませんか？」ミリアムの問いかけで、心地よい静寂が破れた。

わたしはこの土地と、そこに付随する思い出についてしばし考えた。エマはいるだけでその思い出を変えてくれているが、この壁の内側には一生ぶんの痛みと孤独がある。ここを我が家と思えるようなときが来るかどうか、わからない。だがそれはまだミス・バサーストに打ち明けたいことではなかった。代わりにこう言った。「そうだな。きみは家が恋しいか？」

ミリアムは一瞬黙り、こちらを見あげて答えた。「ホイットニーがわたしの家です」と言う。「田舎は恋しいけれど、ここでじゅうぶん満喫できます。いまはなにも恋しくありません」

さりげない言葉だが、じっくり深い会話よりも多くを物語っていた。ミリアムの母は存命なのに、その母が恋しいとはひとことも言わない。愛の不足だけでなく、単なる親子の愛情不足についても、わたしは身をもって知っている。物心ついたときからずっとそれに苦しんできた。

ミリアムにとってホイットニーはとても重要な存在で、どんな犠牲を払っても守ろうと決心しているように見える。その献身には頭がさがった。ミリアムが妹に捧げる深い愛情は、彼女の人柄を大いに語る。一緒にいてわかる以上のことを。それでも、彼女ともっと過ごしたい気持ちに変わりはなかった。

「きみのような姉がいて、妹さんは運がいい」わたしは言った。

「あら、運がいいのはわたしです。ホイットニーはわたしの人生に愛と喜びを運んできてくれました。ホイットニーのいない人生なんて想像できません。想像しようとも思いません」

まただ。これだけの言葉が、非常に多くを語っている。

「アッシントン！　来たのね！」わたしがコテージに入っていくと、エマが大喜びで言った。

わたしが広げた両腕のなかに、小さな体が飛びこんでくる。「すぐに追いかけると言っただろう？」少女を抱きしめ返しながら言った。

「ここ、さいこうじゃない？」エマが体を離しながら言い、一歩さがって腕をいっぱいに広げた。

　少年のころ以来で訪れたコテージのなかを、わたしは見まわした。「たしかにそうだな」と同意する。

　エマがくるりとターンした。「おとぎ話のなかにいるみたい」

「おとぎ話もけっこうですが、明日は外へ遊びに行かれる前に、書きとりの練習を終わらせましょうね」アリスが言いながら居間に入ってきた。「こんばんは、ロード・アッシントン」

「やあ、アリス」わたしは言い、体を起こした。「相変わらずのようだな。なにも変わっていない」

　アリスはため息をついた。「まったく同じです」

　わたしは視線をエマに戻した。「明日はお客さまをもてなさなくてはならない。だがもし、書きとりやなんかをすべて終わらせたら、日が沈む前に散歩をしよう。どうだ？」エマをやる気にさせたくて、尋ねた。

　エマは一瞬だけ考えてから、強くうなずいた。「わかったわ！　お散歩に行けるなら、つまんない書きとりもがんばっちゃう」

　アリスのほうを見ると、家庭教師はわたしのあと押しに感謝している顔だった。

「では決まりだな。アリスに言われたことをすべて終わらせたら、わたしが冒険の散歩に連れて行こう」

「お馬さんを見に行ける？　すっごく会いたいの」エマは悲しげな声で訴えた。

だれかに見られる可能性について考えたが、日没直前なら大丈夫だろうと判断した。

「もちろんだ。きっとバターカップもおまえに会いたがっているよ。人参を忘れないようにな。親友ならかならず持ってきてくれると思っているはずだから」

エマはにっこりした。「ぜったい持ってくわ！」

そこへアリスが近づいてきた。「起きていていいのはロード・アッシントンがお見えになるまでと約束しましたね。そろそろ遅くなってきましたから、お休みになる支度を始めましょう。明日は盛りだくさんですよ」

エマの笑顔が消えて、ふくれっ面になりかけた。

「お姫さまや、おとぎ話のコテージに住んでいる人たちには、睡眠が必要だぞ」わたしは言った。

エマはちょっと考えてから、しぶしぶうなずいた。「そうね、わかった。おやすみなさい、アッシントン」

「おやすみ、エマ」

アリスがエマの手を取って寝室に入っていくのを見届けてから、わたしは一人で外に出た。夜空は澄んで、星々が輝いていた。ロンドンにいるあいだ、これが恋しかった。星明りの下を歩いて、チャトウィックホールに戻っていった。ウェリントンは厄介ではない滞在客だ。ポートワイン二杯でもうベッドに向かうと言ってくれた。おかげでわたしは安心してエマの様子を見に来ることができた。

その前に客間に立ち寄って、女性陣がまだ起きているかどうか、たしかめることはしなかった。エマの就寝時間が近づいていて、わたしのせいで夜ふかしをさせたくなかったからだ。今夜、エマはわたしを待っていたし、なにがあってもわたしの顔を見るまでベッドにもぐろうとしなかっただろう。ほほえんで角を曲がると、コテージから伸びる木立のなかの小道を離れ、開けた土地に出た。

チャトウィックホールが夜のなかに荘厳な姿で輝いていた。この土地を見るほかの人たちの反応から、堂々とすばらしいことが理解できた。だがわたしのなかでは、ここは変えようのない記憶が染みついている場所だ。わたしにとってここは、すばらしいというより威圧的に思えた。

庭園の裏側を横切りながら、ミリアムの部屋であろう窓を見あげた。明かりが灯っている。起きているのか、まだ部屋にさがっていないのか。おそらくいまもおばと妹のそばにいるのだろう。客間に行けばミリアムに会えるかもしれないと思うと、屋敷へ向かう歩調が自然と早くなった。だが庭園にたどり着いたとき、ふとなにかの動きをとらえた。

足を止めて目が闇に慣れるまで待っていると、ミリアムのドレスの淡いブルーが月光を浴びてきらめくのが見えた。向きを変えた彼女が、庭園のアーチ型の入り口にいるわたしを見つける。薄暗いので表情までは見えないが、わたしを見つけて驚いたのはわかった。

「ロード・アッシントン」ミリアムが言う。

「違うだろう？」わたしは言い、もっとよく見ようと数歩近づいた。

ミリアムはしばし動きを止めたが、小さくため息をついてやりなおした。「じゃあ、アッシントン。今夜、お出かけだったとは知りませんでした。わたしは新鮮な空気を吸いたくなって。問題なければいいんですが」

問題あるはずがない。おかげでずっと求めていたものが手に入った。もう一度、ミリアムと二人きりになる時間が。今日の午後は短すぎた。

「ここでは存分にくつろいでほしい。好きなように行動してくれ。許可を求める必要はない」わたしは請け合った。

ミリアムが首を横に倒すと、赤褐色の髪が肩にかかった。「閣下も新鮮な空気を吸いに？」と尋ねる。

わたしはうなずいた。「ああ。田舎にいるときは、夜のやさしい呼び声につい誘われてしまう」

「昼の庭園もきれいだったけれど、今夜のように満月だけに照らされた姿はまるで魔法のようですね」

今日は会話をより深めたくて、ミリアムを庭園に案内した。ミリアムは花にすっかり見とれていたので、わたしのほうはそんな彼女の姿を眺めて楽しんだ。

「母はこの庭園を愛していたと聞いている。母が亡くなったあとも、当時のままに管理されてきた。変えることは父がよしとしなかったんだ。だが、二人目の母はここが大嫌いだった」そこで言葉を止めた。ミリアムに聞かせたい話ではなかった。未来の妻には聞かせるかもしれないが、ミリアムはまだそうではない。

「閣下にとっては本当に特別な場所なんでしょうね」彼女が簡潔に言った。

「ここでいちばん好きな場所だ」わたしは返した。本当のことだ。ここは母のものだったし、父も変えようとしなかった。

ミリアムが無言のまま、しばし暗闇を眺めていたので、わたしはそんな彼女を見守った。あごの繊細な輪郭もふっくらとやわらかそうな唇も、ほぼ完璧だ。本人はそれをわかっているのだろうか？　自身の容姿の美しさやそれがもちうる力を理解しているようには思えない。あるいは、それは演技か？　ああ、ミリアム・バサーストについて知らないことが多すぎる。

「どんな幼少期だった？」わたしは尋ねた。きっとわたしが過ごしたものとは大違いだろう。富や肩書きの違いゆえではなく、ミリアムには両親が揃っていたから。これまでの彼女の言葉から、母親とは近い関係でないのは知っているが、父親とのあいだはどうだった？　母親との関係が良好ではない理由は、家族を貧しさから救うために裕福な男と結婚するよう命じられて家から送りだされたから、それだけなのか？　知らないことは山ほどあって、ミリアムのそばにいればいるほど、ますます彼女を知りたくなった。

ミリアムがほんの少し肩を落としたのを見て、気持ちが伝わってきた。ミリアムがこちらを向いて、言った。「本当のことをお知りになりたいですか？　つらかったです。だけどホイットニーがわたしの人生を明るく幸せなものにしてくれました。それ以上のことは、お聞きにならないほうがいいかと思います」

今日の昼間に、妹が人生に愛と喜びを運んできてくれたと言っていたのを思い出した。幼少期はつらかったという意味ではないよう祈っていたが、どうやらそうだったらしい。

「なぜだ？」まだ打ち明ける心の準備ができていない話をせっついているのではと心配しながらも、ここで終わらせてほしくなくて、わたしは尋ねた。

「わたしは男の子ではなかったから」

ミリアムの言葉に思考が止まり、わたしは戸惑ったまま、彼女を見つめた。

「父は男児を望んでいたのに、わたしは男の子ではなかった。一緒に生まれた双子は父の望んでいた男の子だったけれど、三日しか生きられなかった。わたしは、代わりに死んでくれたらよかったのにと父に思われていたほうの子なんです」ささやくように答えた。

わたしは言葉を失った。たったいま聞いた話におののいていた。父親に死んでほしいと思われていたと、本気で信じているのか？　それに比べれば、わたしと父のいさかいなどなんでもないように思える。どうしたらこれほど聡明でウィットに富んでいて美しい人が、自身の親に望まれていなかったと感じられるのだろう？　わたしは父の態度のせいで、自分は失敗作だと思わされていたものの、死を願われていると感じたことは一度もなかった。そんなに恐ろしいことを感じながら育っていい子などいない。

「妹さんのことは？　お父上は喜んでいたのか？」ミリアムが望まれていなかったという説を払拭できるような小さな事実を必死に求めて、わたしは尋ねた。この女性がそんな恐怖と生きてきたと思うと、胸が苦しくなった。

ミリアムは肩をすくめた。「ホイットニーのことも、父はたいしてかわいがりませんでした。やっぱり男の子ではなかったから。ですが妹のことは基本的に無視していたので、それはありがたいことだったと思います。ホイットニーは穏やかでやさしい子です。もし父が無視するのではなく注意を払っていたら、あの子の心は耐えられなかったでしょう」

ミリアムの声には暗い影がにじんでいて、それ以上は知らないほうがいいとわたしに警告していた。ミリアム自身が警告したがっているのかはわからないが、それはたしかにそこにあった。賢い男なら質問するのをやめて、雰囲気を明るくしようとするのだろう。だがミリアムを知るということは彼女のすべてを知るということであり、これは明らかに彼女という人間の大部分を占めている。死者への憎しみが腹の底でふつふつと燃えはじめて、どうしようもなかった。そんな仕打ちで与えられた苦しみを、どうやったら癒せるだろう？　尋ねても答えに悩まされるだけなのだから、もう質問するべきではないとわかっていても、理性が叫んでいる命令には従えそうになかった。

「お父上は、きみのことは無視しなかったのか？」わたしは尋ねた。

ミリアムはうなずいた。「ええ」遠くの闇を見つめたまま言う。「生き残るべき子はおまえではなかったと、毎日、父に思い出させられました。父にふさわしい息子ではないと。わたしの命は呪いだったんです」最後の言葉を発するなり声が途切れたので、わたしは彼女に歩み寄った。

片腕を回して胸に引き寄せた。だがミリアムはわたしにしがみつくこともなければ、わたしが思っていたように泣きだすこともしなかった。女性はたいていそんなふうに感情をあふれださせるものだ。一度ならず目の当たりにしてきた。ところがミリアムはただ抱き寄せられていた。涙も、芝居がかったむせび泣きもなく、ただわたしと一緒に夜の静寂に包まれている。死者への醜い憎しみに凝り固まっていたわたしの心の一部は、ミリアムがわたしの腕のなかで泣くことを求めていた。そうしてくれれば、わたしが彼女を癒せるから。なにをしてもこの女性の過去を癒やすことはできないが、それでもなにかしたかった。

「お父上は間違っていた」わたしは言った。ミリアム・バサーストのことはよく知らないかもしれないが、知っていることもある。おばがどんな失態を犯しても受け入れる、愛情深い姪であること。妹のためならどんな苦労も――自身が幸せになるチャンスを手放すことさえ――いとわない姉であること。その二つの長所ゆえに、この週末、わたしたちはここにいる。ミリアムを育てた男は娘についてなにも知らなかった。苦い人生を送って、長女の美しさを知らないまま死んだ。損をしたのは彼であり、当然の報いでもある。それでもこうしてミリアムを抱きしめていると、そのどれ一つとして重要ではないのがわかってきた。なぜなら、この女性のなかには、ただ愛されることを願った幼い少女がいまもいるから。

ミリアムが腕のなかから身を引いて、わたしを見あげた。流されなかった涙で目はうるみ、唇は悲しい笑みをたたえていた。「長いあいだわからなかったけれど、いまならわかります。わたしの父は健康ではなかったんです。息子への執着は病で、それは心を、ついには体を冒したんでしょう。たしかに父はわたしを愛してくれませんでしたが、愛されていると感じるために、父に愛してもらう必要はもうありません」

ミリアム・バサーストは多層的な人だ。一枚層をはがすたびに、また真の美しさに出会う。つらい幼少期に打ち負かされなかったばかりか、そのせいで冷酷にも身勝手にもならなかった。むしろ強くなった。この女性は誠実で、まさにエマの理想の母親だ。

# 24

## ミリアム・バサースト

朝になってみると、昨夜庭園で感情を爆発させてしまったことがひどく気恥ずかしくなってきた。父に嫌われていた――おそらくは憎まれていた――ことを人に話したのは初めてだ。それでも、夜闇という安全なとばりのなかではなぜか言葉が転がりでてきた。ロード・アッシントンはとても寛容に受け止めてくれたけれど、人生のなかでもあれほど個人的な話を打ち明けた自分がやはりみっともなく思えた。

質問をしてきたのは向こうとはいえ、ふだんのわたしは答えをはぐらかす才能に長けている。ところが昨夜はそんな才能もわたしを見放したらしく、幼いころの悲惨な思い出をつい口走ってしまった。庭園に出たときは、だれもいないものと思いこんでいた。それなのに伯爵と鉢合わせしたことで驚いてしまって、いわば不意打ちを食らったのだろう。

いずれにせよ、今日はロード・アッシントンに謝罪しなくては。彼がわたしたちをここへ招待したのは、つらい幼少期を経験したわたしに助言するためではないのだから。わたしに割り当てられたメイドのガートルードが、わたしの髪をふんわりとまとめて顔の周りに幾筋かカールを垂らしてから、立ちあがった。

「朝食はどこでいただくんだったか、もう一度教えてくれる?」わたしはガートルードに言った。

メイドがにっこりすると両頰にえくぼが浮かんで、最初に思ったよりもさらに若く見えた。「はい。あたしがご案内します」

ガートルードの言葉にわたしはほっとした。この屋敷のなかではいとも簡単に迷ってしまう。

「ここで働きはじめたころは、よくお屋敷のなかで迷った?」わたしは尋ねた。

メイドはくすくす笑った。「はい。一度なんて厨房への行き方がわからなくなって泣いてるところを東の翼で見つけてもらいました」

それを聞いてわたしはほほえんだ。ガートルードは部屋のドアを閉じると、ついてきてくださいと手で示してから長い廊下を歩きだした。わたしは途中に飾られている絵画を見あげては、もっとゆっくり観察して描かれているのがだれなのかを突き止めてみたいと思った。一枚は幼い少年二人を描いたもので、アッシントンとニコラスに違いない。あとで戻ってきて、もっとよく見てみよう。

ガートルードは足が早く、わたしは置いていかれないように急ぎ足で追った。階段をおりて左に曲がったとき、もうすぐだとわかった。大きな両開き扉が開け放たれていて、その奥には昨夜おいしいディナーを楽しんだ長い食卓が見えたのだ。ガートルードは向きを変えてお辞儀をすると、いそいそとドアの陰に向かった。

アルフレッドおじはすでにテーブルについていて、片手には新聞が、目の前にはティーカップがある。ハリエットおばはそのとなりに座り、ビスケットにバターを塗っていた。食堂に入って長いテーブルの端をちらりと見ると、アッシントンも新聞を手にしていて、前にはカップが置かれていた。

最初にわたしに気づいたのはハリエットおばだった。わたしと目が合うなり、おばはにっこりほほえんだ。

「おはよう、ミリアム。うれしいお知らせよ。ロード・アッシントンがビスケットにジャムにホットチョコレートまで、たっぷり用意してくださったの」おばが言う。

「そうだな。わたしたちの姪はロード・アッシントンが朝食になにを出してくださるだろうかと、気をもみながらおりてきたに違いない」アルフレッドおじはのんびりした口調で言い、天を仰いだ。

ちらりとアッシントンを見ると、伯爵はカップの陰でほほえんでいた。カップの中身は紅茶だろうか。もしかしたらコーヒー党かもしれない。朝にはコーヒーのほうがいいという紳士もいる――わたしには理解できないおかしな考えに映るけれど。

「用意していただけるものはどれもすばらしいに決まっているわ」わたしは言い、アッシントンの右手、おばの向かいの席に腰かけた。

「そのとおりね」ハリエットおばが同意してウインクをよこし、バターを塗ったビスケットを掲げてぱくりとかぶりついた。そんなおばの茶目っ気に、わたしはこみあげる笑いをこらえた。ロード・アッシントンは自身の屋敷でのこんなふるまいをどう思うだろう？

「おい、ジャムをつけ忘れているぞ」アルフレッドおじがおばに言ったので、わたしはこらえきれずに笑ってしまった。あまり大きな声ではなかったことを祈りつつ、口を覆う。するとアルフレッドおじがこちらを見て、両眉をあげた。「ハリエットはさっき、ジャムまであると興奮していただろう？」

わたしはうなずいて両手を膝におろした。「ええ、たしかに」

ハリエットおばが口のなかのビスケットを呑みこんでから言った。「ジャムもいただくわよ。でも先にビスケットそのものの味を知りたかったの」

「いつからわたしたちはビスケットの専門家になったんだ？」アルフレッドおじが尋ねた。

わたしは下唇を嚙んでまた笑いをこらえた。

「お宅での朝食の席はいつもこんなに活気があるのですか？」アッシントンが尋ねた。

わたしは顔がかっと熱くなるのを感じて、すばやく彼のほうを見た。

「悲しいかな、これ以上ですよ」アルフレッドおじが辛辣に返した。

するとハリエットおばが楽しそうに笑ったので、わたしも思わずほほえんだ。そしてアッシントンのほうを向き、皮肉っぽく片方の口角をあげて言った。「たいていアルフレッドおじは、わたしたち抜きで朝食をとれるように早起きするんです。失礼な話ですけど」

アッシントンはほほえんだ。「そうか」のんびりした口調で言う。

「この朝食が終わるころには、ロード・アッシントンもわたしのやり方に納得なさるはずさ」アルフレッドおじが返した。

「食事の席が静かなのはつまらないと思うんです」ハリエットおばがロード・アッシントンに言った。「わたしは八人きょうだいで育ったので、家のなかに静かで穏やかな時間なんて一秒もありませんでした。いまじゃ静かななかでは食事ができると思えません」

「ジャムがなくても無理だろう」アルフレッドおじが言う。

わたしはナプキンで口を覆って笑いをごまかした。

「会話とジャムがあれば、食事の時間はより楽しくなりますね」ロード・アッシントンが同意する。

「そうでしょう！」ハリエットおばが即座に言った。

「静かで穏やかなコーヒーのひとときはいいものだがな」アルフレッドおじが横目でおばを見て言う。

ハリエットおばは右肩をすくめて返した。「意見の相違ね」

話題を変えなくてはと思い、そのためにはなにを言えばいいだろうと考えていたとき、そう遠くないところで騒々しい音が響いた。屋敷の間取りには詳しくないので、どこから聞こえたのかはわからないものの、叫び声や悲鳴のようなものも混じっていて、なんだか……子どももいるような気がした。

全員が戸口に顔を向けたとき、いきなりそこに目を見開いて不安そうな顔をした女性が現れた。「ロード・アッシントン」女性が言ったときにはもう伯爵は席を立っており、状況を見るべくそのまま食堂を出ていった。

わたしはテーブルの向かいのおばとおじを見た。

「いまの女性、頭に葉っぱがついてた？」ハリエットおばがまだ戸口を見つめたまま尋ねた。

「小枝のようなものものっけていたな」アルフレッドおじが言う。

「なにかお手伝いできるかもしれないわ」ハリエットおばがそう言ってナプキンをテーブルに置き、席を立とうとした。

その肩にアルフレッドおじが手をのせて止めた。「いや、ここにいなさい。なにが起きているにせよ、わたしたちが口出しすることじゃない。ロード・アッシントンにきみの手は必要ないよ」

ハリエットおばはしばし下唇を嚙んでいた。「子どもの声が聞こえた気がするのよ。ミリアム、あなた、聞こえなかった？」おばがわたしのほうを見て尋ねた。

聞こえた。おそらくは女の子の声。けれどそれを認める気はなかった。いまはハリエットおばをこの部屋に引き止めておくことがなにより大事だ。アルフレッドおじの言ったことは正しい。アッシントンはおばの手伝いを必要としていないし、喜びもしない。

「なにがあったにせよ、きっと若いメイドがあげた甲高い悲鳴よ。言われてみると、ちょっと子どもの声みたいに聞こえたわね」ハリエットおばのためだけでなく、自分のためにもそう言った。間違いなく子どもの声が聞こえたという事実に、わたし自身、戸惑っていた。

ハリエットおばは納得がいかない顔だった。

「ビスケットとジャムを食べておしまい」おじが言った。

おばは眉をひそめて夫を見たものの、しぶしぶビスケットを一枚つまんでジャムを塗りはじめた。

そこへまた騒音が響いてわたしたちは三人とも飛びあがり、さらに悲鳴が続いた。三人で視線を交わしたものの、なにも言わなかった。ハリエットおばは目を見開いたままビスケットをかじった。アルフレッドおじはなにごともないように騒音を無視した。やがて静寂が広がり、わたしはホットチョコレートを口にした。けれど色濃い液体はもうすっかり冷めていて、おいしくなければ、ほっとさせてもくれなかった。

# 25

## アッシントン伯爵

厨房じゅうに羽が舞うなか、召使いたちは腕を広げて駆けまわり、こっこっと鳴きながら必死に逃走を試みる鶏をつかまえようとしていた。アリスは目を丸くして厨房の奥に立ち尽くしていたが、エマはそのとなりにいなかった。みんなの真ん中にいて、「ドルシラ！」と名前を呼びながら、厨房に大騒ぎをもたらしている鶏をやはりつかまえようとしていた。

なぜ生きた鶏が厨房にいるのか、訊くまでもなかった。だれが鶏を放したのか、もうわかっていた。わからないのはその理由だ。きっと突飛で深い理由があるのだろう。そういういたずらもたいていは楽しめるが、今日はだめだ。滞在中の客人たちにこれをどう説明したらいい？　エマが鶏を呼ぶ声は、廊下の先まで響き渡っている。

「つかまえた！」ミセス・バートンが勝ち誇った声で言った。

「いじめちゃだめ！」エマが必死に言いながら家政婦のもとに駆け寄った。

「ミス・エマ、ただの鶏ですよ。さあ、早くこっちにいらっしゃい」アリスが言い、当然ながら厳しい顔でエマにつかつかと歩み寄った。

「アッシントン、ドルシラをいじめないでって言ったげて。この子、怖がってる！エマがかなしいいうんめいから助けてあげようとしたんだけど、この子、逃げだしてここに入ってってっちゃったの」エマがもどかしげに両腕を前に投げだす。「ここから逃げなきゃいけないのに。ドルシラってあんまり賢い鶏さんじゃないのね」

「そのようだ」わたしは言った。とはいえエマが自由にしてやるまでは、この鶏もまったく問題なく過ごしていたのだろうが。

「申し訳ありません、旦那さま。ミス・エマを朝の散歩にお連れしただけなんですが、途中でその鶏を見つけられて」アリスが釈明しはじめたが、わたしは手をあげて遮った。

「いいんだ、アリス」わたしは言った。エマがここまで強情なのは家庭教師のせいではない。むしろその身に流れるコンプトン家の血のせいだろう。「エマをコテージに連れ戻してくれたら、ミセス・バートンがビスケットとジャムを持っていく。わたしも朝のうちに様子を見に行こう」

エマが駆け寄ってきて、小さな両手でわたしの手をぎゅっと握った。「でも、鶏さんはどうなるの？」

「ミセス・バートンに頼んで、ビスケットとジャムをやってみようか？」からかうように言った。

エマが眉をひそめてわたしを見あげた。「なに言ってるの、アッシントン。鶏さんはジャムなんて食べないわ」

「それなら、なにも心配することはないな」

エマは外へ通じるドアを指差した。「でも、その子、檻に入れられてたのよ。ドルシラはこれからどうなるの？　エマたちに食べられちゃう？」

わたしはちらりと料理人を見てから、またエマを見おろした。子どもに嘘をついても意味はない。嘘は健全な習慣ではないのだ——たとえ子どもの純真さを守るためでも。こういう場合はとくに。「ああ。ドルシラは今夜のメニューにのっていると思うよ」

エマは両手で口を覆い、大きく息を呑んだ。

「だがどうやらおまえは、その……ドルシラ、のことが好きになったようだから、今夜のメインは別のものにして、ドルシラにもう一度生きるチャンスを与えてもいいかもしれない」

「わあ、ありがとう、アッシントン！　ドルシラはきっといいペットになるわ」

「鶏はペットではありませんよ、ミス・エマ」アリスが言いながら歩み寄ってきて、少女の手を取った。口を挟んでくれて助かった。ドルシラはペットになるのだと、エマに思わせておきたくなかった。今夜の食材にはしないというだけだ。その先はどうしたものか、よくわからない。

「どうして？」エマが怒ったように尋ねた。

アリスは少女の手を引いてドアのほうに歩きだした。「このお話はここまでです。もう朝食の時間をとっくに過ぎているんですよ。さあ、行きましょう」そう言うと、二人で裏口から出ていった。

二人が見えなくなると、厨房の召使いたちはみんなほっとため息をついた。羽だのなんだの、鶏とエマが残していった混沌を全員で片づけはじめる。わたしは向きを変えて厨房をあとにした。食堂に戻ったら客人たちになんと説明しよう？　内容はどのくらい聞こえただろうか？　厨房と食堂はじゅうぶん離れているので、声はおおむねくぐもっていたはずだが、大きな悲鳴は廊下の先まで響いたに違いない。

エマを連れてくるということは、こういう事態もありうるということだったが、ロンドンに置いてくるのは危険すぎた。こういう事態に直面するほうが、ニコラスにあの子の存在を知られるよりずっといい。エマを守ること、そしてエマにふさわしい母親を見つけることが最優先事項なのだ。

食堂に近づくにつれて笑い声が聞こえてきたので、戸口の手前で足を止め、耳を傾けた。ミリアムがおじ夫妻に、初めて家族のために朝食を作ったときの様子を聞かせていた。

「髪に小麦粉がへばりついて、洗っても洗っても、何週間も落とせなかったわ」ミリアムが語り終えると、聞き手二人は愉快そうに笑った。

「だけどビスケットの味はどうだったの？」ミリアムのおばが尋ねる。

「母さまは歯が一本欠けたんじゃないかしら」ミリアムは楽しそうに答えた。

「あらまあ」おばが笑う。

「ええ、とても勉強になったわ。あれ以来、おいしくてやわらかいビスケットがどんなにすばらしいものか、よくわかるようになったから」ミリアムが返した。

おじ夫妻との気さくなやり取りとそのなごやかな雰囲気に、わたしは気がつけばほほえんでいた。堅苦しい礼儀もなければ、わたしが慌てて出ていったときに聞こえていたに違いない騒動についてひそひそささやき交わすこともない。平然と受け止めて、そのまま朝食を続けた。ミリアム・バサーストは上流社会が考える完璧な伯爵夫人ではないかもしれないが、わたしの完璧な伯爵夫人ではあるのかもしれない。エマに必要なのは、たったいまわたしが対処したようなできごとにも卒倒しない女性だ。

角を回って食堂に入った。ミリアムはホットチョコレートの入ったカップを口元に運んでいて、わたしを見つけたとき、その目は輝いたように思えた。こういう反応にはぜひ慣れていきたいものだ。「ロード・アッシントン、残念でしたね。ちょうどわたしの一風変わった料理自慢を話し終えたところです」ミリアムが言うと、レディ・ウェリントンがまたくすりと笑った。

「今度ぜひ聞かせてもらいたい。きみに台所方面での才能があるとは知らなかった」わたしは言いながら席についた。

するとと今度はレディ・ウェリントンが声をあげて笑い、その明るい響きにわたしもついほほえんでしまった。

「あまり期待なさらないでくださいな、閣下。ひどくがっかりなさるんじゃないかと心配です」レディ・ウェリントンが笑顔で言った。

「もちろん、抜かなくてはならない歯があるなら話は別だが」ロード・ウェリントンがつけ足すと、三人はどっと笑いだした。この屋敷に笑い声が響くことなどほとんどなかったので、壁がその音に浸りたがっているような気がした。いや、浸りたがっているのはわたしだけだろうか。

# 26

## ミリアム・バサースト

田舎の穏やかさは、久しぶりに会った友人のようだった。ホイットニーが自室で朝食をとっているそばで、わたしは窓の外の景色に見とれた。もう少ししたら二人で外に出て、太陽のぬくもりを楽しむつもりだ。

ホイットニーはわたしたちよりずいぶん遅くまで寝ていたので、食堂での朝食に間に合わなかった。けれどアッシントンが、妹さんの部屋になにを運ばせたらいいかと尋ねてくれた。おかげでわたしはますます伯爵への感謝を深めた。活気ある朝食の席にいられなかったことをホイットニーが残念がるのはわかっていたけれど、妹の用意ができたら、すべて語って聞かせようと思っていた。

背後であくびが聞こえたので、振り返ると、ホイットニーが可憐な手で小さな口を覆っていた。「あまり眠れなかったの？」見るからに疲れた様子なのが気にかかって、わたしは尋ねた。

「よく眠れたわ。たぶん眠りすぎたんだと思う」ホイットニーが笑顔で返した。「このベッドはふかふかすぎるから、信じられないくらい深い眠りに誘われたのよ」

やけに青い顔と目の下の黒い陰はまったく別のことを語っていた。ホイットニーはいつだってわたしを心配させまいとするけれど、いまは体調が悪いのだと、訊かなくてもわかる。妹に今度の旅は過酷だったのだ。

部屋に運ばれた食事に視線を移した。ビスケットを一枚とハムを少し食べただけ。昔から食が細いほうとはいえ、あれほどしんどい旅をしたあとだから、必要な栄養をとるべきだ。ここでの時間を楽しめるだけの元気をつけてほしい。

「活気ある食事って、いったいどんなだったのか、教えて」ホイットニーが言いながら皿の上のいちごをつまんだ。

ことこまかに語れば妹がもっと食べてくれるのではと期待して、わたしはすべてを聞かせた。けれどホイットニーはいちごを食べてしまうと、そのままベッドの枕に背中をあずけた。食べるだけでも、もっと休息が必要だと言わんばかりに。わたしはますます心配になり、この部屋を出たらアッシントンに医者を頼もうと決心した。

わたしが朝食の顛末を語り終えると、ホイットニーはまたあくびをして、枕に深く体を沈めた。「ああ、その場にいられなくて残念。明日は間に合うようにするけれど、今日と同じくらい楽しいものにするって約束してくれなくちゃだめよ」妹の笑みは無理やり浮かべたのではないとしても、疲れをにじませていた。

わたしはベッドに歩み寄り、そっとシーツをかけてやった。「旅の疲れには休むのがいちばんよ。あなたが元気になったら、庭園ではしゃぎまわりましょう。いまはしっかり休みなさい」異論を許さない、厳しい声で言った。ホイットニーはときどき強情になるので、こうするのが癖になっているのだ。

「姉さまの言うとおりね。もう少し休んだら元気になるわ」ホイットニーが同意したので、わたしはますます心配になった。わたしが厳しい声を使うのは妹に反論させないためだから、こうして反論もされないとうろたえてしまう。ホイットニーがベッドにいたがるなんて、本当に体調がよくないということだ。

妹のひたいにキスをして、もう一度見ると、ホイットニーはすでに目を閉じていた。できるだけ静かに部屋を出て、アッシントンを探しにいった。いまは目的があって集中しているからだろう、こうしてアッシントンの執務室を探すのも、朝に食堂を探さなくてはと思ったときより簡単な気がした。

三つドアを間違えただけで、正しい部屋に行き着いた。ところが執務室にアッシントンの姿はなく、部屋はもぬけの殻だった。もどかしい気持ちでドアを閉じなおし、今度は伯爵の所在を知っていそうなだれかを探しはじめた。

階段をおりていくと、ちょうど執事が厨房から戸口に向かうところだった。名前を思い出せなかったので申し訳なく思ったものの、いまはそれどころではなかった。

「すみません」階段をおりきる前に声をかけた。

執事が足を止めてわたしのほうを向いた。「ミス・バサースト。どうなさいましたか？」

「ロード・アッシントンを探しているの。妹のことで。じつはちょっと具合がよくないみたいで。そんなことでもなければお邪魔したりはしないのだけど……」

執事が一度、うなずいた。「ロード・アッシントンは朝の乗馬に出ておられます。ほどなく厩舎にお戻りになるでしょう」

「ありがとう」わたしは早口に言って玄関に向かおうとしたものの、いつの間にか執事がかたわらに来てドアを開けてくれた。彼のほうに向きなおってほほえんだ。「あなたの名前を聞かなかったか、申し訳ないことに忘れてしまったみたいなの」正直に言った。

この男性はたいていの執事よりずっと若いが、まっすぐに伸びた姿勢と堂々とした態度は最高の英国執事のそれだった。「アールウィンと申します、ミス・バサースト」

「どうもありがとう、アールウィン。助かったわ」わたしは言い、母に見られたらお説教をされるだろうやり方でスカートを引っつかむと、玄関の外の階段を駆けおり、手入れの行き届いた芝生を横切って厩舎を目指した。

大股のおかげで厩舎にはすぐにたどり着いたものの、意味はなかった。アッシントトンはまだ乗馬から戻っていなかった。そこへ厩舎の手伝いの少年が餌をさげて通りかかったので、伯爵がどの方角へ向かったのかを訊いてそちらへ行ってみることにした。

「ロード・アッシントンがどこで朝の乗馬をなさるのか、知っている？」少年に尋ねた。

少年はうなずき、屋敷の裏に広がる森のほうを指差したが、なにも言わなかった。

「馬であちらへ向かわれたの？」信じられなくて尋ねた。だって、人にも馬にも安全とは思えない。そもそも道があるの？

すると少年は手を振り、また同じ方角を指差した。今回は手のしぐさが激しくて、もっと大きな声で話そうとしているように見えたが、それでも無言のままだった。

「ここからは見えないけれど、道があるの？」問いを重ねた。少年がしゃべってくれるといいのに。

少年はうなずいただけで、ひとことも発しないまま、餌をさげて行ってしまった。

本当だろうかと訝しみつつ、またスカートをつかんで、ここからだと森にしか見えないほうへ歩きだした。周囲にこれほど美しい土地が広がっているのに、ロード・アッシントンが鬱蒼と茂った森のなかへ馬を進めるとは思えなかった。けれど近づいてみると、本当に道があった。影になっていてわからなかったのだ。おそらくこの道はきれいな小川かひなぎくの咲く野原にでもつながっているのだろう。

アッシントンがこの道を行くのにも、そもそもこんな道が存在するのにも、理由があるに違いない。そう思って森のなかを歩きはじめてみると、進めば進むほどあたりは夢のような雰囲気になってきた。木々はてっぺんで寄り添い、まるで愛する者をそっと抱きしめているようだ。鳥たちは枝から飛びたって、木の葉のあいだから射しこむ陽光はそこに道があると指し示してくれる。まるでこの道があるのは、人間ではなく妖精のためであるように。

ここは自然が生みだした空間で、その美しさとすばらしさにうっとりするあまり、前方の光に気づいたのはもうそこに行き着いてしまう寸前になってからだった。声が聞こえたので足を止め、耳を傾けた。もしかしたらだれか別の人の領地まで来てしまったのかもしれない。自分がどこへ向かっているのかもわかっていなかった。厩舎の少年が、ロード・アッシントンはこちらへ向かったと教えてくれただけで。

「もう一個作って、アッシントン！」幼い声が言った。

「なぜもう一つ いる？ その王冠はぴったりじゃないか。そうしていると、妖精の女王みたいだぞ」ロード・アッシントンが返した。

「そうじゃなくて！ アリスにあげるの。エマが妖精の女王さまなら、アリスはお姫さまでしょ。そうしたら今日はお昼寝しないで、お花畑で踊って、好きなだけジャムを食べるのよ！」幼い少女が言った。

どちらの姿も見えないけれど、もし動いたら気づかれてしまうのではと不安だった。アッシントンが話している少女はだれなの？　近隣の子？　親戚？

アッシントンが心底楽しそうに笑った。「それはアリスが認めないんじゃないかな。だが、うんといい子にしているなら、今日のお茶ではビスケットにジャムもつけてもらえるよう、指示しておこう」

伯爵は少女たちに食べ物を用意しているの？　もっと近づいて見てみたかったものの、わたしはその場から動かなかった。好奇心と良識がせめぎ合っていた。

「アッシントンもこっちに来て、一緒にお茶できる？」期待の声で少女が問う。

「残念だが、今日は無理だ。お客さまをおもてなししなくてはいけないからね」伯爵が答えた。

少女は大きなため息をついた。「お客さまに会ってみたいなあ」

「きっとじきに会えるよ」伯爵が言った。

「ほんとに？　ぜ、っ、たい？」

少し間が空いたので、わたしは伯爵に気づかれたのかとひやりとした。それとも、呼吸が荒すぎる？　ああ、茂みの隙間から見えないのがもどかしい。

「今回のお客さまには、ほぼ絶対に、会えると思うよ」アッシントンが言った。

少女は手をたたいて歓喜の声をあげた。「その人がお姫さまみたいっていうのも、ほんと？」

「ミス・バサーストの美しさに比べたら、どんなお姫さまもかすむだろうね」アッシントンが答えた。

そこでわたしは一歩さがった。無数の質問が頭のなかをぐるぐるめぐって、どれか一つをじっくり考えることもできなかった。できるわけがない。わたしはゆっくり安全な距離までさがってようやく向きを変え、もと来た道を歩いて戻りはじめた。

あの気さくさは……ロード・アッシントンがただの近隣の子にあんなふうに話すのはおかしい。遠縁の子だとしても変だ。

そして二人の口調――少女の声にこめられた信頼も、ロード・アッシントンの声ににじむ愛情も、はっきり聞きとれた。急ぎ足で屋敷に戻っているとますます頭がくらくらしてきて、もはや周囲のみごとな景色に見とれる余裕もなかった。なぜって、たったいま盗み聞きしてしまったことへの説明は一つしかないから――けれど、そんなことがありうる？　いくらロード・アッシントンでもそんな秘密を隠しとおすなんてできないはず……いえ、できるの？　彼にはそれほどの力がある？

立ち止まることなく歩きつづけ、与えられた部屋に戻ってぴったりドアを閉ざした。

それからその場に立ち尽くし、もっとも明らかな説明を頭のなかで展開した。

ロード・アッシントンには娘と愛人がいる。彼が探しているのは、それをごまかす

伯爵は、目の前の壁をぽかんと見つめた。これはわたしへの求愛ではない。なぜなら愛のある結婚など彼は望んでいないから。必要なのは役割をうめてくれるだれか。娘と愛人を受け入れてくれる伯爵夫人。わたしはソファに腰をおろし、わたしをここに連れてきた。これはわたしの家族を面接するためを装って、わたしをここに連れてきた。

公平なことを言えば、わたしだって愛のある結婚を求めてロンドンに来たわけではない。大違いだ。アッシントンはそれを知っている――なにしろ、ほかならぬわたし自身がはっきりさせてきた。妹と母を養うためにわたしが裕福な夫を必要としていることも、彼は知っている。わたしはホイットニーに望みうるかぎりの医療を受けさせてくれる夫を探していて、アッシントンはよそ見をしていてくれる妻を探している。わたしなら適任だと思っているのではないだろうか。思わないわけがない。わたしは伯爵夫人になるというくだらない夢に浮かされた愚かな小娘ではないのだから。わたしにとって地位などほとんど意味がない。求めているのは、身内を援助してくれる裕福で寛大な夫。アッシントンはそれを悟って、可能性をつかみにかかった。

胸がずきんとして胃が重くなった。愚かにも、ロード・アッシントンを好きになってしまった。好きになって、この先わたしたちにはなにかが芽生えるのではと夢想してしまった。彼は魅力を発揮して、わたしはころりとだまされた。おじ夫婦がもっているようなものをわたしも手に入れられるかもしれないと、つかの間でも信じてしまった。そんなことがありうると思うなんて、どこまで愚かだったのだろう。それも、ロード・アッシントンほど有力な紳士を相手に。

これは傷心ではない。だっていくら愚かでも、だれかを愛したりはしないから。そうではなくてこれは、わたしは自分が願う理由からだれかに選ばれたりしないのだと、あらためて思い知らされた痛みだ。ニコラスがわたしを望んだのは、兄を傷つけるための駒が必要だったから。ロード・アッシントンがわたしを望んだのは、秘密の家族から顔をそむけていてくれる理想の妻が必要だったから。母がわたしを望んだのは、経済的な安定をもたらしてくれる唯一の希望がわたしだったから。そして言うまでもなく、父に望まれたことは一度もない。父はわたしの存在にこれっぽっちの意味も見いださなかった。急いで父の記憶を締めだした。父の愛の欠如について、つらつら考えても無意味だ。

手をあげて、厄介にも頬を転がり落ちることにした涙を拭った。こんなことで負けてはいられない。ロード・アッシントンが見せてくれた華やかさに目がくらんで、ほかの兆候を見逃してしまった。すっかり信用して気がつきもしなかった。いとも簡単に警戒心を解かされていた。二度と同じことは起こらない。絶対に。もう賢くなったし、教訓を得た。

あいかわらず家族のためにいい条件の結婚をとりつけなくてはならないし、かならずそうしてみせるけれど、秘密の家族を受け入れるなんてわたしにできると思えない。ロード・アッシントンは明らかにあの子を愛しているようだし、それは立派だと思う。娘を——あの子が本当に彼の娘だとして——無視していないし、面倒を見てもいる。きっと母親の面倒も見ているのだろう。

おじ夫婦のような結びつきは、ロンドンの上流社会にはめったに存在しない。おじ夫婦は真に愛し合っているし、おじに愛人はいない。心からわたしを愛し、わたしだけを求める男性に出会えるまで待つような贅沢が、わたしに許されるだろうか？ 寝室で横になっているホイットニーと、たった一日の旅であの子が感じる痛みを思った。妹の脚を完全に治す希望は日ごとに薄れていく。

あの子の未来のために、わたしはどこまで受け入れるだろう？

# 27

## エマ・マリー・コンプトン　四歳五カ月

ベッドのおへやをふりかえって、アリスがぐっすりねむってるのを、もういっぺんたしかめたわ。おめめをとじて、じっとしてるのはたいへんだったけど、アリスはおひるねしたほうがよさそうっておもったの。そんなにまたなくても、いびきをかきはじめたわ。

しずかにそーっとドアをあけて、またそーっととじてから、いきをとめてじっとしたの。アリスがめをさましちゃって、エマがいないことにきづきませんようにって、こころのなかでおいのりしながらね。だってこのたびには、りゆうがあるの。ミリアム・バサーストさんにあわなくっちゃいけないのよ。ミリアムさんはおひめさまよりきれいだってアッシントンがいってたし、そんなにきれいなひとなんて、みたことないわ。アッシントンがうっかりして、さいごまであえないままだったら、かなしいでしょ。

まるいいしでできたこみちをかけあしでいけば、きのうのあさ、アリスといっしょにおさんぽした、もりのなかのみちにでられるわ。アリスってば、きょうはおだいどころにつれてってくれなかったのよ。エマがにわとりさんをにがしたから、しんようできないんだって。だけどあのにわとりさん、おりからでたがってたの。エマはおともだちになれそうなこを、たすけてあげただけ。それでも、あんなめにあわされたから、にわとりさんはエマのこときらいになっちゃっただろうな。かわいそうなにわとりさん。

　きょうはちょうしょくにジャムがついてきたから、すっごくうれしかった。アッシントンがしじしてくれたからだってしってたから、おちゃのときまでいけませんってアリスがいったときも、そういってやったわ。ここチャトウィックホールのジャムは、ロンドンでたべるのよりあまーいの。アッシントンにたのんで、ロンドンにもっていってもらわなくっちゃ。

　エマ、ここがだいすき。こことちがってロンドンのおうちには、ようせいさんのもりも、バラのおにわも、ないんだもの。きょうはアリスがようせいさんのもりまで、おさんぽにつれてってくれるやくそくよ。だけどアリスがおきたときに、エマがもどってなかったら、それはなしになるだろうな。ごごのおちゃのときにジャムももらえないだろうな。

　そうおもったら、あしがとまっちゃった。ジャムとようせいさんのもりがなしになっても、ミリアム・バサーストさんにあったほうがいいのかしら。ようせいさんのもりには、ずっといきたかったんだけど。まよって、ちょっとコテージをふりかえっちゃった。きっとアリスはエマにがっかりするだろうな。がっかりされるのはしょっちゅうだし、きにしてないんだけど、きょうはほんとに、やくそくのおさんぽにいきたいの。あと、ジャムもたべたい。

またまえをむいて、チャトウィックホールのほうをみたわ。めしつかいのだれかにみつかったら、すぐアリスのところへつれもどされちゃう。だれにもみつからずに、おやしきまでいけるかしら。ためいきをついて、いやいやだけど、コテージのほうにむきなおっちゃった。いそげば、ぬけだしたってアリスがきづくまえに、もどれるはず。

「こんにちは」とってもやさしくてきれいなこえが、うしろからきこえたわ。もしかしてようせいさん？　ぱっとふりかえったけど、そこにいたのはようせいさんじゃなかった。のっぽすぎるもの。だけど、おひめさまかもしれない。

「こんにちは」ちゃんとごあいさつしたのよ。「あなた、ミリアム・バサーストさん？」きっとそうだっておもったから、きいてみたわ。

そしたらそのおんなのひとがこっくりして、おひさまのひかりが、あかいかみのけをきらきらってさせたの。ようせいさんみたいに。「ええ。あなたは？」ミリアムさんがたずねたわ。

　エマ、いつもアリスにいわれてるみたいに、ぴしっとむねをはって、まっすぐまえをみておへんじしたのよ。「エマ・マリー・コンプトンです。このおやしきの、おんなしゅじんです」

「おあいできてこうえいです、レディ・コンプトン」ミリアムさんはそういって、おじぎしたわ。だれかにおじぎされたのも、レディってよばれたのも、はじめてだけど、すっごくいいきぶんね。おなまえをレディ・コンプトンにかえるって、アリスにいわなくっちゃ。でもアリスはおじぎしてくれないだろうな。いしあたまだから、そんなことしないはず。でも、たのんでみるだけ、たのんでみよう。とってもすてきなんだもの。

「あなたをさがしてたの」おもいきって、ミリアムさんにいってみたわ。「アリスはいまおひるねしてて、エマもほんとはしてなくちゃいけないんだけど、アッシントンがほんとにあなたにあわせてくれるかわからなかったし、こうきしんがあったから。アリスはね、こうきしんがつよすぎますよっていうの。そんなこと、ありえないとおもうんだけど。そうでしょ？」

　ミリアム・バサーストさんはにっこりして、うなずいたわ。「ええ、わたしもありえないとおもうわ。こうきしんのおかげで、ひとはおおくをまなべるとおもう」

このひと、きにいったわ。「ようせいさんのもりを、おさんぽしたい？　ここにはようせいさんのもりがあるの。すぐそこでね、アリスがつれてってくれるやくそくなんだけど、めがさめてエマがいないってわかったら、おさんぽはなしだろうし、おちゃのときのジャムもなしだろうな」

　それをきいたらミリアムさんも、ジャムなしなんてひどいとおもってるみたいに、くちびるをぎゅっとすぼめたわ。「ジャムがないのは、かなしいわね。だけどわたしたちはであったばかりだし、あなたがどこにいるかをしっているひとは、わたししかいないから、おさんぽにでかけるのは、あまりかしこいことじゃないかもしれない。ようせいさんのもりは、ぜひみてみたいけれど、あなたがどこにいるかをアリスさんがしっているほうが、だいじだとおもうわよ」

　いってほしかったのは、そういうことじゃないんだけど。おとなって、めったにいってほしいことをいってくれないのよね。がっかりしちゃう。「アリスにはメモをのこしていくわ」かくのはあんまりとくいじゃないし、つづりかたをしってるたんごは、そんなにおおくないけど。

　ミリアムさんは、かんがえてるみたいなおかおで、うなずいたわ。そうだ、さんせいしてくれたら、メモはミリアムさんにかいてもらおう。そのほうがアリスもちゃんとよめるでしょ？「ええ、それはとてもいいかんがえね。だけどおかあさまは？　あなたがしらないひとと、もりへおさんぽにでかけてしまったら、しんぱいなさるでしょう?」

そんなことないってくびをふったわ。「だいじょうぶよ。ママ、しんじゃったから。ママのことはほとんどおぼえてないんだけど、かみはきんいろで、とってもすてきなしゃべりかたしてたのよ。ふらんすじんだったたってんだって」

ミリアムさんのおかおからにっこりがきえたのをみて、しんだひとのことをはなすと、おとながたいていおろおろするのをおもいだしちゃった。なんでかよくわからないけど、たいていしょんぼりしたおかおになるの。もういきてないひとのことをかんがえると、かなしくなるからだって、アリスがいってたわ。「かなしいおかお、しないで。だいじょうぶだから。アッシントンがいるもの。とってもこううんなことだって、アリスもいってた」

「そうね、アリスのいうとおりね」ミリアムさんはそういってまたにっこりしたけど、さっきみたいにまぶしいおかおじゃなかった。しんだママのこと、いわなきゃよかったな。さっきのにっこりのほうが、すき。

「ざんねんだけど、アリスのいうことは、たいていあってるの。だからゆうしゅうなかていきょうしなんだよって、アッシントンがいってたわ」

「ロード・アッシントンにさんせいするしかないわね」ミリアムさんがいった。

そのときよ、エマのなまえをよぶアリスのこえがきこえたのは。ミリアムさんもそれをきいて、コテージにつながるみちのほうを、ぱっとみたの。ミリアムさんとしゃべってるところをアリスにみつかったら、こまったことになっちゃう。たぶん、ばつとして、なんにちもジャムなしよ。

「アリスがおきちゃった」コテージのほうをみて、アリスがでてきませんようにって、おいのりしたわ。

「ようせいさんのもりにつれていってもらえなくなるまえに、いそいでもどったほうがいいんじゃないかしら。そんなにすてきなぼうけんをのがすのは、もったいないもの」ミリアムさんがいってくれた。

そのとおりだっておもったから、うなずいたわ。「ジャムもね」

「ええ、もちろん、ジャムも」

「あえてうれしかったわ」

ミリアムさんはまたおじぎして、こういってくれたのよ。「こちらこそ、こうえいでした、レディ・コンプトン」

だからエマ、さいごにもういっかいにっこりして、むきをかえて、かけあしでコテージにもどったわ。

ひとにおじぎされるの、すごくきにいっちゃった。アリスにも、やってっていみよう。まあ、やってくれないだろうけど。アリスって、かんたんにいうことをきいてくれるひとじゃないのよね。ああ、コテージをぬけだしたばつがないといいんだけど。もしかしたらアリスはぐっすりねむれて、いまはごきげんかもしれない。どうか、そうでありますように。

# 28
## アッシントン伯爵

レディ・ウェリントンによると、ミリアムは庭園を散歩しに出かけたそうだ。今朝はミリアムとそのおじ夫妻、それに妹も加わって、また活気ある朝食をとったのち、わたしは執務室にさがって仕事の遅れを取り戻した。これほど長くかかるつもりはなかったが、机から顔をあげたときにはもう正午を過ぎていた。執務室を出てみると、ちょうどレディ・ウェリントンが陽光で頬を染め、手にはご自身の靴を持って、玄関から入ってきた。

ミリアムの家族がここですっかりくつろいでいるのはうれしかった。彼らがわたしとチャトウィックホールを気に入ったなら、それは今後の展望を物語っているというもの。もっとも重要な人物にはまだ会わせていないことを忘れてはならないが、この人たちを知れば知るほど、こちらが願っているとおりの反応を示してくれるのではという気がしてきた。エマにとって、そうあってほしいとおりの反応を。

レディ・ウェリントンは上流社会が重んじる流儀に従わないが、それはむしろありがたいことだった。家庭とはこうあるべき、こうあってはならない、といった厳格な考え方をしないのだ。ここに着いたときから、靴を履いているところはほとんど見ていない。上流社会のたいていの女性なら羞恥心で頬を染めそうな、アメリカにいる家族や向こうでの暮らしについての話も、じつに愉快そうに語った。

庭園を歩きながら周囲を見まわし、このまぶしい陽光を受けて輝いているだろうミリアムの赤褐色の髪を探した。チャトウィックホールの裏に回ってようやく、またバラのなかに座っているミリアムを見つけた。彼女がぼんやり眺めているのはコテージにつながる小道のほうだったので、つかの間、わたしは動揺に襲われた。もしやコテージまで行ったのか？　エマを見たのか？　それ以上、わたしの不安が募る前にミリアムが向きを変え、わたしに気づいてほほえんだ。このほほえみ一つで、どれほどの安堵が芽生えることか。わたしも笑みを返し、間違いなく妻として必要な女性のもとに歩み寄った。それでも、エマに引き合わせるのはもう少し先だ。その一歩を踏みだす準備はまだできていない。

「仕事に没頭して申し訳なかった。先送りにしていた手紙を何通か書くだけのつもりだったが、気がつけば午前中ずっと執務室に閉じこもって過ごしてしまった」

ミリアムは、一人ぼっちにされたことをまったく恨んでいないようだった。「仕事は勝手に片づいてくれませんもの。退屈な手紙はとくに」

この女性はじつに臨機応変で、わがままとはほど遠い。少なくとも、表面的にはそう見える。同じくらい美しくて同じような印象を与える女性が、上流社会に二人といるだろうか？　女性というのは美しければ美しいほど、人気があればあるほど、より注目されたがるようになる生き物だと、これまでの経験で知っていた。ところがミリアムは違う。もっとわがままになっていいのにとさえ心のどこかで思ってしまう。おじのおかげでほどほどの持参金はあるし、その美しさは並ぶものがない。そういう利点についてくる特権を少し楽しんでもいいのでは？　この女性を見つけたわたしは運がよかった、と思って片づけていいのか？　彼女が本当に輝くときを彼女自身が味わう前に、我が物にしてしまうのは身勝手ではないのか？。

本人が求めている以上のものを与えたいという突然の欲求にうろたえて、彼女のとなりに腰かけた。きちんと考えて言い方を整える前に、口走っていた。「紳士にはもっと求めるべきだ」

ミリアムはこちらを向いてわたしを見つめたが、それは一瞬のことで、弓のかたちをしたピンク色の唇からやわらかな笑いを漏らした。「そうですか？」

「ああ」自分がほかになにを言ってしまうかわからなかったので、簡潔に答えた。

「わたしは自分が重要だと思うことを求めています。正直さ、やさしさ、賢さ、責任感、そしてもちろん、書物が好きであること。男性は、女性のどんな要求にもがんばって応えるべきだとは思いません。それでは女性が甘やかされてしまいますし、もっと言えば、だめになってしまいます。その女性がどれほど美しくても」

じつに独特な考え方だが、心の底から同意できた。まったく、一緒にいればいるほどますます魅力的に思えてくるとは、いったいどういうことだろう？　どれだけの時間をともにしても、いやなところが見つかる気がしない。

「甘やかされた女性をたくさん知っているような口ぶりだ」わたしは返した。

ミリアムは小さな肩をすくめて、ため息をついた。「ええ、知っています。それほど遠くまで見わたす必要はありません」

上流社会ではとくに。自身が手に入れるもののことしか考えない人間でロンドンはあふれている。自身より他者のためを考えられる人間には、ほとんど会ったことがない。ミリアムは妹のためならなんでもするだろうし、そこがこの女性について多くを物語っている。だからこそ、エマのために彼女がほしかった。エマには、ミリアムのような考え方のできる女性に育ってほしい。

そこで思考が止まった。そうなのか？　本当に、エマには他者のことばかり考える女性に育ってほしいのか？　一度たりとも立ち止まって自身のためになにかを選んだりしない女性に？　自身の幸せは重要ではないと思うようになってほしいのか？

いや、そんなことは願っていない。エマには他者の幸せだけを求めるのではなく、自身のためにもっと多くを求めてほしい。自身が笑顔になれるような選択をして、手に入れるべき人生を享受してほしい。

「失礼なことを言ってしまったのなら、ごめんなさい」ミリアムがわたしを見ながら言った。「しょっちゅう本当のことを言ってしまうんです――というより、わたしが本当だと思っていることを。ぶしつけすぎるから口を慎むべきだと、昔から母によく言われていました。残念ながら、母の言葉はわたしの胸に届かなかったみたい」

考えごとのせいでしかめっ面になっていたのだと気づいて、急いで口元の表情をやわらげた。「正直でぶしつけなほうが好ましい。完全にきみに同意する」

ミリアムは納得した顔ではなかったが、それ以上、食いさがりもしなかった。この女性はめったに食いさがるということをしない。自身の幸せは求めようとしないのだ。頭にあるのは妹のことだけ。父親に愛情を示してもらえなかった幼い少女を思って、胸の片隅がうずいた。家族のために未来を捧げることを母親から望まれた若い女性を思って。エマが同じような目にあうことは許せないなら、どうしてこの女性が置かれた状況につけいることができるだろう？

「気高さ」わたしが言うと、ミリアムがふたたびこちらに目を向けた。わたしのひとことに対して問いかけるように、眉をあげる。「気高さを忘れている。紳士は気高くなくてはならない。肩書きだけでなく、おこないにおいても。決断するときには、なにが正しくてなにが公平かを基準にするべきだ」わたしは締めくくった。

ミリアムはしばし考えてから、こくりとうなずいた。「そのとおりですね」と同意する。「紳士は気高くなくては」

返せる言葉はいろいろあったが、わたしのなかでは葛藤が生じていた。わたしはじゅうぶんに気高いだろうか？　肝心のそのときが来たら、気高いと思ってもらえるのか？　ミリアム・バサーストはまさしくエマに必要な女性だが、エマとわたしはミリアムに必要な人間だろうか？　ふさわしい存在か？

立ちあがって手を差しだした。「少し歩かないか。ここはイングランドで、いつ雨が降ってきてもおかしくないから、いまのうちに陽光を楽しもう」

ミリアムは手袋をはめた手をわたしの手にあずけて、立ちあがった。「いい考えですね。だけど今日は、雨は降らないいんじゃないかしら。空には雲一つありませんもの」

そよ風が少ししっとりしているので、残念ながらじきに雨になることがわたしにはわかった。「だとしても、いまを楽しもう」

先ほどまでの会話を忘れさせてくれそうな話題はないかと考えながら、二人並んで歩いた。バラの香りがそよ風に運ばれてきて、空気そのものがバラの香水のようだ。横目で見ると、ミリアムが深く息を吸いこんで、その香りを味わっていた。断言してもいいが、これほど美しい光景は見たことがない。太陽の下では顔立ちの欠点が強調されやすいというのに、ミリアムの場合はその美しさが際立つばかり。この女性と一緒にいれば、幸せになれるだろう。外見に惹かれているからというだけでなく、一緒にいるのが本当に楽しい女性だから。そばにいて、会話を楽しみたい。

「教えてくれ、ミリアム、いちばん好きな文学作品はなにかな？」この女性はなにが好きなのか、ほとんど知らないことをまた思い出して尋ねた。あえて尋ねた者はこれまでいなかっただろうし、わたしはそれが知りたかった。ミリアムには、彼女自身も重要なのだと感じてほしかった。彼女の夢、喜び、嫌いなこと、すべて重要だ。

「『ジュスティーヌ』（サドの小説、奔放な姉と純粋無垢な妹の一生を描く）」ミリアムが答えた。

「本当に？」驚いて尋ねた。からかっているのだろうか、それとも冗談抜きでいちばん好きな小説なのか？

ミリアムはにやりとした。「お読みになったのね？」

「ああ。きみと同じで、わたしも読書が好きだから」

「マルキ・ド・サドも？」愉快そうな口調で問う。

「マルキ・ド・サドはとくに」そう請け合うと、ミリアムは笑った。それはけっして聞き飽きることのない音で、いつもは聞けないのだと思うと、一瞬、悲しくなった。

「母がわたしの部屋で見つけなかったのは奇跡でしょうね。父が亡くなったあとに父の図書室で見つけたんですが。母は読書にまったく興味がないので、図書室に入ったことはなかったんです。あの本のあらすじさえ知っているかどうかわかりませんが、浅はかな人たちのゴシップで聞いたことはあるかもしれないので、本棚から抜いてわたしの部屋に隠しました。読みはじめたら本を置けなくなってしまって、三日連続で徹夜しました」

若いころのミリアムが自室でこっそりろうそくを灯して、ほかの者が眠っているすきに『ジュスティーヌ』を読んでいるところを想像すると、どうにも笑みが浮かんだ。いまのミリアムより若い人にとっては、なかなかの冒険だ。それでも、彼女があの本を読んだと思うと、どちらにとってもよろしくない意味で、わたしの心身は刺激された。

「閣下のいちばん好きな本はなんですか？」ミリアムが尋ねた。

「アッシントン、だ」わたしは指摘した。

「アッシントン」ミリアムが言いなおす。

「じつはいちばん好きな小説は、つい最近、マルキ・ド・サドの『ジュスティーヌ』になった」正直に答えた。

これにはミリアムも声をあげて笑い、そんなふうに心置きなく笑わせたのが自分であるという事実に、わたしは深い喜びを覚えた。ミリアムはわたしが想定していたよりはるかに大きな存在になりつつあり、それにどう対処したらいいのか、よくわからなかった。ミリアム・バサーストをわたしの人生に迎えたい。わたしのベッドに。ただし、ミリアム自身にもわたしを求めてほしい。わたしこそ、彼女の家族にとって理想の花婿候補だから、以外の理由で。

# 29
## ミリアム・バサースト

日曜の朝食のあとには、ホイットニーも探検に出かけられるようになっていた。妹は本当に体調が悪かったのか、それとも単にアッシントンと二人きりになれる時間をわたしに与えたかったのか、よくわからない。伯爵をもっとよく知るための時間がもてたことはありがたかったけれど、ホイットニーが元気になったことのほうがうれしかった。それでも明日にはロンドンへ出発しなくてはならないし、これほどすぐにまた妹に移動を強いるのは心配だった——こちらへ来るだけで静養しなくてはならなかったのだとしたら。

厩舎に入ったホイットニーはまるで相手も人であるように馬に話しかけ、バラ園ではのんびり歩きながらかぐわしい香りを吸いこんでいた。チャトウィックホールのすばらしさがすっかり気に入ったようで、たとえわたしたちがここへ招かれたのはわたしが疑っている理由からだったとしても、妹がこんな体験をさせてもらえたことにはやはり感謝していた。こんな場所で暮らすというのは、ホイットニーのあまたある夢の一つだった。

ホイットニーが種々のバラを観察し、異なる種類を見つけては明るい声でその名を呼ぶのを聞きながら、わたしは敷地の裏手の森に視線を送った――小道がうまく隠されているあたりに。エマのことが頭をよぎり、今日はなにをしているのだろうと思った。じつにありがたいことに雨はまだ降っておらず、太陽がふたたび顔を出しているものの、空にはいくつか雲が浮かんでいる。昨日は、アッシントンがあの少女のことを口にするのではないか、もしかしたらわたしと少女を引き合わせるのではないかと思ったけれど、どちらも実現しなかった。

代わりに二人で馬に乗り、ピクニックに出かけた。伯爵は一緒にいるのがとても楽しい人で、夜に一人でベッドに横たわったときには、こんなに笑ったのはずいぶん久しぶりだと気づかされた。楽しい一日だったけれど、いつエマに紹介されるのだろう、そもそも紹介されるのだろうかと考えずにはいられなかった。まだ紹介されないということは、わたしが伯爵の条件に見合っていないということだろう。少し厳しいかもしれないが、それ以外には思いつかない。完璧な一日に水を差す唯一のことだった。

「ねえ、一カ所にこんなにたくさん深紅のチャイナローズが咲いてるのを見たことがある？」ホイットニーがうれしそうに言った。祈るように両手を組んで、たったいま見つけたバラをうやうやしげに見つめている。わたしはバラには詳しくないけれど、見るのは好きだ。いまはホイットニーとの時間に集中しようと、向きを変えて小道を妹のほうに向かった。

「どれがチャイナローズ？」わたしは尋ねた。

ホイットニーが眉をひそめた。「冗談でしょう？　あんなにたくさん本を読んでるのに、バラのことは知らないの？」

ホイットニーはあまり本を読まないので、小説好きというのがどういうもので、物語と勉強のための本がどう違うか、知らないのだ。「わたしが小説を読むのは、ここと違う場所、違う時間に連れて行ってくれるからよ。いまいる現実からの逃げ場を与えてくれるの。植物学の本は読まないわ。そういう知識にはあまり興味がないから。だけどあなたは違うのね。父さまの図書室にはあなたが楽しめそうな本もあるわよ。バラの専門書ではないけれど、イギリスの地方の庭園について書かれた本があったはず」

ホイットニーが目を丸くした。「本当に？」そんなことは思いもしなかったと言わんばかりの口調だ。妹は、幼いころでもさほど物語に惹かれなかった。読み聞かせをしようとしたけれど、眠りに落ちる前に結末までたどり着いたことはなかったくらいだ。

「ええ。もっと早くに渡してあげればよかったわね」わたしは言った。これまでずっと、間違った本を押しつけてきたのだ。

「姉さまはずっと、本は魔法だってわからせようとしてくれてたのに、わたしがわかろうとしなかったんじゃない。庭園についての本を見つけたときにわたしのことを思い浮かべなかったとしても、姉さまを責められないわ」

「もしかしたら、これを読み聞かせてとあなたにせがまれて、今度はわたしのほうが数ページで眠ってしまうのが怖かったのかもね」

ホイットニーの笑い声にはいつも心が癒やされる。幼いころからずっとそうだ。けれどその笑い声が急にやんだと思うや、ホイットニーが裏庭の向こうに広がる木立のほうをじっと見つめた。「だれかいたわ」そう言って見つめる方角は、まさにコテージへつながる小道があるあたりだ。

もう人の気配はないものの、エマがそこに隠れていないともかぎらない。ホイットニーがいてもあの子は出てくるだろうか？　ちらりと妹を見た。二人が出会ってしまうのは、あってもいいことだろうか？

妹のことは信頼しているけれど、あの少女についてはわたしの想像でしか知らない。エマがここにいる詳しい事情はわからないが、姓がコンプトンなのはわかっている。その先はほんの少しの想像力があればいい。もしアッシントンに妹がいるなら、それはニコラスの母親の娘ということで、アッシントンの所有するここチャトウィックホールのコテージに隠れているはずがない。

「風が枝を揺らしただけよ」わたしはそう言って妹の手を取り、エマがまた顔をのぞかせる前によそへ連れて行こうとした。

「そんなわけないわ。はっきり見たもの。木立の奥に小さな女の子がいたのよ。まるで道でもあるみたいに」ホイットニーはもう一度見えないかと、そのあたりに目を凝らした。

「じゃあ妖精かもね」幼いころに妹が夢中になって妖精を探していたのを思い出して、わたしは言った。

ホイットニーが振り返ったので、妹の視線をそらすことに成功したのだと、わたしは内心ほっとした。

「妖精？　ミリアム、本気で言ってるの？　わたしをまだ小さな子どもだと思ってる？」

わたしはにっこりして、妹の腕に腕をからめた。「悪いけど、あなたをありのままに見るなんてできないと思うわ。いくつになっても、あなたはわたしのあとをどこまでもついてきていた小さな女の子よ」

「かもしれないけど、もう妖精は信じてないわ。そんな夢物語は何年も前に捨てました」ホイットニーが言った。

いかにもがっかりだと言わんばかりにわたしはため息をつき、庭園の外へ妹を誘導した。「小さいころに見えていたものが見えなくなったなんて、残念ね。今後はもう二度と見られないわよ」

ホイットニーはまた笑い、ありがたいことに、木立の奥の少女については忘れてくれたようだった。東のほうへ向かいながらすばやく視線を走らせると、去っていくわたしたちをエマが見ていた。わたしの視線に気づいて小さな手をあげてから、ふたたびいなくなった。

「お茶が飲みたいわ」領地の正面側に向かう足を止めないまま、会話をしようとして言った。

「いいわね。またラズベリータルトを出してもらえたらうれしいわ。すごくおいしかったもの。あれなら一ダースでも食べられそう」ホイットニーが期待をこめて言った。

「お願いすればきっと作ってもらえるわよ」わたしは言った。

「それから、きゅうりのサンドイッチもおいしかった。お茶だけ頼んだのに、あんなにおいしい軽食までつけてもらえるなんて、本当に贅沢よね」ホイットニーは言った。

お客さまがいるときにハリエットおばが頼むのは、たいていお茶と、サンドイッチかビスケットに限られる。お茶のときはチョコレートのほうがお好みなのだ。ところがここチャットウィックホールでホイットニーがお茶を頼んだときには数々の軽食が供されたらしく、午後にわたしが戻ってくると、妹はその話しかできないくらいだった。ここへ来てから妹が目にしたなかで、いちばんすてきなものだったらしい。

チャトウィックホールの正面側に回ると、アッシントンが厩舎から屋敷のほうに徒歩で向かっていた。たったいま乗馬から戻ったのだろう。目が合うと、足を止めてわたしたちが近づくのを待ってくれた。

「ごきげんよう。今日はなにか夢中になれるものが見つかったかな？」

「ええ！　バラ園がすばらしくて、なかでも深紅のチャイナローズが気に入りました」ホイットニーが熱をこめて答えた。森のなかに少女がいたことは言わずにおいてくれたのがありがたかった。

「わたしはバラには詳しくなくてね。母が情熱をそそいでいたんだ。だが庭園で過ごす時間は楽しい。じつに心穏やかになる」アッシントンが言った。

そして視線をわたしに戻した。伯爵に目を向けられて体が示した愚かな反応に、我ながらまた驚いてしまった。この男性と一緒にいればいるほど、この反応は強くなる気がする。伯爵の秘密は知ってしまったし、彼がわたしに関心を示しているのはわたしという人間に惹かれているからではないこともほぼ確信しているけれど、わたしのほうは間違いなく彼に惹かれていた。

「今日は楽しかったかな?」アッシントンがわたしに尋ねた。

「ええ、とても。晴れた日と美しい景色を楽しめない人なんていませんもの」わたしは即座に返した。内心、彼に会いたいと思っていたのを悟られないように。妹との時間はとても楽しかったけれど、アッシントンの姿を目にすると、明日にはここを出発して、この男性と顔を合わせるのも日常のことではなくなるのだと思い出し、胸がずきんとした。

「いかにも」アッシントンは言ったが、その目はもっと多くを語っていた。わたしの妄想かもしれないし、希望的観測かもしれないけれど、彼のほうもわたしに会いたがっていたような気がした。

「これからお茶をいただくところなんです」ホイットニーが言った。「一緒にいかがですか?」

伯爵はもう一呼吸、わたしを見つめてから、妹のほうを向いてほほえんだ。「ありがたい。喉がからからだ」

「よかった。じつはわたし、昨日お茶をいただいたときみたいに、ラズベリータルトも出してもらえたらいいなと思ってるんです」ホイットニーが打ち明けた。

愉快に思ったのか、伯爵の口角があがった。「そうなるようにわたしから命じておこう」と請け合った。

ホイットニーはわたしの腕から腕をほどいて手をたたいた。「すてき!」

このままでは、アッシントンに恋をしないでいるのはますます難しくなっていく。彼に恋をするなんて愚かなことだし、それはじゅうぶんわかっているのに。伯爵は秘密をかかえていて、わたしはその詳細までは知らないものの、存在にはもう気づいてしまった。エマ・コンプトンについて説明してもらうまでは、分別を忘れてはならない。アッシントンのそばにいるときは冷静でいること——それだけに集中しなくては。

# 30

# アッシントン伯爵

「ミリアムが変わった娘だということにはわたしも気づいているが、あの娘の人生観はじつに独特だと思うね。一緒にいると退屈するときがない」アルフレッドは三杯目のポートワインを飲み終えて、言った。

女性陣はみんな夜も更けたのでと部屋にさがり、わたしたち男は食堂から書斎に移動していた。どうやらポルトガル産の強いワインで、ウェリントンの舌もなめらかになったらしい。今宵の彼の妻と姪たちとのディナーは、これまでの食事同様、非常に楽しいものだった。ミリアムとレディ・ウェリントンがくりだす気の利いた返しや逸話が食卓を盛りあげてくれるのだ。気がつけばわたしも彼らとの食事を心待ちにするようになっていた。

「ミス・バサーストには生まれながらに、ほかの人より抜きんでたところがある。じつにめずらしいことだと思います」わたしは正直に述べた。ミリアムはたしかに美しいが、あの頭の回転の速さと家族のために身を捧げようという決意には脱帽させられる。

「ミリアムの母親は娘にまったく似ていないし、父親はろくでなしだった。わたしは最初から好きではなかったよ。ミリアムが生まれてから、わたしはずっとニューオーリンズにいてね。上流社会にデビューさせてやってほしいと母親に頼まれるまで、ずいぶん会っていなかったんだ。最後に会ったのは、たしかミリアムが二歳のころだし、ホイットニーには一度も会ったことがなかった。これはわたしの落ち度だな。純粋に、自分の妹が好きではなくてね。難しい女性だよ。若いころは、虚栄心のせいでしょっちゅう残酷なことをしていたものだ」

　こんな話までしたのは間違いなくポートワインのせいだろうが、わたしは感謝していた。ミリアムの人生を垣間見れるのであれば、どんな情報も手に入れたかった。エマのためだけでなく、わたし自身のためにも。ミリアム・バサーストを愛してしまうのは簡単なことかもしれない。いまではほぼ一日中、彼女のことばかり考えている。未来の妻にそんな反応を示すとは思っていなかったし、示したいとも思っていなかったが、もはやどうしようもないようだった。

「ミリアムには双子がいてね」アルフレッドが続けた。「男の子だった。まさにろくでなしの父親が求めていたものだよ――家名を継ぐ長男坊。だが坊やは長生きできなくて、わたしの妹はたしかに意地の悪い女だが、それでもひどく参ってしまった。子を失うというのは、どんな母親にとってもつらいものだよ。だからミリアムはこの世に生まれた最初の日々、ろくに相手をしてもらっていなかったんじゃないかな。子どもには親の愛情がそそがれるべきなのに。ところが、そんなミリアムがどう成長したか――親の愛情を受けずに育ったあの娘が、どんなことでもいとわないほど妹を愛しているんだから、本当にすごいことだよ」

ミリアムは、父親は息子をほしがっていたと言っていたが、あまり詳しい説明はしなかった。おそらく、他人の前で過去をむきだしにしたくなかったのだろう。ほしかったに違いない愛情を母親からも与えられなかったにもかかわらず、あれほど立派な女性に育ったという単純な事実のおかげで、エマの未来にも希望がもてた。だが、心の一部はミリアムに同情していた。母の愛と関心を必要としていたのに、いっさい与えてもらえなかった少女に。なんと痛ましいことだろう。

「やれやれ、くだらない話を長々と。ポートワインのせいで湿っぽくなってしまったな。いつもこうなんだよ。そろそろ部屋にさがって、閣下に静かな時間をさしあげるとしよう」ウェリントンはややろれつの回らない声で言った。立ちあがると少しふらつく。

「ウェリントン」わたしも立ちあがった。「わたしが姪御さんにいだいている思いは清らかなものです。今夜あなたがおっしゃったような長所ゆえに、彼女に惹かれました。姪御さんはほかに類を見ないほど貴重な女性です。ご安心ください。ミス・バサーストがどういう女性で、彼女にとってなにがもっとも大事なのかを本気で知りたいと思っていなければ、みなさんをここにお招きしたりしていません」

ウェリントンはうなずいてほほえんだ。「こちらこそ、そう思っていなければ招待に応じなかったよ、アッシントン。では、おやすみ」そう言ってまたうなずくと、ドアのほうに歩きだした。手を貸そうかと申しでるべきか迷ったものの、ちゃんとまっすぐ歩けている。侮辱したくはない。

ウェリントンが階段をのぼるのを見届けてから、ドアを開けたままふたたび腰かけた。そろそろわたしも眠る時間だが、どうせ考えごとのせいで寝つけないだろう。昔から、寝つきはいいほうではない。まさにこの部屋で目覚めることもしょっちゅうだ。そして今夜は、いつにもまして頭は考えごとでいっぱいだった。

ウェリントンが語ったミリアムの人生に、すでに土のなかで冷たくなっている男への怒りを呼び覚まされた。自身の父を嫌う気持ちも、ミリアムの父親への感情とは比べ物にならない。ミリアムはまだほんの子どもだった。エマの顔が頭に浮かび、あの子がわたし以外のだれかのもとに置き去りにされていたらと思うと、胃が締めつけられた。エマも似たような人生を送っていたかもしれないし、そう考えただけで吐き気がする。ミリアムは愛されてしかるべきだし、幸せになるべきだ。その反対は、もうじゅうぶん味わっている。

いつかミリアムを愛せるようになるかもしれないとは思っていたが、果たして彼女にふさわしい愛し方ができるだろうか？　エマに出会うまで、わたしはだれも愛したことがなかった。かつては弟を愛していたが、あのころはどちらも幼かった。年月を経て、弟は変わったし、感情も変化した。エマを愛するのは難しいことではない。エマは家族を必要としている子どもだ。

女性を愛するのは、それとはわけが違う。結婚生活の醜い部分も、女性を変えてしまうような苦味も、目の当たりにしてきた。ミリアムとわたしの継母はまったく似ていないとはいえ、あの継母もかつてはわたしの父が愛した女性なのだ。結婚で、二人は変わった。あっという間に。

空いたグラスを見つめて、部屋にさがる前にもう一杯飲もうかと考えた。たっぷり飲めば眠りも訪れやすくなるかもしれない。そのとき、視界の隅で戸口のあたりに動きをとらえ、そんな思いつきも消えた。向きを変えると、そこにミリアムがいた。まぼろしを見るほどポートワインの杯は重ねていない。それでも、そこにいるのが本物の彼女だというのもありえないことに思えた。これほど魅惑的なものは見たことがなかった。

長く豊かな赤褐色の髪が滝のように流れ落ち、毛先でカールしている。飾り気のない白のナイトガウンに薄いショールを重ねているものの、それでわたしの想像力は勢いを削がれたりしなかった。

「ごめんなさい、ロード・アッシントン。今日は盛りだくさんの一日だったので、気持ちが高ぶって、このままでは眠れそうになくて。厨房に行ってホットミルクをいただこうと思ったんです」説明するミリアムの頬はピンク色に染まり、ますます美しく映った。

いまにも逃げだしそうな様子だったので、わたしはゆっくり立ちあがった。「厨房を探しているなら、道に迷ったようだな」からかうように言った。

頬がさらに染まった。「ええ、じつは」

「そういうことなら案内しよう。わたしもなにか、寝つきがよくなるようなものをもらいたい」言いながら戸口に向かうと、体が触れることなくわたしが部屋を出られるよう、ミリアムが一歩さがった。

「ホットミルクよりポートワインのほうが役に立ちそうですが」かすかにユーモアをこめた口調でミリアムが言った。

「かもしれないが、暗い廊下をレディ一人にさまよわせておくなんて、紳士の風上にもおけないだろう？」

「そのレディが厨房への行き方を知らないまま、うかつにも寝室を出てしまったのなら、さまよって当然だと思います」ミリアムは返した。

「たしかに。しかしわたしは男性で、きみのように美しいまぼろしが道に迷って戸口に現れたら、ぜひとも力になりたいと思うのもまた当然のことだ」

今回は、鋭い切り返しはなかった。歩きだしながらちらりと見おろすと、完璧なかたちの唇にかすかな笑みが浮かんでいた。その唇は白い肌にくっきりとあざやかなピンク色で、一目見てしまったら味わうことしか考えられなくなった。

厨房まで遠まわりしようかと思ったものの、やめておいた。ミリアムを見ていたいのであって、となりを歩きたいのではない。彼女がナイトガウンの下になにもつけておらず、すぐそばを裸足で歩いていて、肩に薄いショールをはおっているだけとあっては、どちらにとっても安全ではない領域に思考が向かってしまう。

男の欲望をかきたてることを目的としたフランス製の絹だけをしどけなくまとった愛人なら、何人も相手にしてきたが、今夜ほど美しさに心を打たれたことは一度もなかった。そういうフランス製の絹のスリップをまとったミリアムの姿には、一生立ちなおれないほどの打撃を食らうかもしれない。ところがそんな姿を思い描いてみると、それ以上に見たいものはないという気にさせられた。

厨房に着いたときには、わたしの血流はどくどくと脈打ち、触れたいという欲求は手に負えなくなっていた。暖かな広い部屋に入ってみると。まだランタンに火が灯っていた。厨房によく足を運ぶほうではない――とりわけこんな時間には――ので、このまま二人きりなのか、それともだれかが戻ってくるのか、わからなかった。どうでもいいことだが。

「ここでの時間を楽しめているかな？」簡潔に尋ねた。またミリアムの声を聞きたかった。

ミリアムはほんの少しのけぞってわたしを見あげ、やわらかな笑みをたたえた。

「ここで楽しめない人がいるでしょうか？　魔法みたいなところなのに。ホイットニーはよくロンドンの華やかさや輝きについて話していました。そういうときは〝きらきら〟という単語を使っていました。だけどロンドンのどんな舞踏会も、ここにはとうてい及びません」

予期していたのは単純な、〝はい〟か〝いいえ〟の答えだった。これほど雄弁な返事は予想していなかった。単純な答えだけだったなら、この燃えるような欲望もぐっとこらえて、ミリアムの腰に手を押し当てて引き寄せることも、そのしなやかな曲線を感じることもしなかっただろう。わたしは首をかがめ、初めてこの女性を目にした瞬間からとりこだったあの唇を、ついに味わった。

# 31

## ミリアム・バサースト

胸に秘めた夢のなかで、このときを思い描いていた。たしかにその夢のなかでは、わたしはナイトガウン姿で厨房に立っていなかったけれど、アッシントンの唇が唇に触れたとたんに周囲の世界は消え去って、そんなことはどうでもよくなった。たとえここがこのうえなく贅沢な舞踏会でわたしが極上の絹を着ていたとしても、この瞬間は変わらなかっただろう。

男性にキスされたのは初めてだった。唇の感触に唇がじんじんとしびれはじめて、体がわななきだす。キスというのは、いつもこんな感じなの？　だとしたら、キスについて詩が書かれるのも、小説にあんな描写が出てくるのも、よくわかる。わたしは読書家だから、男女のあいだでもっといろいろなことが起きるのは知っていた。手つかずでも、頭は無垢ではない。ここから〝もっといろいろなこと〟につながるのだし、利口なら身を引くべきだ。

けれどいまのわたしは利口になるどころか、この瞬間にうっとりと酔いしれて、ずっとこのままでいたいと願っていた。腰に当てられたアッシントンの手に力がこもり、ナイトガウンの薄い布地がわしづかみにされる。わたしはぎゅっと握っていたショールが肩から滑り落ちるのもかまわず手を放し、空いた両手を彼の腕にのせた。膝から力が抜けて、支えてもらわなくてはいられなかった。

わたしたちの唇は極上にやわらかいイタリア製のサテンでできているかのごとく、滑るように睦み合った。アッシントンが口を開いたとき、これも読んだことがあるとわたしは思った。マルキ・ド・サドの小説を読めば、親密なことがらをたっぷり学ぶものだ。それでも、本で読んだだけでは足りないのもわかっていた。実際に経験しなくては、本当には理解できない。

次の瞬間には自分が後悔するのかしないのか――わからないのでゆっくりと、わたしも口を開いて、期待に息を吸いこんだ。甘美で穏やかなの？　それとも激しいの？　両手でぎゅっと彼の腕をつかむと、アッシントンの右手が背中に回されて、体が密着するまで引き寄せられた。体をさえぎるものは互いの服の布地だけ――そう思うと息がつかえたものの、それについて考えている暇もなく、床から抱きあげられて調理台におろされた。

アッシントンは唇を離すことなくわたしの脚のあいだに身をねじこみ、ますます熱をこめてキスをする。彼がわたしをむさぼっているのか、わたしが彼をむさぼっているのか、わからない。我知らず両手が彼の腕をなであげて髪にもぐっていき、わたしはもっと味わいたい、もっと近づきたいと願った。甘いワインとシナモンの香りがする。その香りにくらくらさせられて、ますます必死にしがみついてしまう。

アッシントンがさらに近づいてきて、片手でわたしの太ももをなであげた。とたんに、もっとも敏感な部分に鋭い痛みが生じて全身を貫き、わたしは思わず息を呑んだ。両手で彼の髪をわしづかみにすると、アッシントンが鋭く息を吸いこんで、キスをやめた。

このときとばかりに呼吸を整えたものの、彼の肉体がすぐ近くに迫っているものだから、脚のあいだで始まった甘美なうずきは一向に収まらない。これがすべて終わってしまうのが怖くて――ここから先で待っているのだろうめくるめく感覚に呑まれたくて――ゆっくり目を開けると、おそるおそるアッシントンを見た。

わたしを見つめる目で熱く燃える炎に、またしても驚いて息を呑んだ。まるで、わたしが体のなかで感じているすべてが、そのまなざしに宿っているみたいだ。これこそわたしの心の反映なのかもしれない――あるいは、わたしのみだらな欲望の反映。この行為が礼儀にかなっていないこともじつに危険であることも承知しているけれど、もっとほしくてたまらなかった。こんな感覚は初めてで、なぜ女性が道徳を忘れて男性のベッドに転がりこんでしまうのか、いまようやくわかった。こういう一瞬のために評判をかなぐり捨ててしまうのは、わたしがこれまで思っていたよりも、じつに起こりやすい事故なのだ。

太ももにのせられていたアッシントンの手が動いたのでだめと言おうとしたものの、指が直接ふくらはぎに触れたとたん、どんな言葉も吹き飛んでしまった。大きな手がむきだしの脚をゆっくり這いのぼり、ナイトガウンの下に滑りこんで、ふたたび太ももに到達する。わたしは彼の腕に爪を食いこませ、体が期待にざわめくのを感じた。脚のあいだのうずきは、過去に本のなかで出会ったどんな描写よりも強い。助けてとすがりたい衝動がこみあげてくるものの、しゃべることができない。視線を落として、ナイトガウンの木綿地の下にある彼の手を見つめた。

その手がわたしの太ももの内側に移動し、一瞬だけ止まったと思うや、秘めた部分のすぐそばを指がかすめた。本当なら彼が触れてはいけないはずの場所だけれど、わたしは触れてほしくてたまらず、いまやめられたら泣きだしてしまいそうだった。

もう一度、唇が重ねられて、わたしは彼ににじり寄った。これ以上、我慢できなかった。ついに彼の指が脈打っている熱い部分に触れたとき、わたしは叫び声のような嘆願のような声をあげた。なんにせよ、それでゆるやかな拷問は終わった。そこからのアッシントンは早かった。ナイトガウンは腰までたくしあげられ、脚は大きく広げられて、大きな右手はほしがっているわたしの芯を覆い、左手は襟ぐりを押しさげて布地を破くと、胸のふくらみをあらわにした。

ほんの一瞬、抵抗して体を隠すべきだという考えが浮かんだものの、一本の指がわたしを貫きはじめると、募っていた欲求はさらにあかあかと燃え立った。腰が勝手に動きだして、どうしようもなくうめいてしまう。快感のあまり目も回りそうだ。いまはこれ以外どうでもいい。ずっとこんなふうに感じていたい。

アッシントンが唇を離してキスであごを伝いおりていき、首をかがめて胸のいただきを口に含んでから、吸った。その瞬間、全身に火がついて、わたしは完全に我を忘れた。混じりけのない快感と焼けるような感覚が体じゅうをめぐり、のけぞって悲鳴をあげた。

手の動きに合わせて腰をくねらせながら、うめき混じりに彼の名を呼んだ。厨房の木の調理台に横たわって、左右の胸のいただきを熱い口にかわいがられているさまは、まさしくふしだらな女性に見えるだろう。けれどそんなことは、どうでもいい。この白熱した恍惚感を体験するよりほかにしたいことはないのだから、気にしている暇はない。明日など、時間的にも物理的にも遠く、わたしにはなんの意味もなかった。

アッシントンの髪をわしづかみにして、まだ胸のいただきをしゃぶっては、快楽の痛みを与えるほどに歯を立てている彼を見おろした。するとアッシントンが顔をあげ、わたしたちの視線はぶつかった。わたしの体を揺るがしている輝かしい感覚のすべてが、間違いなく彼の目にあった。胸が締めつけられ、わたしのなかでなにかとても深いことが目覚めた。単なる肉体の悦びだけではない、もっと強いなにかが。ある危険に気づいて、ゆっくりと動揺が広がっていった——わたしは本当にこの男性を愛しかけている。急に怖くなって、悦びを感じているどころではなくなった。ひたひたと恐怖がにじんでくると、自分たちの状況が見えてきた。

なにを言えばいいのか、歩くことさえできるのか、わからないまま手を伸ばして体を覆おうとしたとき、またアッシントンが首をかがめたものの、今度は胸元に顔をうずめるのではなく、床に膝をついてわたしの脚のあいだまでおりていった。わたしは言葉を失ってまた動揺に襲われたが、反応する余裕はなかった。熱く濡れた舌が、とうに欲望にまみれて脈打っている感じやすいひだをなぞった。

今夜までだれにも触れられたことのなかった部分を味わわれはじめると、わたしはいっときおりてきた冷静さを忘れて、また彼の名を呼んだ。どんなに言葉を駆使しても、この行為のとてつもない悦びを純真な乙女に教えることはできないだろう。アッシントンはわたしの左脚を自身の肩にかけて、欲望のかたいつぼみにくり返し舌を這わせつづけた。

呼吸が乱れ、ずっと彼を見ていたいのに、もはや体を起こしていられない。冷たい木の調理台にあおむけで横たわったわたしは、乱れた呼吸に胸をはずませながら天井を見つめた。高ぶっていく。狂おしく募っていく。体のなかでは、あらゆるすばらしい体験が一つになって燃え盛り、抑えが効かなくなっていく。もう我慢できないと思ったそのとき、体のなかで快感が炸裂した。

「アッシントン！」彼の名が大きな叫びとなって唇から飛びだし、体はなにかとても美しいもののほうへ渦を巻きながら昇っていった。耳のなかでは轟音が響き、今後はすべてが違って見えるだろうとわたしは悟った。

# 32

## アッシントン伯爵

一線が越えられた。すべてわたしの責任だ。わたしは床の上に打ち捨てられていたショールを拾ってミリアムの肩を包んでから、彼女を腕のなかに引き寄せた。もはやどう考えても、この女性を手放すことなどできない。意志の力が崩れ落ちたとき、わたしはミリアムへの渇望を満たすのではなく、あおってしまった。たったいま厨房の調理台の上で起きたことを彼女も楽しんだと、ここまで確信していなければ、黙りこんでいるのを見て不安になっただろう。

偶然、召使いに見つからなかったとも断言できない。わたしの意識はミリアムだけにそそがれていた。だが召使いはみんな忠実だから、きっと内密にしてくれるだろう。給料ははずんでいるし、待遇もじゅうぶん以上のはずだ。これは彼らにとっても未来の伯爵夫人であり、その名が汚されることはあってはならない。

ミリアムがぐったりと寄りかかってきたので、そっと抱きしめて、子どもにするようにひたいにキスをした。「部屋まで送ろう。眠ったほうがいい」わたしはやさしく言った。

ミリアムはわたしの腕のなかでうなずいた。顔をあげて視線を合わせたときにもまだその頬は解き放たれた余韻で染まっていた。「もうホットミルクはいらないわ」ささやくように言った。

それを聞いてわたしの笑みは広がった。「だろうな」

ミリアムは小さく恥ずかしげにほほえんだだけだった。このままわたしの部屋に連れて行ってわたしのベッドに横たえたいのはやまやまだったが、そこはこらえて、彼女の寝室まで一緒に歩きだした。廊下を進むあいだは黙っているのがなによりだった。ミリアムのおじ夫妻か妹のだれかが起きていて、声を聞きつけられたら、たいへんなことになる。ミリアムに求婚するときは、妻になってほしいという思い、それだけが理由であってほしかった。暗い影にはおりていてほしくない。おじに強いられたから求婚したのだと彼女に思わせたくない。

ミリアムの部屋がある階に来たので、そのまま部屋まで送ろうかと思ったものの、妹のホイットニーがどうしているかを知らないことに気づいた。すでに厨房で危険を冒している。それについては絶対に後悔しないが、ミリアムの部屋に入ってもなお、だれにも見つからない幸運が続くとはかぎらなかった。

ミリアムがドアに手を当てて、わたしのほうを振り返った。沈黙こそ最善とわかっていたので、近づいて首をかがめ、もう一度唇を重ねた。わたしのことだけを夢に見てほしかった。衝動に流されてはまずいので、いつまでもキスしていたいのをこらえた。「おやすみ、ミリアム」耳元でささやき、彼女がわななくのを感じながら一歩さがった。

「おやすみなさい、アッシントン」ミリアムがささやき、すばやく向きを変えて部屋に入っていった。かちりと音を立ててドアが閉じると、わたしも向きを変えてその場から去った。


食堂に入るとすでにウェリントンがテーブルについているという光景は、この数日でおなじみのものになっていた。この紳士は早起きだ。彼お好みのコーヒーがもう供されており、テーブルにはペストリーを盛った皿が置かれている。ウェリントン夫妻がここにいるとじつに楽しいので、二人の姪がチャトウィックホールの伯爵夫人になったあかつきには、ぜひまた訪ねてきてほしかった。夫妻とミリアムの親しさを考えれば、それも定期的に実現するだろう。

エマはレディ・ウェリントンのことが大好きになるに違いない。なにしろ二人には共通点がたくさんある。とくに、ジャムとホットチョコレートへの並々ならぬ情熱だ。わたしたちの人生に完璧に合う女性を見つけただけでなく、その女性の家族がこんな人たちだったというのは、なんという僥倖だろう。彼らが上流社会のルールに縛られていないところも非常にありがたい。リディアのような礼儀正しい人がわたしの抱える荷物をすんなり受け入れてくれると思っていたとは、我ながらどうかしていた。考え足らずだった。リディアなら、やんちゃなエマに泣かされてばかりだっただろうし、わたしはそのあと片づけに追われてばかりだっただろう。

「ここで淹れるコーヒーはうまいな。じつはうちの料理人はまだ手順がおぼつかなくてね。わたしがニューオーリンズで飲んでいたようなコーヒーを淹れてくれる料理人がいるとは、じつにうらやましい。あちらですっかりコーヒー党になってしまったから」ウェリントンが挨拶代わりに言うのを聞きながら、わたしは席についた。

彼の姪のことをいま切りだすのはいいタイミングに思えたが、わたしの屋敷でわたしのテーブルを囲んでいるときに、というのは、優位に立ちたくてそうしたのだと思われかねない。認めてもらうなら、わたしが誘導しているように感じられなくてすむ彼の家でおこなうべきだ。だがそれまで待つのはなんとも難しく感じた。昨夜のことがあってからはもう、同じ屋根の下にミリアムがいない状態で夜を過ごしたくなかった。できれば同じベッドにいてほしかった。

「ニューオーリンズでは、フランスでやるように、コーヒーにチコリを入れるそうですね。税金の関係で、そのやり方はまだこの国には伝わっていませんが。いずれはこちらでも風味をよくするためにチコリを入れるようになるでしょう」

ウェリントンはにっこりした。「同感だ。わたしもしょっちゅう同じことを言っているよ。チコリ入りコーヒーの味が好きな者は多くないが、わたしは断然、支持するね。ほのかに漂う木のような香りがたまらん」言葉を止めて少し考えてから、続けた。「木の実のような、と言えばいいだろうか」

「チコリ入りコーヒーの話でロード・アッシントンを退屈させてるなんて言わないでちょうだいよ」レディ・ウェリントンが言いながらさっそうと食堂に入ってきた。よく眠れたのだろう、今朝もいきいきとしている。「アルフレッドはチコリ入りコーヒーが忘れられないんですよ。わたしの家族はチコリが苦手で、入れなくてはいけないことに文句を言うんですが、夫はすばらしい組み合わせだと言って聞かないんです」そう言いながら、召使いが引いた椅子に腰かけた。

「ホットチョコレートをお願い」アメリカ訛りの大きな声で、指示を待っている召使いに告げた。テーブルの上に置かれているペストリーを見つけて目が輝く。「ここで週末を過ごしたあとは、ドレスが入らなくなるわ。ここでいただく甘いものは天にものぼりそうなほどおいしいんですもの」そう言ってわたしににっこりほほえみかけると、二種類のペストリーを選んで自身の前の皿にのせた。

きっとエマも、今朝コテージに運ばれたペストリーの数々に、同じくらい大喜びしているだろう。朝食がすんだらコテージへ行って、ロンドンに戻る準備が整っているか、確認しなくては。結局ミリアムに会えなかったことでエマはがっかりするだろうが、二人を引き合わせることはなにより重要であり、そのタイミングはさらに重要なのだ。

「チャトウィックホールでぞんぶんに楽しんでいただけたようで、安心しました」わたしは言った。

「こちらの料理人をさらえたらいいんですけどねえ」レディ・ウェリントンが言い、手にしたチョコレートクロワッサンにかぶりついた。

「心配するな、そんなことはできないよ」妻のとなりでウェリントンがのんびりと返した。

そのときレディ・ウェリントンの視線が戸口にさまよい、驚きに目が丸くなった。なんだろうと振り返ったわたしは、まったく予期していなかった人物をそこに見つけた。その人物がじつに満足そうで、笑顔はまぶしいほど明るいのを見れば、いたずらしようとしているのがよくわかる。このいたずらは容易にあと片づけができないし説明もできないということが、本人にわかっていればよかったのだが。

「みなさま、おはようございます」エマは陽気な声で言いながら食堂に入ってきた。この家の女主人さながらに頭を高くもたげている。

わたしは立ちあがってちらりと戸口を見た。すぐにアリスが現れるものと思ったが、どうやらまだ追いつかないらしい。「アリスはどこだ?」少女の出現をどう説明したらいいのかわからないまま、わたしは尋ねた。

こちらを見あげたエマの目には挑戦が宿っていた。「さあ、どこかしら」その返事には幾とおりもの意味がある。だが客人の前で質問をしても、ほしい答えは返ってこないだろう。「台所へ行こう」エマに言ったが、少女はまったく耳を貸さなかった。

「わあ、お菓子がある」言いながらテーブルに近づいていく。

おとなしく言うことを聞く気はないようだし、もはや紹介せずにこの部屋から連れだすタイミングも逸していた。わたしは敗北のため息をついて、客人のほうに向きなおった。「こちらはエマです。エマ、こちらはロード・ウェリントンとレディ・ウェリントンだ」

エマはとっておきのまぶしい笑みを二人に投げかけた。「お会いできてこうえいです」そう言うと、ペストリーにいちばん近い椅子によじのぼり、身を乗りだして盆から一つ取った。「これ、ジャムじゃないかしら。ね、どう思う?」小さな手でペストリーを持ったまま、レディ・ウェリントンに尋ねた。

「たしかに、ストロベリージャムのようね」レディ・ウェリントンは言い、好奇心を顔にたたえてエマを見つめた。

「ストロベリージャムって大好き」エマは言い、踏み台代わりにした椅子にお尻をおろしてから、あーんと口を開けてかぶりついた。

「ストロベリージャムを詰めたタルトよりおいしいものは、なかなかないわね」レディ・ウェリントンが同意する。

エマはぶんぶんと首を縦に振った。

「あら」そこへ入ってきたミリアムの驚いた声で、状況はますます悪化した。こんな事態は予測していなかった。エマをミリアムに紹介するのは、綿密な計画と準備あってのことと思っていた。こんなふうにいきなり客人の前に放りだして、受け入れてもらうだけでなく存在を秘密にしてくれることまで期待するのは、いくらなんでも望みすぎだ。だとしても、そうするしかなかった。エマのおかげで、ほかに選択肢はなくなった。

「ミリアム、早く座って。今朝もおいしいペストリーがたくさんあるし、一緒に楽しむすてきなお客さまも見えたのよ」レディ・ウェリントンが姪に明るい笑みを投げかけた。

ミリアムはゆっくり入ってきて、ちらりとわたしを見た。その視線は問いかけるようではなく、戸惑っているふうでもなく……心配そうだった。だれを心配している？

わたしか？　彼女自身か？　エマか？

「おはよう、エマ」ミリアムがそう言って少女のとなりの席に腰かけると、部屋じゅうがしんと静まり返った。ピンが落ちる音さえ聞こえそうで、その瞬間、わたしは悟った。ミリアム・バサーストも秘密を抱えていたのだと。

# 33

## ミリアム・バサースト

今朝、食堂でエマに会うことになるとは思ってもいなかった。寝室からここまで歩いてくるあいだずっと、おばに気づかれるに違いないという不安に苛まれていた――昨夜、アッシントンとのあいだで起きたことのせいで、わたしの顔に浮かんでいるだろう罪悪感に。けれど後悔はしていない。あんなことを後悔できる女性がいるだろうか？　まあ、家族に知られることを恐れはするだろうけれど。

エマが食堂のテーブルについていて、おばがエマにほほえみかけ、おじがぽかんと見つめているという光景は、今朝、出くわすことになると思っていたものではなかった。アッシントンの動揺の色を見れば、エマの登場は少女一人が思いついて実行したことなのだとわかる。アッシントンに同情した。わたしたちにエマを紹介する気があったとして、よもやこんなふうにとは考えていなかっただろうから。このことは、彼を信じたいとか、わたしたちには未来があると思いたいとか、そんな考えが浮かんだときに思い出したほうがいいだろう。

わたしの声にエマが椅子の上で向きを変え、甘いペストリーを口いっぱいに頬張ったまま、いたずらっぽくにっこりした。

「今朝は甘いものを探しにこなくちゃいけなかったの？」わたしは尋ねた。「だったらここへ来たのは正解よ。たっぷりあるみたいだから」言いながら、少女のとなりに腰かけた。

エマが口のなかのものをごくんと呑みこんでから言った。「もしアリスに見つかっちゃったとしても、来てよかった」熱のこもった口ぶりに、わたしは笑ってしまった。

「きっとそのとおりね。ホットチョコレートはもう出してもらった？」わたしは尋ねた。

エマはまだだと首を振り、戸口のほうを見た。戸口では召使いがアッシントンと同じくらい動揺した顔で立っている。「のどがつまる前に持ってきてもらえたら、うれしいなあ」エマが言った。

「そうね」わたしは同意し、若い召使いに笑顔で言った。「レディ・エマとわたしにホットチョコレートをいただけるかしら？」

召使いが不安そうにちらりとアッシントンを見ると、伯爵が一度うなずいたので、召使いは小走りで食堂から厨房に向かった。きっとそこで全員に、いったいだれが食堂に現れたかを報告するのだろう。

ものを問いたげなおばと目が合った。きっと興味津々で、わたしと二人だけになったらあれこれ訊きたいことがあるに違いない。エマには会ったことがないふりをするべきだったかもしれないけれど、子どもの前で嘘をつくのはよくないし、わたしにはできない。エマはまだごく幼くて、見たものすべてを吸収してしまう。わたしはこの少女に、真実ではないことを言った人物として記憶されたくなかった。たとえその〝真実ではないこと〟が、エマの父親の望んでいることだとしても。

「ねえハリエットおばさま、エマもおばさまに負けないくらいビスケットとジャムが好きなのよ。二人には共通点がたくさんあると思うわ」わたしは言った。

エマを見つめるハリエットおばの目が輝いた。おばは心底この少女に魅了されたようだけれど、まあ、そうならないのは難しい。

「おいしいジャムをつけたビスケットが好きじゃない人なんて、そう多くないわ」ハリエットおばが笑顔で言う。

するとエマは眉をひそめた。「アリスは好きじゃないのよ。ジャムは甘すぎるし、ビスケットにはひつようありませんって言うの」

「アリスというのはだあれ？」抑えきれずにハリエットおばが尋ねた。

「エマのかていきょうし」エマが答えた。

ハリエットおばは、それですべてわかったとばかりにうなずいた。「わたしには家庭教師がいなかったけど、本で読んだことならあるわ。ごちそうを喜ぶタイプではなさそうだと思った」

エマは椅子の座面に膝立ちになり、またペストリーに手を伸ばした。「ええ、そのとおりよ。アリスってね、こういう甘いのがぜんぜん好きじゃないの」エマが教えてくれた。

アッシントンの咳払いで、伯爵もその場にいることを全員が思い出した。わたしが彼のほうを向くと、彼はわたしを観察していた。わたしは当然投げかけられるだろう質問に身構えた。いまここで、おじ夫婦の前で訊くだろうか、それとも二人だけになってから？

「いつエマに会った、ミス・バサースト？」即座に片づけようというのか、アッシントンが尋ねた。

わたしはちらりとエマを見おろし、ごめんねとほほえんだ。この子のために嘘はつかないけれど、森の小道で出会った件については、落ち度はエマではなくわたしにあるのだということにしたかった。

アッシントンに向きなおり、同じ笑みを浮かべたまま肩をすくめた。「散歩に出かけたとき、森のなかにきれいな小道を見つけました。少し歩いてみることにして、あたりの美しい景色を楽しんでいたら、いきなり出くわしたんです。最初は妖精の子かと思いましたが、レディ・エマが違うと言って安心させてくれました」わたしの説明に、となりでエマがくすくす笑った。

「なるほど」アッシントンは愉快さのかけらもなく言った。

「ええ。それで、お互いに自己紹介をしました。エマは小道の奥へ消えたんです。そのあと、ホットチョコレートの話をして、エマは小道の奥へ消えたんです。ジャムとビスケットといまのはやっぱり妖精だったんだと思いました。今朝、食堂に入ってエマを見たときはうれしい驚きを感じました。レディ・エマを妖精の子だと思いこんだままチャトウィックホールを去っていたら、なんてもったいないことだったでしょう。だってどう見ても、とても賢くてすてきな、小さなレディですもの」

　エマのために微妙な表現をしたものの、わたしの言葉の裏にこめられた意味を、アッシントンは理解したのだろう。伯爵にとってエマは、わたしに打ち明けるつもりのない秘密だった。けれど昨夜、わたしはそれを忘れて、きちんとした令嬢ならけっしてしないことをした。信頼に値する人だと信じたかったから、彼を信じた。けれどこうして朝の光のなか、となりにエマがいると、もはやそうはできなかった。

「なるほど」やがてアッシントンは言った。

「ミス・エマ」厳しいけれど疲れた声が戸口から響き、全員が振り返ると、家庭教師のアリスだろう女性がいた。髪はきっちりまとめられ、鼻にのせられた眼鏡のせいで、やつれた表情がなお深刻に見える。わたしは急に、エマを守らなくてはという思いに駆られた。

「おはよう、アリス。よく眠れたでしょ」エマが怯えた様子もなく返した。

「申し訳ありません、ロード・アッシントン」アリスのほうは心底怯えた顔で言った。「お茶を受け取りにコテージを出たとき、ミス・エマはまだ眠っていらっしゃると思っていたんです。戻ってみると、ドアには鍵がかかっていました。それで、ミス・エマはなかにおられて、わたしは締めだされたんだとばかり」

アッシントンは家庭教師に腹を立てているようには見えなかった。エマの行動に驚いたようにも見えない。つまり、この子はしょっちゅうこういうことをやっているの？　わたしは笑みを噛み殺した。なんていたずら好きのお嬢さん。

「今日ってここでの最後の朝でしょ。エマはみんなに会いたかったの」エマがそう言って胸を張り、きゅっとあごをあげた。その表情に恐れはない。まるで全員に挑んでいるようだ。

「ミス・エマ、そのお話はゆうべしましたね？」今度のアリスの声は、怒っているというよりうんざりしているようだ。

「ゆうべのお話がいやだったんだもの」エマが返し、椅子の上でぷいと向きを変えてもう一口ペストリーをかじった。

アッシントンが立ちあがり、エマのほうに手を差し伸べた。「紹介はすんだだろう？　さあ、もう行きなさい。ロンドンに戻る馬車が待っている」

エマはため息をつき、手のなかにある食べかけのペストリーを切ない顔で見つめた。

「ペストリーは持っていっていいから」アッシントンが言葉を添えた。

エマはぱっと明るい顔になり、笑顔でわたしを見あげた。「また会えてうれしかったわ。これで最後じゃありませんようにって、いっぱいお祈りしてるわね」そう言うと、えっちらおっちら椅子からおりて、アッシントンのほうに歩きだした。

伯爵のそばまで行く寸前、くるりと振り返ってハリエットおばのほうを向いた。

「あなたも、お会いできてこうえいでした」続いておじのほうを向く。「あなたとはなにもお話しなかったけど、ごきげんよう」それからアッシントンの手に小さな手を滑りこませると、意気揚々と手を引かれて食堂を出ていった。

部屋全体に静寂がおりて、おじもおばもわたしを見つめた。二人の質問に、わたしは答えられない。残念だけれど、これはやはり……エマが何者なのかについては、思い違いのしようがない。それであの子を嫌いにはならないが、もしも少女にまつわるうわさが上流社会に漏れでもしたら、事態はまるで違ったものになりうる。そう思うと気分が悪くなった。エマはあんなにいきいきと、活気に満ちあふれているのに。

「まずいことになりそうだな」アルフレッドおじが言った。

「それはわからないわよ」ハリエットおばは即座に返したが、おば自身、本心からそう思ってはいないようだった。

「また遅くなってごめんなさい」ホイットニーが言いながら食堂に入ってきた。「ここにいるあいだは、まともな時間に起きられないみたい」

三人同時に顔をあげると、ホイットニーの明るい笑みはたちまち陰った。

「どうしたの？　なにかあったの？」抑えた声で妹が尋ねる。

「話してもきっと信じないだろうよ」アルフレッドおじが言い、席を立った。「荷造りをしないとな。そろそろ出発だろうから」

ホイットニーの視線がペストリーでいっぱいのテーブルにそそがれた。「せめて一つは食べる時間があるかしら？」

「もちろんよ」ハリエットおばが返した。

わたしが頼んだホットチョコレートがようやく供された。

どうにかカップ一杯を飲み干して、ペストリー一つを平らげた。我ながら、よくやったと思う。いままでに経験がないほど胃が締めつけられていたのに。

そこからはほぼ会話もないまま、朝食を終えた。ホイットニーが怪訝な目で見ているのは感じたものの、わたしは目を合わせなかった。エマを知る人は少ないほうが、あの子にとって安全だ。妹はもちろん信頼できるけれど、エマの存在はわたしが人に打ち明けていいものではない。ハリエットおばも同意見なのだろう、やはり無言を通していた。

朝食が終わると、わたしは食堂をあとにした。アッシントンはいまだ戻らず、わたしはがっかりするよりほっとしていた。次の会話がどんなものになるかわからなかったし、心の準備ができている気もしなかった。おそらくロンドンに戻ったら、彼もわたしも気持ちを整える時間ができるだろう。

旅のための着替えがすむと、それぞれの部屋から荷物が運びだされ、馬車に積まれた。わたしが部屋を出たとき、ちょうどホイットニーも出てきたので、一緒に廊下を歩きだした。階段まで来たとき、わたしはつかの間、足を止めてチャトウィックホールの玄関広間を眺めた。じつにすばらしいこの場所を、また訪れる日は来るだろうか。厨房と、そこで起きたあらゆることが頭に浮かんだ。喪失感に胸を刺されながら、妹のあとから玄関を出て、待っている馬車のほうに向かった。

ロード・アッシントンの姿は依然としてなかった。

# 34

## ニコラス・コンプトン

「舞踏会はまだ始まったばかりなのに、もうこうしてバラのなかにいるのか?」ぼくは言いながら暗がりから出て、ミス・バサーストの前に現れた。二人とも庭園にいたのは偶然ではないが、彼女には偶然だと思ってほしい。ぼくが今宵のセント・ヴィンセントの催しにやってきた目的は、ミリアムに会うこと、それだけだった。

兄がミリアムを遠くチャトウィックホールまでさらっていったあと、ぼくには考える時間がたっぷりあった。兄がミリアムを選んだのは明らかだった。新しいアッシントン伯爵に屈辱と痛みを与えるため、ぼくが利用しなくてはならないのがミリアムだというのも明らかになった。だが数日にわたり、これがミリアムも含めた全員にどのような影響を及ぼすかを考えてみた結果、ぼくにはできないと悟った。少なくとも、綿密に計画してきたようなやり方では。

ミリアムへの思いは、不都合とさえ表現できない。なぜなら彼女のそばにいると、自分でも求めていると気づいていなかった幸せを感じるのだ。ミリアムがヒューと一緒に地方にいるあいだ、ぼくは自分の感情と格闘して、単純な事実にどうにか直面した――ぼくはミリアム・バサーストのことがものすごく好きだ。

ミリアムが月光のなかで振り返り、ほほえんだ。「ミスター・コンプトン、驚いたと言いたいところだけど、これはじっくり計画を練られたうえでの鉢合わせなんでしょう?」その口調に非難の色はなく、むしろ楽しげな響きがあった。ぼくのゲームなど子どもっぽいし予測可能だと思っているような。いますぐ修正しなくては。もちろん悪いのはぼくだが。

「誓って言うが、違うんだ。これはまったくの幸運――少なくともぼくにとってはね」ぼくは返し、そこでふと思った。今後は本当のことだけを言うようにしたほうがいいかもしれない。長いあいだ嘘をついてきたので、もはや嘘ならするする出てくる気がする。ほとんど考えもせずに。

「そうなの」そう言うミリアムの笑みは、あなたの言葉なんて信じないと語っていた。この女性は賢いから、ぼくみたいな男のなめらかな言葉にだまされたりしない。なかなか受け入れがたいことだ。もうそんな男ではいたくない。生まれて初めてのことだが、価値のある存在だと思われたかった。尊敬できる存在だと。

「チャトウィックホールは楽しかったかな?」これ以上、この疑問への答えを待てなくて尋ねた。ヒューは心の盾をおろしたか?

月明かりの下でも、ミリアムの頬がピンク色に染まったのはよくわかった。そんな反応を隠そうとしてかミリアムがうつむいたので、もう手遅れかもしれないという思いが頭をよぎった。胃がよじれ、胸が締めつけられる――きっと動揺のせいだ。ぼくが動揺したことなどこれまでにあっただろうか？

「チャトウィックホールは間違いなくイングランドでいちばん美しいところだと思うわ」ミリアムが答えた。それ以上、なにも言わないので、ぼくは彼女とのあいだに壁を感じた。たとえ以前はぼくたちのあいだになにかがあったとしても――彼女がぼくになんらかのつながりを感じていたとしても――それはもはや消えてしまったのだ。ミリアム・バサーストは次の伯爵夫人になろうとしている。

ミリアムもほかのみんなと同じで、肩書きと権力を欲していたのだと思えたらどんなに楽だっただろう。チャトウィックホールを訪ねて、アッシントンが与えうるすべてを目の当たりにしたら、彼の妻になることを目標に定めて当然だ。だがぼくはミリアム・バサーストを知っているし、どれほどの物理的な財産にもこの女性が惹かれないことだってわかっている。間違いない、それ以上のなにがか起きたのだ。

「ということは、もうじき婚約発表があるのかな？」感じている苦味も嫉妬も声に表れないよう、注意しながら尋ねた。流れを変えさせることもできるが、ミリアムの幸せを犠牲にするとなると、ぼくには容易ではない。いったいいつから他人の感情を気にするようになった？　なぜいまになって？

「あら、いえ、それはないと思うわ。ロンドンに戻ってからロード・アッシントンにはお会いしていないもの。きっとお忙しいんでしょう」そこで言葉を止めたミリアムの目に一瞬、痛みがよぎったが、すぐに彼女はぼくから顔をそむけて庭園の小道を眺めた。

この筋書きなら楽に対処できる。

「たしかにアッシントン伯爵は責任が重い立場だからな。ぼくがきみならあまりくよくよ考えないよ。兄も重荷が軽くなったら顔を出すだろう」そう請け合ってから、手で舞踏室を示した。「いまのところは、ぼくと舞踏室に戻らないか？　きみのダンスカードの次の順番はぼくだと思うんだ」

これにはミリアムも笑顔になったので、ぼくは英雄になった気がした。ヒューは自身の選択について考える時間が必要だと判断したのかもしれないが、それなら兄が考えているあいだに、ぼくはぼくで前へ進ませてもらう。ミリアム・バサーストは比類ない女性で、彼女のことを頭から追いだすのは不可能なのだ。この美しさだけでも強力な武器だというのに、本人はそれを振るおうとしない。そんな力を使わないという選択には、ますますこの女性がほしくなる。喜んで認めよう――ミリアムによってぼくの計画は変わった。

「今夜は出席なさるかと思っていたんだけれど」一緒に舞踏室へ戻りながら、ミリアムが言った。

「アッシントンはたいてい遅れて来る。舞踏室に戻ったらいるかもしれないね」ぼくは返した。これまたするすると出てきた嘘。罪悪感が胃に爪を立てる。じつはアッシントンはもう舞踏室にいる。いまだれと話しているか、あるいは踊っているのか知らないが、ともかく兄はミリアムを探しに行きはしなかった。ほかのだれかに時間を取られて。

「かもしれないわね」ミリアムが言い、一緒にベランダにのぼると、混み合って暖かい室内に戻っていった。

「ダンスの前に、なにか飲み物でも？」ぼくは尋ね、あたりを見まわしてヒューを探したい気持ちをこらえた。

だがミリアムはすでに、兄はいないかと室内に視線を走らせていた。ぼくを見あげて首を振った。「いいえ、大丈夫よ」

彼女の手を取ってぼくの腕にかけさせ、ダンスフロアのほうに歩きだしたとき、ヒューを見つけた。兄はほかならぬリディア・ラムズベリーとその母親と会話をしていた。関心を向けられて、母娘は見るからに喜んでいる。兄がミリアムとその家族を連れて地方へ行ったことはロンドンじゅうが知っているのだ。それがいま、こうしてリディアと話しているとなると、あの地方行きもゴシップ紙が喧伝するほど大したことではなかったように見えてくる。

　となりでミリアムの動きが止まったので、彼女も卑劣漢の兄に気づいたのだとわかった。兄の愚かさにぼくは救われたが、腹立ちもした。ミリアムにとっては見るのがつらい場面だし、ぼくは彼女の笑顔が見たいのだ。幸せな彼女を見ていたい。兄と結婚しても、ミリアムは絶対に幸せになれない。だからいま、それを知るほうがいいのだ。手遅れになる前に。

「きみに比べたら彼女も見劣りする《ペール》な」ミリアムの耳元でささやき、腕を取ってぼくのほうを向かせたとき、音楽が始まった。

　だが青ざめた《ペール》のはミリアムのほうで、その顔にまざまざと浮かぶ痛みを見たぼくは、彼女が本当に兄を想うようになっていたことを悟った。ロンドンに戻ったら続きがあると思っていたのだろう。それなのに兄はまたしても、兄に大事だと思われていると信じただれかに背を向けた。ミリアムの想像もつかないほど、ぼくにはよくわかる。アッシントン伯爵を信じるというのは滑りやすい斜面を選ぶような行為で、残念ながら、ミリアムが滑り落ちるのを阻止するには遅すぎたようだ。それでも、そばにいて転落の衝撃をやわらげることはできる。

「きれいな方だと思うわ」ミリアムが傷ついた顔でささやいた。

「リディアはそれなりにきれいだが、きみに比べたらどうってことないさ」ぼくは言葉を重ねた。

するとミリアムがぼくを見あげ、どうにか小さな笑みを浮かべた。「気を遣わなくていいのよ」

「わかってる。だがきみの顔にはっきり浮かんでいる痛みは、ぼくが目撃したいものじゃないんでね。拭い去れるならそうしたかった」正直に言った。

これにはミリアムの笑みもほんの少し自然なものになったが、目に映る悲しみはいまだ消えなかった。「ありがとう、ニコラス。わたしなら大丈夫よ。いまはただわたしと踊って、終わったらおばのところへ連れて行って」胸の痛みを知る人のきっぱりした口調で言った。

「心の傷を乗り越えるくらい、きみにはたやすいことだろうが、だからってだれかの肩に寄りかかってはいけないことはないんだぞ。人間だれでもいずれは寄りかかりたくなるものだ。ぼくはいまここにいるし、喜んで肩を貸す」

ミリアムはため息をついて、小さく笑った。ぼくが期待していた反応ではなかった。

「ミスター・コンプトン、もしかしたらあなたはわたしが知っているなかでいちばん複雑な人かもしれないわ」

「いまのはほめ言葉と受け取っておこう」ぼくは言った。

「あら、そのつもりよ」ミリアムが返した。

彼女の目の奥深くに宿った痛みは消えなかったものの、腕のなかの体から緊張がとけたことで、いまはよしとしよう。完全に希望が消えたと思ったそのとき、すべてを逆転できる最後の命綱が手渡されたのだから。

# 35

## ミリアム・バサースト

ハリエットおばから目をそらさずに、平然とした表情をつくろうことだけを考えた。ダンスが終わったいま、ささやく声やそそがれる視線を意識しながら、ニコラスに連れられておばのもとへ向かう。わたしたちがチャトウィックホールを訪問したことはロンドンじゅうが知っているらしい。今夜、ロード・アッシントンが現れてリディアに関心を向けたことにより、うわさ話の勢いは増すばかりだった。

逃げても状況は悪化するだけ。けれど注目されるせいで頬が染まるのまでは、わたしにも制御できない。注目されるのは昔から好きではないけれど、今夜はここに立っているだけでみんなのひそひそ話の種になってしまう。ニコラスの腕にしっかり――おそらく強すぎるほどしっかりと――つかまったものの、彼はいやがらなかった。

今夜、ニコラスがいてくれて助かった。庭園に現れたのは偶然ではないだろうし、わたしを探しに来た理由もいまならわかる。舞踏室で待っているものを知っていたから、わたしを支えようとして出てきてくれたのだ。ニコラス・コンプトンは悪評が高いし、無視できない欠点もある。それでも、わたしに友が必要だったとき、彼はそこにいてくれた。それだけは絶対に忘れない。

ハリエットおばの表情は、わたしが自身の表情に期待するほどには制御できていなかった。心配のせいで取り乱したように見える――もしかしたら、多少の怒りのせいもあるかもしれない。おばが怒ったところは見たことがないから、よくわからないけれど。おそらく目の前の状況に吐き気を覚え、それで苦しげな顔になっているのだろう。

おばが前に出て、わたしの一挙手一投足をじっと見ている観客のために、やたら芝居がかった様子でわたしの手を両手で包んだ。「帰ってもいいのよ」唐突に言う。

わたしは首を振った。帰れば状況は悪くなる一方だとわかっていた。拒絶について知っていることがあるとすれば、弱さを見せたら標的にされるだけということだ。じつに厳しいやり方で父からそれを教えこまれたし、おかげで、これほどつらい状況に対処するのも慣れたものだ。「いま帰る理由なんてないわ。夜は始まったばかりよ。ダンスカードには何人か、まだ踊っていない方の名前もあるし」わたしは言った。自分の声が誇らしかった。途切れも震えもしなかった――ハリエットおばの後ろの女性が身を乗りだして聞き耳を立てているのがわかったけれど。これはそんなにおもしろい？

「じゃあ、新鮮な空気でも吸ってくる？」いまやハリエットおばは怒りより戸惑いや混乱を感じているようだった。わたしの返事に面食らったのだろう。姪は帰りたがるに違いないと思っていたのだ。たいていの女性ならこの場を去るだろうけれど、わたしはこれ以上、上流社会の人々に朝の訪問のときに楽しめるゴシップの種を提供する気などなかった。

「ちょうどミス・バサーストにレモネードを取ってこようと思っていたんです。あなたにもなにか持ってきましょうか」ニコラスがまたも助け舟を出してくれたので、適切な返答を考えつかずにすんだ。

「ああ、ええ、お願いするわ」ハリエットおばが言う。「レモネードね。ぜひ」

ニコラスがわたしを見おろしたので、わたしは彼の腕にのせていた手を離したが、ニコラスはすぐにはその場を離れなかった。大丈夫だとわたしが保証するまで待っていた。この数週間で目撃してきたニコラス・コンプトンの欠点もごまかしも、いま彼がとなりにいてくれるだけで、許して忘れることができた。今夜、彼が一緒に舞踏室に戻ってくれていなければ、わたしにとってどれほど難しい一夜になっていただろう。

それについては考えない。もしかしたら、あとであれこれ考えるかもしれないけれど、いまはこのときに集中して、堂々としていなくては。心を落ちつかせて、うつむかないまま今夜を終える心の準備を固めたとき、ハリエットおばがまたわたしの腕をぎゅっとつかんだ。わたしは驚いてその手を見おろし、視線をあげておばの目を見た。おばは衝撃を受けた顔をしていた。

「そんなまさか」おばはささやくように言ったきり、これから恐ろしい知らせを告げなくてはならないとでもいうように、じっとわたしを見つめた。

腕を振りほどこうかと思ったけれど、あとが残っても困るので、じっとしたままおばがなにか言うのを待った。水からあげられた魚そっくりに、おばは何度か口を開けては閉じた。おばがいまにも泣きそうでさえなければ、笑えていただろう。

「どうしたの、ハリエットおばさま。そんなにひどいことは起きようがないでしょう?」そっと言ったのは、だれに聞かれているか知れないからだ。いちいち聞き耳の心配をするというのはいやなものだったが、ロード・アッシントンとチャトウィックホールに行くと同意したことで、わたしみずから招いた結果なのだろう。

「レモネードをどうぞ」ニコラスの声で張り詰めた空気が破れ、グラスを差しだされたおばはわたしの腕から手を離すしかなくなった。ニコラスがわたしのほうを向く。

「まったく大したことじゃない。アッシントンがリディアと踊っているだけさ。実際、退屈な話だよ」だれにも聞こえないよう、抑えた声でささやいた。ハリエットおばにも聞こえなかったのではないだろうか。

抑えきれずにちらりと振り返ると、アッシントンが笑顔でリディアを見おろしていた。リディアはちっとも退屈に見えない。むしろ正反対だ。

「ゴシップに餌をやるな」ニコラスがまたささやいたので、周囲にじっと観察されていることを思い出した。

踊っている二人からさっと視線をそらすと、気が楽になった。二人が織りなす完璧な姿には、どう間違ってもわたしではあんなふうに彼の腕のなかに収まりはしないという現実を思い知らされて、胃が痛くなるばかりだった。リディア・ラムズベリーは伯爵夫人になるべくして生まれたけれど、わたしはそうではない。それなのに、愚かにも心の盾をおろして良識を忘れ、けっして愛を返してはくれない男性を愛してしまった。

わたしは彼を愛している。

彼を、愛している。

長々とレモネードを飲んでからおばを見ると、おばは呆然とした顔でダンスフロアを眺めていた。「ハリエットおばさま、頭痛がするの。今夜は帰ったほうがよさそうだわ」

おばがさっとこちらを向いて、安堵と気遣いに目を見開いた。「かわいそうに」小声で言う。

「なにも大騒ぎすることはないのよ。今後はわたしが、早々に舞踏会から帰った女性として知られるようになるだけ」わたしは請け合った。

「外まで送ろうか？」ニコラスがおばに負けないくらい気遣わしげな声で尋ねた。二人に世話を焼かれては、早くここを出ないと本当に頭痛がしてきそうだ。

「その必要はないわ、ニコラス。ありがとう。どうぞまだ夜を楽しんで」わたしは言い、今宵のわたしの行動を興味深いと感じた人たちのために、にっこりしてみせた。

いまはなにより寝室という安全な空間が恋しくて、できるだけゆっくりしとやかに出口へ向かった。まっすぐ前を見て、目が合った人にはほほえみかけ、ひたすら進む。みんなはわたしの打ちひしがれた顔が見たいのだ。それが彼らの常識だから。たしかにわたしも心のなかでは打ちのめされているけれど、それを知る満足感はだれにも与えたりしない。

音楽がやんだ。きっといまこの瞬間、ロード・アッシントンはリディア・ラムズベリーをダンスフロアからエスコートしているだろう。舞踏室は風通しが悪いから、もしかしたら、新鮮な空気でも吸いませんかと尋ねているかもしれない。するとリディアはほほえんで、ぜひと答える。そして二人は庭園に出て、礼儀正しい会話をするのだ。とてもきちんとしていて、彼の肩書きにふさわしい会話を。

想像したら、二人の頭めがけて腐った果物を投げつけたくなった。

ハリエットおばが無言で手を握ってくれて、馬車が来るのを一緒に待った。おばがなにも言わなかったのは、出会って以来初めてだ。言えることなどなにもないと、さすがのおばにもわかったのだろう。

　わたしはいったいなにを間違えたの？　こうなったのは、エマのことを知ってしまったせい？　森のなかでエマと出会ったのに黙っていたことが、彼には許せなかった？　だとしたら、なんてばかばかしい。もしやリディア・ラムズベリーをエマに紹介する計画でもあるの？　だけど、リディアがそうすんなりあの少女を受け入れるとは思えない。求愛する相手はわたしではなくリディアにしようと決めたとき、そのことは考えた？

　胸のなかのしこりがよじれ、わたしは深呼吸をして冷たい夜気を吸いこんだ。答えは永遠にわからないままかもしれないし、それならそうで仕方がない。わたしには目的があるのだ。ロンドンに来たのには理由があって、伯爵を愛することなどまったく予定にはなかった。

# 36
## アッシントン伯爵

今朝のグロヴナースクエア七番地は、本当に行きたい場所ではなかった。リディアと過ごせば過ごすほど、彼女はわたしの人生に合っていないことがより明白になってくる。もしも……いや。いつもミリアムのことを考えてしまうのは、リディアに対して失礼だ。

外に出たとき、太陽は雨を約束する雲に隠れていて、日射しは弱かった。どうやらわたしの心境と同じくらい、沈んだ一日になりそうだ。なんと似つかわしい。昨夜は、一晩ぶんはおろか一年ぶんの拷問にも等しかったが、まあ、どうにか生き延びた。

「アッシントン、もうお出かけか？」ニコラスの声で、暗い未来にはせていた思いからはっと我に返った。近づいてくる弟の足取りは目的をもっていて、その表情は話をするよりわたしの眉間に一発食らわせたがっているようだ。ふだんなら生活を邪魔されて苛立つところだが、いまは急いでやるつもりのないことを遅らせてくれるのが、むしろありがたかった。

「ごきげんよう、ニコラス」わたしは返した。これから自宅の玄関前で殴り合いをして、ロンドンに新たなゴシップを提供することになるのだろうか。

「ごきげんなんか知ったことか、アッシントン」ニコラスがうなるように言う。「気づいてるだろうが、ここへ来たのは挨拶を交わすためじゃない。お互い、相手を見るのもいやなんだからな」

わたしは同意を示してうなずいた。「では、わたしになにをしてほしい？」尋ねながらも、ミリアムに関係のあることだとわかっていた。昨夜、弟が彼女を守ろうとしたのを見ていたし、その目的も明らかだった。わたしを不快にさせるためだ。作戦はみごとに成功して、わたしは弟がミリアムに触れるたびに、その手の骨をへし折ってやりたくなった。

「なにをしてほしいか、だと？」わかりきった質問のように、わたしの言葉をくり返した。「兄さんにはなにもできないさ。ぼくのためになにかしてくれたことなんか一度もないじゃないか。そちらにとって、人生はそれはもう楽勝だろうよ、アッシントン伯爵。ほしいものがあれば、つかみとればいい。それでだれが傷つくことになろうと、一向に気にせずにな」

わたしは両脇に垂らした手をこぶしに握ったが、なにも言わなかった。弟がわめき終えるまで待っていた。ここへ来た目的はいずれ弟が口にするだろうし、それがすんだら帰ってくれるだろう。今朝は早々にリディアを訪問するべきだったかもしれない。これに比べたらましだったはずだ。

「なぜ彼女なんだ、アッシントン？　なぜミリアム？　やさしくて、自分より周りの人のことを考える女性だ。彼女が笑えば暗い雰囲気も消える。許すということができるし、いつまでも恨むことがない。賢くて、たいていの女性なら存在することすら知らないような文学作品の話ができる。まったくもって、退屈なところのない女性だよ」そこで言葉を止めた。どれもすでにわたしの知っていることだし、懸命に忘れようとしていることだった。

「ミス・バサーストにご執心のようだな」つまらなそうに聞こえるよう、のんびりと言ったが、実際はニコラスがミリアムのそういう細かなところまで知っているという事実に激しい嫉妬心が渦巻いていた。

　ニコラスが一歩近づいてきた。「ぼくはミリアム・バサーストを愛してるんだ。問題は、ぼくの愛した女性が愛してるのは、おまえだということだよ。まったくぼくの人生ときたら、どこまで不公平なんだろうな、兄上」

　わたしは無言で立ち尽くした。ニコラスに言えることなどなかった。説明できる言葉も。

「兄さんにミリアムはもったいない。いつか彼女にもそれがはっきりわかるだろう。

ミリアムは愛され、いつくしまれるべき女性なんだ。だが兄さんは。あんな女性のとなりで毎朝目覚めるような幸せに値する人間じゃない」

ニコラスはわたしの返事を待たなかった。言いたいことだけ言ってしまうと、向きを変えて去っていった。わたしを傷つける以外に、いったいなにがしたかったのだろう。

わたしは重たいため息をつき、階段をのぼって家に入った。表面をつくろうのにも限度がある。いまは酒と薄暗い部屋が必要だ。

「いやよ、アリス！」エマが大声で言い、甲高い悲鳴をあげながら階段を駆けおりてきた。髪を後ろにたなびかせ、満面の笑みを浮かべている。

「ミス・エマ！　おズボンを穿いてはいけません！」

「そんなことないわ。穿けるのよ！」エマが返したとき、わたしもようやく気づいた。この子はたしかに少年用のズボンを穿いている。「こっちのほうがずっと楽。めんどくさいワンピースよりずっといいわ！」そう肩越しに主張して、「おはよう、アッシントン」と言いながらわたしのそばを走り抜けると、そのまま厨房に駆けていった。

やっと階段の下にたどり着いたアリスは息を切らしており、まだ午前中だというのにもう疲れ果てた顔をしていた。「いったいどこでズボンを見つけられたのか」わたしに言ってから、しばし息を整える。

「エマは勤勉なところがあるからな」わたしは返した。

アリスが信じられないと言いたげな顔でこちらを見たので、今朝のうちで初めて、笑みが浮かびかけた。

「そろそろミス・エマにもお母さまが必要です、旦那さま」アリスが言った。

浮かびかけていた笑みは消えて、暗い気分が戻ってきた。

# 37

## ミリアム・バサースト

「せっかくチョコレートを持ってきてあげたのに、一つも食べてないのね」ハリエットおばの口ぶりは、わたしがチョコレートを食べないことにがっかりして、心配しているようだった。わたしは、先ほどおばがそばに置いてくれたお皿をちらりと見た。

「食欲がないみたいなの、ハリエットおばさま」わたしは言った。ふだんなら、手にした本に没頭しているせいで甘いもののことを忘れているところだけれど、いまはただぼんやりしていた。

「でしょうね」おばがますます心配そうな顔になる。「でしょうよ。よりによってこんなときに、あなたの妹を家へ帰らせるよう、お母さんがおっしゃるなんて。アルフレッドにも説得できなくて、本当に残念。あなたのお母さん、ちょっと石頭ね」もどかしげにつけ足した。

わたしはため息をついた。たしかにホイットニーがいなくなったせいで胸の痛みはさらに強くなったけれど、なんだか母はこちらで起きていることを知っていて、わたしになすべきことを思い出させるためにそう要求したように思えた。果たすべき責任を。まるで、わたしがホイットニーの将来を日々考えてなどいないみたいに。

「母さまはそういう人だからしょうがないわ。でもホイットニーのために、わたしは夫を見つけなくちゃ。ぐずぐずしている余裕なんてないのよ……ほかのことで」ハリエットおばに、というより自分に言い聞かせるようにつぶやいた。

「なに言ってるの。アルフレッドがお母さんにまたそれなりの額を送ったわ。だからお母さんもホイットニーも不自由なく暮らせてるはずよ。アルフレッドはね、あなたがしっかり時間をかけて、あなたを幸せにしてくれる男性を見つけることを望んでる。結婚の目的は肩書きや家名じゃなくていいのよ、ミリアム。愛のために結婚していいの。わたしはそうしたし、自分がしてきたなかで最高のことだと思ってるわ。あなたにもそんな自由があってほしい」

こみあげる涙を必死にこらえて、どうにかほほえんだ。おじ夫婦が愛し合っていることは、とっくにわかっていた。二人を見ていればすぐにわかる。わたしもそういう相手にめぐりあいたいとどれほど願っても、同じような機会は与えられないだろう。ハリエットおばと違って、わたしが愛したのは愛を返してくれない男性だから。愚かなことをしたものだし、そうするつもりもなかったけれど、自分でも気づかないうちにそうなってしまっていた。

「おじさまとおばさまには、どんなに感謝してもしきれないわ。ここで過ごした日々は、人生最高のひとときのうちの一つよ。ここでの思い出、絶対に忘れないわ」これなら正直に声に出して言えるけれど、ほかの思いは口にできなかった。自分が愛のために結婚するとは思えないものの、それを言ってもハリエットおばが嘆き悲しむだけだから。おばはそれくらいやさしい。

ハリエットおばがやおらつかつかと近づいてきて、ソファに腰かけているわたしのとなりにさっと座ったので、わたしは驚いた。次の瞬間、暖かな腕に包まれたと思うや、おばが大きな声でおいおい泣きだした。わたしが言ったことのせいで泣かせてしまったのか、なぜ抱きしめられたのか、わからなかった。肩をたたいてどうにか慰めようとしたけれど、そうすることが求められている気もしなかった。

「やれやれ、ハリエット、なぜ涙でミリアムを困らせているんだ？」アルフレッドおじの声が響いたときほど、ほっとしたこともなかった。

ところがハリエットおばはわたしを離さなかった。むしろますます腕に力をこめて、泣きながらわたしを胸に抱きしめる。わたしはおばの肩越しにおじを見て、おじが打ちひしがれた妻を助ける方法を早く思いついてくれるよう祈った。

「ハリエット、ほら、かわいい姪が怖がっているぞ。放してやりなさい」今度は少しやさしい口調で言った。

するとハリエットおばは鼻をすすり、腕の力を緩めてから、ゆっくり身を引いた。

「ごめんなさい、怖がらせてしまった？」

どう答えたらいいのかわからなかった。むせび泣きと羽交い締めはたしかにちょっと怖かった。けれど声が大きいのも、たいていの人よりやり方が激しいのも、ハリエットおばならではだ。

「当たり前だろう！　ミリアムはそんな感情の爆発のさせ方を見たことがないんだから。この子はイギリス人だぞ。わたしのお堅い妹に育てられたんだ。この国ではそういう愛情表現をしないものなんだよ」今度のアルフレッドおじの口調にはぬくもりがこもっていた。

ハリエットおばがようやくほほえんで、頰の涙を拭った。「ごめんなさいね、ミリアム。さっきのあなたの言葉が本当にうれしかったし、あなたのことは我が子同然に愛するようになったから。胸がいっぱいになってしまって、我を忘れて……その、故郷ではもっと愛情を表に出すのよ」説明するように言った。

「大きな声で、泣きながらな」アルフレッドおじが言った。

ハリエットおばが肩越しに振り返って夫をにらむと、おじは肩をすくめた。「本当のことだろう」

「旦那さま、ミスター・コンプトンがミス・バサーストを訪ねておいでです」執事がアルフレッドおじの背後の開いた戸口から報告した。

アルフレッドおじは眉をあげてわたしを見た。ニコラスに会いたいかと無言で尋ねているのだ。わたしが一度うなずくと、おじは執事のほうを向いて命じた。「そうか。通してくれ、ジェイムズ」

ハリエットおばがわたしの手をぎゅっと握ってから、ソファを立って部屋の向こう側へ行き、窓辺の椅子に腰かけた。そこに置いていた手紙を取って、ちらりとアルフレッドおじを見る。

「執務室にいるから、なにかあったら呼んでくれ」おじは言い、部屋を出ていった。ハリエットおばの表情はおじに出ていってと告げるものだったのか、それともおじ自身がこの場に残りたくなかったのか、わたしにはわからない。おじの考えることは謎だ。

ニコラスが入ってきたので、わたしは視線をそちらに移した。かたわらに本を置いてほほえみ、立ちあがった。「ごきげんよう、ミスター・コンプトン」言いながら、無理やりほほえんでいない自分に気づいた。友の顔を見られて、純粋に喜んでいた。

「ごきげんよう、ミス・バサースト」ニコラスが言う。「今日もまた息を呑む美しさだ。それも、ほとんど努力しないままに」ウインクをしておばのほうを向いた。「ごきげんよう、レディ・ウェリントン。あなたもお美しい」

ハリエットおばは頬を染めて手を振った。「まったくお上手なんだから。だけど心を勝ちとらなくちゃいけないのは、わたしじゃないでしょう？」冗談めかして言う。「お茶はいかが？　なにか召しあがる？」

ニコラスは首を振った。「ありがとうございます。ですが、どちらもけっこうです。それより、ミス・バサーストとお庭を散歩したいんです――もしもお許しをいただけるなら」とつけ足した。

ハリエットおばはちらりとわたしを見て、ニコラスに視線を戻した。「もちろんよ。今日はいい天気だもの。おひさまは暖かくてバラはきれいに咲いてるわ。どうぞ愛でてやって。裏に回れば、だれも座ったことのないベンチもあるわよ」

ニコラスはほほえんでうなずき、わたしに腕を差しだした。わたしはそこに手をのせて、二人で部屋をあとにした。「裏の庭園に行くのに、玄関を出てから裏に回らなくてもいい行き方は知ってるかな？」ニコラスが尋ねた。

「ええ、知ってるわ」わたしは言い、ほぼ召使いしか使わない、家の左手の通用口に案内した。ドアを出ると、丸石敷の小道がメイフェアストリート一八番地の裏にある小さな庭まで続いている。ハリエットおばはめったに戸外で過ごさないので、アルフレッドおじはこの庭のことをほとんど気にかけていない。地方の屋敷の庭はどうなっているのだろう。

無言のまま歩いて、木陰のベンチにたどり着いた。ハリエットおばが言ったとおり、バラ園のそばに置かれている。わたしが腰かけると、ニコラスは少しためらってからとなりに腰をおろした。ベンチはあまり大きくないので、体は触れはしないものの、二人の距離は近い。これほど接近しているのに、肌がほてったり心拍数があがったりすることはなかった。

それでもニコラスはとてもいいにおいがするし、会いに来てくれて感謝していた。おかげで、じっと座って本を見つめながらアッシントンのことを考えているよりほかに、することができた。

「きみはアッシントンを愛していると思いこんでいるんだろう？　ぼくはなかなか鋭い男だし、きみからはどうも目をそらせない。そういうわけで、きみの表情からいろんなことを察してきた」ニコラスが言葉を止めたので、わたしは彼のほうを見た。こんな会話をするとは思っていなかった。

てっきりここを訪ねてきたのは、聞いたばかりの滑稽なゴシップや他愛ないできごとを語って、わたしを笑わせるためだと思っていた。

「ぼくは伯爵じゃないが、財産がないわけでもない。きみ自身はロンドンの上流社会に仲間入りすることに興味はなくても、ホイットニーのためにそれを望んでることはわかっているし、ご覧のとおり、ぼくは上流社会の人気者だ。ぼくが所有する地方の領地はチャトウィックホールとは比べ物にならないが、それでも美しいところで、もしきみが望むなら妹さんとお母さんのための部屋もある。ミリアム、ぼくならきみを幸せにできるんだ。妹さんのためにきみが望んでやまないものをすべて与えられるし、自分のためにはおろそかにしているあるものもあげられる」そこでふたたび言葉を止めて、立ちあがった。

わたしは凍りついたまま、身動きできなかった。彼の話は筋が通らない。ニコラスにはニコラスの計画があって、そこにはこんな展開が含まれる余地はないはずだ。呆然とするわたしの前でニコラスが地面に片方の膝をつき、両手でわたしの両手を包んだ。

「ぼくは全身全霊できみを愛してる。きみがほかの男を愛していようと関係ない。ぼくが二人ぶん愛するし、いつかきみもぼくを愛するようになると信じている。結婚してくれ、ミリアム」

ニコラスの目を見られなくて、膝の上でつながれた自分たちの手を見おろした。

「こんなこと、望んでいないでしょう？　わたしと結婚しても、あなたが果たしたかったお兄さんへの復讐にはならないわ。彼はわたしを求めていないもの」だれかに聞かれる心配もないのに、ささやき声で答えた。

わたしの手を包む手に力がこもった。「ミリアム、ぼくを見て」ニコラスがすがるように言った。

たとえ彼のことを愛していなくても、友達だし大切に思っているから、拒めなくて視線をあげた。ニコラスの目に浮かぶやさしさに心を癒やされた。わたしの人生ではめったに目にすることのなかったものだから。ほしくてたまらなかったものだから。

「ぼくがロンドンに来たのは復讐のためだったが、代わりにきみと出会った。ミリアム・バサースト、きみがすべてを変えたんだ。怒りも、苦味も、憎しみも、すべて溶け去ってきみだけが残った。ぼくにはもうきみしか見えない。ぼくがほしいのはきみだけだ。きみはぼく自身の心のなかにある地獄から、ぼくを救ってくれたんだ」

今日二度目に、涙がこみあげてきた。今回はこらえなかった。こらえたくなかった。もしかしたら、泣く必要があったのかもしれない。ほしかったもののために。失ったもののために。夢見たもののために。そして見つけたもののために。これは愛の物語ではない。救いの物語だ。友情の物語。

わたしはずっと愛されたいと願ってきて、いま、わたしへの愛を誓う男性が目の前にいる。ずっと求めてきたものをこれほど私心なく差しだされて、背を向けられる？

答えはノー。わたしにはできない。わたしはそういう人間ではない。

# 38

## ミリアム・バサースト

　大きなターンだろうと小さな手の動きだろうと、じっと見られているのをわたしは感じた。唇に笑みを絶やさないのは容易ではないし、必死に偽りの感情をたたえていることには、ダンスの相手も間違いなく気づいているだろう。ただの〝ミリアム・バサースト〟として舞踏会に出席するのも、今夜が最後。迷っている時間は終わった。決断はくだされた。

　男性の腕に包まれている体がこわばった。今朝、おばのバラ園でこの男性の求婚を承諾した。けれどわたしが愛しているのは彼ではない。彼だったらどんなによかったか。それでも、愛してくれているかもしれないと思った男性がその愛に気づくときを、永遠に待ってはいられないのだ。母と妹のために、結婚しなくてはいけないのだから。わたしに腕を回している男性の美しい緑の目をちらりと見あげると、笑みは純粋なものになった。悲しい笑みだけれど、それでも。

　この人の友情と、ただ一緒にいることを楽しめるのは、今夜が最後になるはずだ。

いろんなことが変わってしまうだろうけれど、それですべてが壊れないことを祈る。なぜってこの人の妻になってしまったら、言うことを聞かないわたしの心がいまも愛している男性は、きっとわたしを憎むだろうから。信じがたいほどの痛みに貫かれる。それでも、あの人がわたしを選んだりしないことはわかっている。彼の選択が、それをはっきり物語っている。

「今夜は静かだな」ニコラスが言った。

「ええ、たぶん緊張しているの」正直に答えた。結婚するなら、嘘のない関係を築きたかった。

「今夜のアッシントンは、ほとんどほかに興味がないようだ」ニコラスが言ったので、彼の兄がわたしたちを見ているのだとわかった――おそらくは、わたしを。

「今夜はわたしの存在を思い出したんじゃないかしら」どうでもいいことにしたくて、冗談めかして言った。

ニコラスがにやりとする。「そうらしい」

ダンスが終わらないうちに、ロード・アッシントンが人のあいだを縫ってわたしたちのほうに近づいてきた。わたしたちの婚約はまだだれも知らないことだから、この突然の行動はそれが理由ではないだろう。ニコラスの腕にのせた手が自然とこわばり、わたしは心を強くもとうとした。

ニコラスがちらりと肩越しに振り返って状況に気づき、やはり身をこわばらせた。ニコラスもわたしも、アッシントンが近づいてくるとは思っていなかった。前回の舞踏会のときのように、わたしを無視しつづけるものと思っていた。どうして今夜は、わたしの心に及ぼす影響力を思い出させることにしたの？　そもそも忘れたわけでもないのに。朝から晩まであなたへの思いに胸を引き裂かれているのに。

「ミス・バサースト」ロード・アッシントンが礼儀正しく挨拶をしたとき、ちょうど曲が終わった。「次のダンスはわたしのものだったと思うが」

そうではないことをわたしは知っている。

けれどニコラスは知らない。

選択を迫られて、わたしはその場に立ち尽くした。

わたしは嘘つきではないし、ニコラスには正直でありたい。けれどいまは、どうしてもこのダンスがほしかった。彼の弟との婚約が発表される前に二人だけで話をする機会は、これを逃したら二度と訪れないだろう。アッシントンのほうはわたしから聞く必要などないかもしれないけれど、わたしは自分で伝えたい。この男性を愛してしまった愚か者はわたしなのだから。自分で終止符を打ちたいというこの気持ちを、どうかニコラスにもわかってほしかった。

ゆっくりニコラスの腕から手を離すと、ささやかな安心感と支えられているという感覚も消えた。もしかしたら間違った選択をしたのかもしれない。アッシントンと向き合うだけの強さがわたしにはあると思っていたけれど、ニコラスがとなりにいなければ、そこまで強くいられないのかもしれない。

ふたたび音楽が始まってアッシントンが手を差しだしたので、わたしはだれか別の人の動きを見ているような気持ちでそこに手をのせると、たった一人の友達から離れて、いとも簡単にわたしの心を打ち砕いた男性の腕のなかに入っていった。すると体は正当な持ち主のもとに返されたかのごとく反応し、アッシントンの近くにいられる喜びにざわめいた。わたしの心がこの男性に傷つけられたことを、心以外の部分は気づいていないの？　彼が近くにいるとかならず目覚めるお腹のなかのちょうちょの羽ばたきも、触れられると生じるうずきも、この男性がどれほど危険かわからないの？　心と体は一つではないの？　じきに憎まれるとわかっているのに、わたしの苦悩を感じないの？

「悪かった、ミリアム」アッシントンがためらいもなく言った。熱い視線を感じたものの、彼のことだけは見るまいとした。目を見あげてしまったら、あの深い深い海の青を見てしまったら、自分がどうなるかわからなかった。あの目を夢に見た。興奮したときには逆巻く嵐を連想させる目を。だめ！　感情に流されて弱くなってはいけない。この男性はあっさりわたしを捨てたのだ。なんの説明もなく、まるで赤の他人のようにふるまったのだ。

「わたしこそ」新たに見つけた意志の力で返した。さっと顔をあげて目を合わせ、このダンスが終わってしまう前に言うべきことを言おうと決心した。「あれは間違いだったわ。二度と同じ間違いは犯さない。今日、ニコラスに求婚されて、わたしは承諾したの。ニコラスは、ずっと計画していたあなたへの復讐よりわたしを選んだのよ。彼なら信じられるわ」〝わたしのことを傷つけたりしないと〟、とは続けなかった。アッシントンの前で感情をさらけだしたくなかった。どれほど傷つけられたか、この人に知られる必要はない。

アッシントンが一瞬動きを止めて、いま聞かされた言葉が信じられないと言いたげに、じっとわたしを見つめた。わたしはあごをあげて胸を張った。この男性は、わたしには伯爵夫人にするほどの価値がないと判断したかもしれないけれど、その弟はわたしに価値を見いだしてくれた。いい妻になってみせるし、ロード・アッシントンの目に浮かぶ驚きの表情にも心を折られたりしない。絶対に。もうあなたにわたしを傷つけることはできない。

「ニコラスはありのままのわたしを受け入れてくれたの」なにより自分に思い出させたくて、言った。「わたしがいいと言ってくれた。そういうことよ」

アッシントンはわたしを見つめたままだった。わたしの言葉は筋が通らないと思っているのか、あるいは自分の耳が信じられないのか。わたしはというと、この人にはもうわたしを傷つけることなどできないと宣言したばかりなのに、痛みで胸が張り裂けそうだった。間違っていた。どうやらロード・アッシントンにはごく少ない言葉で、いや、ひとことも発しなくても、わたしに絶大な痛みを与えることができるらしい。

深呼吸をするのも難しくなってきたのは、また心を打ち砕かれているせいだろう。少なくとも、わたしにはそう思えた。なにか恐ろしいものが胸のなかで爆発していて、生き延びられる気がしなかった。

そのとき肩に腕が回されて、ニコラスの声が聞こえたものの、なにを言ったのかはよくわからなかった。気がつけばニコラスに向きを変えさせられて、二人で歩きだしていた。舞踏室を出ていくのか、あるいは屋敷そのものをあとにするのかもしれない。はっきりしていることはなにもなかった。ただ離れられるのがありがたかった――人だかりから、うるさい音から……驚きでいっぱいのアッシントンの目から。

「言うべきじゃなかったかもしれない」わたしはつぶやいた。

「どうせ知ることになっていた」ニコラスが言う。

「でも、あのとき、あの場所で、わたしから伝えるべきじゃなかった気がするわ」考えながら言った。

「同感よ。いい考えだったとは思えない」ハリエットおばの声で、後ろにおばがいたことを悟った。

「わたしたち、帰るの？」屋敷の玄関を出ていたことに気づいて、尋ねた。

「ああ。今夜はもう上流社会にたっぷり話題を提供したと思うからね。きみはそう思わない？」ニコラスはそう言ってにっこりしたが、目はほほえんでいなかった。

「どうかしら」わたしは言った。

ニコラスが手の甲でわたしの頬をなでた。「ここ数年ぶんよりたっぷり提供したさ」

いまは考えるべきことが山ほどあった。アッシントンはその一つではない……それなのにほかのすべてを押しのけて、彼はわたしの頭を占領していた。

# 39
## アッシントン伯爵

　メイフェアストリート一八番地の玄関が開けられたとき、わたしはいま何時か知りもしなかった。一晩中、眠れなかったからだ。ほとんどの時間、床の上をうろうろして過ごした。じっくり練った計画もなければ、考え抜いた演説もないままここへ来た。純粋に、もう離れていられなかった。人生において、絶対にたしかなことなどほとんどないのに、いま、その一つを失いかけている。わたしはミリアム・バサーストを愛していて、これほど深く愛する女性には二度と出会えないと確信していた。

「ロード・アッシントン――」執事が言いかけたものの、ご一家が訪問者をお迎えする準備はまだ整っていませんと続けさせはしなかった。もう待てないのだ。

「非常に申し訳ない」わたしは言いながら執事の脇をすり抜けて玄関広間に入った。

「ロード・アッシントン、ここでお待ちいただければ、旦那さまをお呼びしてまいります。ちょうど朝食をお召しあがりで――」

「その必要はない」わたしは遮った。「ミス・バサーストはどこにいる？」

「まだお目覚めではありません」

「いいえ、もうお目覚めよ」ミリアムの声が響いた。

くるりと振り返ると、階段の下から三段目にミリアムがいた。午前用のドレスを着た姿は神からの贈り物のようで、いまほど天上の存在を信じたときもなかった。彼女もあまり眠れなかったのか、目に疲れが残っているのを見て、できることならいますぐ腕のなかに抱き寄せて守りたくなった。胸のなかで渦巻く思いは寝不足の頭では制御できず、ミリアムに一歩近づいても衝動に押し流されずにいられる自信がなかった。

「ロード・アッシントン」ミリアムが言った。「なんのご用でしょうか?」

「ニコラスと結婚してはいけない」わたしは口走った。雄弁な言葉も、するつもりだった愛の宣言もなし。ただ要点だけを述べると、ミリアムの目がかっと燃えあがったので、失敗だったと悟った。

「わたしもニコラスも、あなたに許可していただく必要はありません」ミリアムがあごを突きだし、胸を張って言う。

わたしはため息をついて冷静さを取り戻そうとした。ここへ来たのは追いだされるためではない。「悪かった。そういうつもりではなかったし、こんな言い方をするべきでもなかった。昨夜は眠れなかったので――」言葉を止めた。こんなふうにべらべらしゃべっていては、まるで頭のおかしな酔っぱらいだ。

「いったいなんの騒ぎ……ロード・アッシントン！」玄関広間に出てきたレディ・ウェリントンが、わたしの姿に驚いて目を丸くした。それもいたし方ないことだろう。「ロード・アッシントン、その頭は……全体がぼさぼさに逆立って……その、お加減でも悪いんですか？」

実際、具合が悪いような気がしはじめていた。髪についてはなにも考えていなかったものの、言われてみれば、一晩中うろうろしているあいだに手でかきむしっていたかもしれない。

「おはようございます、レディ・ウェリントン。これほど朝早くに申し訳ありません」そう言ったとき、ご婦人が上靴を履いていないことに気づいた。日中用のドレスの裾からむきだしのつま先がのぞいている。

「ご一緒に朝食をと申しあげたいところなんですが、状況が、その――」レディ・ウェリントンが言いよどんで、ミリアムのほうを見た。

「閣下はお帰りになるところよ。わたしにニコラスと結婚してはいけないと伝えにいらっしゃったの。そんなことをおっしゃる権利はないのにね」ミリアムはおばに言い、またわたしを見たが、その目には挑戦が宿っていた。

「きみの言うとおりだ。きみがだれと結婚してよくて、だれとしてはいけないか、わたしに決める権利などない。そんなことをするために来たのではないんだ。ここへ来たのは、ミリアム・バサースト、きみを愛していて、きみを失うことなどできないからだ。ニコラスと結婚してはいけないと口走ったのは、きみを愛しているからだ。頭はきみのことでいっぱいで、胸にぽっかり空いていた空白もきみが満たしてくれた。だれかにこんな気持ちをいだくとは思ってもみなかった。お願いだ、ミリアム、ニコラスと結婚しないでくれ。弟のきみへの思いがどんなものであったとしても、わたしの思いの深さにはかなわないはずだ。わたしはきみのものだ」

つかの間、静寂が広がった。

「なんてこと」レディ・ウェリントンが大きな声で口走った。

わたしはミリアムから目をそらさなかった。ミリアムは、わたしが不滅の愛を宣言する前と変わらず、硬い表情で立ち尽くしている。まさか自分が不滅の愛を宣言するとは思ってもみなかったが、いま、まさにそれをやった。

「ニコラスに求婚されたの。彼の思いは、あなたが主張するより深いと思うわ」ミリアムが言った。

ニコラスは求婚したかもしれないが、わたしだってそうだ。ミリアムのおじと面会して結婚の許しを求めたことを彼女は知らないのではと思っていたが、やはりそうだったか。とはいえ、その件についてわたしから言いたくはない。わたしがなにより望んでいるのは、ミリアムをわたしの人生に迎え入れて生涯添い遂げることであり、そのミリアムには家族もついてくるのだ。彼女に父親はいないものの、大事にしているおじがいる。尊敬しているおじが。どうしたらありのままの真実を伝えずに、わたしの考えを伝えられるだろう？

「先におまえと結婚したいと言ってきたのは彼のほうだ」アルフレッド・ウェリントンの声が響いた。

今度もわたしはミリアムから目をそらさなかった。ミリアムはおじの言葉に見るからに混乱した様子で、おじを見つめた。この二週間のあいだに、わたしはアルフレッド・ウェリントンについてさまざまなことを考えたが、どれ一つとして好意的ではなかった。この紳士は遠慮会釈なくわたしに言ったのだ、きみが伯爵だろうと知ったことかと。きみに姪はもったいないと。きみの私生児の母親になるよりも、姪にはもっとましな道がふさわしいと。エマを私生児呼ばわりされただけで、彼の許しを求めたい気持ちも消えた。ひとことも発することなくわたしはメイフェアストリート一八番地をあとにした。

「どういうこと？」ミリアムが尋ねると同時に、レディ・ウェリントンが興奮した声で叫んだ。「なんですって？」

ウェリントンはため息をつき、ちらりとわたしのほうを見た。そこでわたしも彼と目を合わせ、この紳士がミリアムになにを言うのか、見届けることにした。じつを言うと、あの日、ここで言いたかったことはすべて言っていない。エマについてひどいことを言われてわたしがかっとなり、面会は途中で終わったのだ。もう少しあの場に残って許しを求めるべきだったと、あとになって悟った。わたしの思いの深さがわかれば、ウェリントンの考えも変わったに違いないのだから。

「チャトウィックホールから帰った翌日のことだ。ミリアム、おまえとハリエットがホイットニーを連れて公園まで散歩に出かけているあいだに、ロード・アッシントンはわたしを訪ねてきたんだよ」ちらりと妻を見て、またミリアムに視線を戻す。「そのときおまえとの結婚を許してほしいと言われたが、わたしたちはあの少女を目撃した直後だった。彼はあの子についてなんら説明しないまま、私生児をそばに置いておくのをおまえが受け入れるよう期待したんだ。つまり、都合よくあの子の母親役を務めてくれる妻を探しているわけかと察したが、わたしとしては、おまえにはもっとましな道を進んでほしかった。おまえのおばさんとわたしが手に入れたようなものを、おまえにも手に入れてほしい。愛されてほしいんだ、ミリアム。おまえはすばらしい娘だから」

「もう、アルフレッドったら！」レディ・ウェリントンがうんざりした口調で言った。「閣下はちゃんとミリアムを愛してらっしゃるし、あの少女がだれであれ、まだほんの子どもで、やっぱり愛情を必要としてるわ。こんなにわかりやすいことなのに、どうしてそこまでわからず屋になれるの？」

　いまやミリアムはわたしを見ていた。その顔をさまざまな感情がよぎったが、いくつかには不安にさせられて、いくつかには希望をいだかされた。まだ手遅れではないという希望。彼女もわたしを愛しているかもしれないという希望。エマのことをおじのようには見ていないのではという希望。どんなにミリアムを愛していても、エマはわたしを必要としているほんの幼子だ。愛されるべき存在。ミリアムにそれがわからないことがあるだろうか？

「じゃあ、舞踏会でわたしを無視したのは、アルフレッドおじさまがあなたに許しを与えなかったからなのね」ついにミリアムが言った。

　わたしはうなずいた。「きみへの思いも忘れられるかもしれないと思った。自分が考えているほど深い思いではないかもしれないと。間違っていた」

「そしてエマは」ミリアムが言う。「あなたの娘ね？」

　予期していた質問だった。わたし一人の胸に秘めていた秘密。ミリアムだけでなく、そのおじ夫妻にも打ち明けるということは、彼らを信頼しなくてはならないということだ。この上流社会において、エマの未来はもろい。わたしがくだすどんな決断も、あの子の未来に影響を及ぼす。

「いや、わたしの娘ではない。だがコンプトン家の人間ではある。今後、あの子はわたしの娘として育てるつもりだ。わたしたちが住む世界で生きていくのなら、出生についてては嘘をつかなくてはならないだろう。エマは賢い。きっと立派に成長するはずだ。その点はみじんも疑っていない」ミリアムに一歩近づいて、足を止めた。「この社交シーズンが始まったとき、わたしには一つの目標があった——エマに母親を見つけることだ。礼儀正しい、これぞ英国女性という人物を。そういう母親がいれば、エマもレディに育つと考えたんだ。というのも、あの子は少し頑固でやんちゃなところがあるから。しかしわたしは間違っていた……どうやらいろいろな間違いをしていたらしい。

「エマに必要なのは、いちばん愛してくれるはずの人に嫌われるのがどんなものかを知っている母親だ。あの子は二歳のときにわたしのもとへ連れてこられた。エマの母親は、ろくに知らない老婦人に硬貨数枚であの子をあずけて、かならず戻ってくるからと約束していったらしい。だが戻ってこなかった。その後、老婦人はエマの母親が死んだというううわさを聞きつけて、あの子をわたしのもとに連れてきた。その日まで、わたしはエマの存在を知らなかった。エマはわたしのところに来るまでのことをすべて覚えている。覚えていなければどんなによかったかと、しょっちゅう思ってしまう。母親の髪の色や顔立ちをこまかに言えるし、母親はフランス人で訛りがきつかったから、特定の言葉をどんなふうに発音していたか、上手にまねることもできるんだ。

「エマに必要なのは、ありのままのあの子を受け入れて、もしもそのときが来たら、あの子を守る覚悟のある母親だ。勇敢で、忠実で、愛情深くて、やさしい母親。たしかにわたしはそのすべてをきみに見いだした。だがもしこの場で、きみとの結婚の許しをおじ上に求めたのはエマのためだと言えば、嘘になる」

二人の距離を詰めて、ミリアムの手を取った。一瞬、その繊細な手がはるかに大きなわたしの手にすっぽり包まれているさまを見つめた。それから視線をあげて彼女の目を見た。「だれかを愛するようになるとは思ってもいなかった。男と女のあいだに愛など存在しないと信じていた。信じていたのは欲望と引力だけだ。どちらも時間とともに薄れていくし、妻選びにおいてはどちらも感じたくないと思っていた。ミリアム・バサースト、きみがすべてを変えた。初めて出会ったあのときから、きみはほかの女性とは違うとわかっていた。わたしとのダンスを断った女性はきみが初めてだった」わたしが思い出させると、ミリアムのふっくらしたピンク色の唇の両端があがった。

「あの初めての出会いで、きみには独特なところがあるとわかった。だが、まさかすべてを変えられるとは思ってもいなかった。わたしの信念も、欲求も、夢も。いまでは、きみなしではそのどれも存在しえない。きみという女性は、わたし自身、必要としているとわかっていなかったが、なくては生きていけないすべてなんだ。きみを愛している」

ミリアムの手がそっとわたしの手を握った。「わたしもあなたを愛してるわ」

いますぐ彼女を抱きしめて、あの甘美な唇にもう一度くちづけをしたかったものの、この場は二人きりではない。それに、わたしたちの前にはまだ二つの障壁がある。ミリアムのおじと、わたしの弟だ。

「どうやら問題が生じたようだな。ミリアム、おまえは兄弟の間違ったほうと婚約してしまったらしい」ウェリントンが言った。

「閣下が結婚の許しを求めたときにあなたがだめだと言わなかったら、そんなことにはならなかったのよ」レディ・ウェリントンが夫に言う。

「わたしはかわいい姪っ子を守ろうとしたんだ。あの少女のことはなにもわかっていなかったし、ロード・アッシントンもミリアムへの愛を高らかに宣言しながらわたしの執務室に入ってきたわけじゃない。もしそうしてくれていたら、わたしの心も揺らいでいたかもしれないのに」ウェリントンが返した。

「だけど、こんなにとっ散らかってしまったのはあなたのせいなんですから、あなたが片づけるべきでしょうね。ミリアムがミスター・コンプトンと結婚できないのは、はっきりしてるわ。ミスター・コンプトンは魅力的だし、訪ねてきてくださると楽しいけど、ミリアムは彼を愛してないもの」レディ・ウェリントンが言った。

ウェリントン夫妻がまだあれこれ言い合っているそばで、ミリアムが笑顔でわたしを見あげた。

ニコラスにはわたしから話しに行くつもりだが、いまは夫妻の邪魔をするまい。なにしろ言い合いに熱中しているように見える。ミリアムは愉快そうだし、幸せそうな彼女を見るのはうれしかった。残りの人生は、この女性を幸せにすることだけに費やしたい。できるかぎりのことをして、きっと幸せにしよう。

「出しゃばった質問が許されるならお訊きしたいのだけど、もしエマが閣下の娘ではなくて、だけどコンプトン家の人間だとしたら、いったいだれの子なのかしら？」レディ・ウェリントンがわたしに尋ねた。この質問も予期していたが、ここまで訊かれなかったので、こちらから言いださずにいた。

「ハリエットおばさま、なにもいまお訊きしなくても。ロード・アッシントンはまだそこまでお話になるつもりはないかもしれないわ」ミリアムが言った。エマの秘密について、ミリアムにさえも打ち明けないという選択肢を、わたしに与えてくれているのだ。

「エマの父親があの子の存在を知っているかどうか、わからない。エマをうちに連れてきた老婦人の話では、知っているが気にかけていないということだった。エマの母親は一年ほどわたしの愛人だったが、わたしが用意してやった家で別の男性をもてなしていることがわかって、別々の道を行くことにした。それから四年後、エマは二歳でわたしのところに連れてこられた。老婦人の話以外に証拠があるとしたら、あの子の目の色だ。エマは父親と同じ目の色をしている。めったにない色で、あの子の父親もその母親から受け継いだ。あの目を見た瞬間、父親がだれかわかった。その男が責任をもってエマを引き取らないことも」

「だけど、エマの父親はだれなの？」レディ・ウェリントンがまた尋ねた。

「ニコラスよ」ミリアムがささやくように答えた。

# エピローグ

**六年後**

ロンドンの慌ただしい社交シーズンからしばし解放されたレディ・アッシントンは、チャトウィックホールの緑豊かな夏の芝生に座って、すがすがしい空気を胸いっぱいに吸いこんだ。ロンドンで夏を過ごしたのは数年ぶりで、妹のためでなければ今年もそうしていなかっただろう。それでも、ホイットニーが初めての体験を純粋に喜んでいる姿を見られたので、なにもかもがちょっぴり魔法のように思えた。

「エマはまたズボンを穿いてるのか」ニコラス・コンプトンが言いながら、レディ・アッシントンのとなりに腰をおろした。

「その闘いは、もっとあとにとっておくわ」レディ・アッシントンは答え、義理の弟に笑みを投げかけた。

「それがいい」ニコラスは同意した。

「ママ！　フィリップがベリー、くれないの」三歳になったレディ・アビゲイルが涙声で訴えた。

「あらあら」レディ・アッシントンはつぶやいた。

「レディを泣かせてはいけないことについて、フィリップ坊やに説教をしてこようか？」ニコラスが尋ねる。

レディ・アッシントンは首を振って立ちあがった。「いいえ、その必要はないわ。アビゲイルが泣くときは警告よ。フィリップがもっと真剣に受け止めるべき警告」

「警告？」ニコラスがおうむ返しに言う。

「そう。アビゲイルは体こそ小さいけれど、そのかんしゃくときたら特大なの。フィリップはその標的にされる前に早くとりなすべきだわ」レディ・アッシントンは説明すると、子どもたちのほうへ歩きだした。

「母さま、けんかが始まるの？」レディ・アッシントンがアビゲイルのほうへ向かうのを見て、エマが大きな声で尋ねた。

「エマ、フィリップからベリーをいくつか取ってきてもらえる？」レディ・アッシントンが言った。

「もちろんよ。わたしに任せて」エマはそう言って駆けだした。

ニコラス・コンプトンは目の前の光景を眺め、幼いアビゲイルがフィリップに教訓を与えますようにと密かに祈った。チャトウィックホールにはあまり頻繁に来ないのだが、もっと来るべきなのはわかっていた。子どもたちはみんなあっという間に成長している。とりわけエマ。ニコラスは遠くに視線をはせて、少女が腰をかがめて弟とベリーのことで話しているのを眺めた。

エマは賢くて機転が利くうえに、美しい。ミリアムは、エマのような子がすくすく育つのにうってつけの母親で、エマはまさにすくすくと成長した。六年前、アッシントンは弟の許嫁をさらっていったかもしれないが、弟の娘に家族を与えもした。自分なら絶対に与えなかっただろうことを、ニコラスは知っている。老婦人がアッシントンではなく自分のところにエマを連れてきていたら、いまごろエマはどうなっていたかと考えると、想像したくないあれこれが頭に浮かんだ。あのころの自分はいまとは大違いで、愛人の子などまったく気にかけなかっただろう。いまこうしてエマを見ていると、この子を知らないまま生きていくというのがどんな悲劇だったかを痛感させられる。頼れる人が一人もいなかったエマに安心できる家を与えてくれた兄には、きっと一生感謝するだろう。

ミリアムが芝生を戻ってきたところを見ると、問題はうまく処理されたらしい。今日のミリアムは、ニコラスが初めて目にしたときと変わらず美しかった。ミリアムを愛するのはじつに簡単なことだった。一目で恋に落ちた——と思っていた。男ならだれでも、自覚する前に恋に落ちてしまうような女性なのだ。

だが、ニコラスの愛し方とロード・アッシントンの愛し方には違いがあった。ニコラスが愛したのはミリアムのあり方、その存在感だった。ミリアムがいると部屋のなかが明るくなる、そこに惹かれた。

　対してロード・アッシントンはただミリアムを愛した。となりに彼女がいて初めて彼は完成する。アッシントンにとってミリアムは気分を明るくしてくれる手段ではなく、純粋に伴侶だった。二人の呼吸は常に揃っていて、混み合った舞踏室でも容易に相手を見つけるし、目が合うし、そういうときは、たったいま二人だけの秘密を分かち合ったように笑みを交わす。

「ホイットニー！」エマの声が響いたので、ニコラスは視線をエマのあこがれの対象に向けた。〝ホイットニーおばさま〟だ。

　十八歳になったホイットニーは息を呑むほど美しく、その姿には大の男も言葉を失って、筋の通ったことが言えなくなるほどだ。ホイットニーが両腕を広げると、エマはそこに飛びこんでいって、大好きなおばをぎゅっと抱きしめた。

「目を奪われるわよね」ミリアムの声で、ニコラスは視線をホイットニーから義理の姉に戻した。彼女の妹を眺めていたところを見つかって、少し気恥ずかしかった。ミリアムが訳知りの笑みを浮かべた。「知ってる？　ソーン公爵は二度もあの子を訪問なさったのよ」

「ソーンなんか、ホイットニーにはじじいすぎる」ニコラスはちっともおもしろくない気分で返した。

「まだ二十九歳よ。ホイットニーは十八だわ、ニコラス」

ニコラスは、急に芝生が憎たらしい存在になったように青い草をにらみつけた。レディ・アッシントンが笑みをこらえて視線をあげると、ちょうど夫がこちらに歩いてくるところだった。乗馬ズボンに包まれた長くたくましい脚には、いつだってうっとりさせられる。結婚したあの日よりも今日のほうが夫を愛していた。こんなふうに毎年、愛が増していくのなら、年をとったときにはどれくらい彼を愛しているのだろう？　一つの体にそれほどの感情が収まるものかしら？

「やっぱりここでわたしの妻にちょっかいを出していたな」アッシントンが言いながら妻と弟に近づいてきた。

「祭壇の前にいたぼくからミリアムをさらったのは兄さんだろう？」ニコラスはのんびりと返した。「これくらい許されるはずだ」

「おまえは教会の入り口にも到達しなかったじゃないか。ロンドン史上、最短の婚約期間だろうな」アッシントンも返し、妻のとなりに歩み寄ると、ミリアムの両手に手を重ねた。

「そうだな、兄さん、そうだった。なにより受け入れがたいのは、ぼくの物語がまだミリアムのどの小説にも採用されていないことだよ」

いつになったらミリアムの小説の登場人物になれるのか、ニコラスが口にするのはこれが最初ではない。ミリアムは片方の肩をすくめて返した。「そうね、あなたの物語がちゃんとめでたしめでたしで終わるまで、待っているのかもしれないわね」

ニコラスが身を固める日など来るわけがないといわんばかりに、兄弟は声を揃えて笑った。ミリアムはただほほえんだ。その日が来るのはわかっている。おそらく、もうすぐ。

ミリアムが芝生に目を向けると、きゃっきゃと笑う幼いアビゲイルをホイットニーが追いかけていた。ホイットニーの脚は完全には癒えていないものの、いまでは脚を引きずることさえほとんどわからないくらいだ。歩けるし、走っても痛かったり極度に疲れたりしない。妹のために祈っていた夢はすべて叶いつつあった。

暖かな六月の陽光と子どもたちの笑い声で、チャトウィックホールは今日も完璧だった。

# 訳者あとがき

女の子はみんな、きらきらしたものが大好き――なんて、だれが決めたの？

Netflix配信の海外ドラマ『ブリジャートン家』で日本でも広く知られるようになった、摂政時代（リージェンシー）と呼ばれる十九世紀初頭のイングランド。その後に続くヴィクトリア朝の上品さや堅実さと違って、贅沢かつ華やか、悪く言えば不道徳なイメージが強い時代といえるでしょう。本書はそんな摂政時代を舞台にしているのですが、原題の〝*Glitter*〟は〝きらきら光る〟という意味で、まさに当時の雰囲気をうまく表現しています。

ところが、美貌のヒロインであるミリアム・バサーストは〝きらきら〟にまったく興味がないどころか、そんなものは軽薄だと考えて読書にいそしむ、いわゆる本の虫です。できることならそういう軽薄なものとは無縁のまま、田舎で活字にうもれて暮らしていたいとさえ思っていたミリアムですが、やむをえない事情により、ロンドンの社交シーズンに身を投じて裕福な夫を見つけるという重い責任を負わされてしまいます。なんとも気の進まないことですが、なによりも大切な存在を守るため、ミリアムは意を決してロンドンに赴くのでした。

そんなミリアムがロンドンで出会うのは、尊大で威圧的なアッシントン伯爵と、その異母弟で、人当たりはいいもののなにやら裏がありそうなニコラスです。じつはニコラスはある事情から兄に深い恨みをいだいており、密かに復讐を企んでいるのですが、ミリアムとの思いがけない出会いによって計画を狂わされてしまいます。また、アッシントン伯爵のほうもだれにも言えない秘密の思惑をめぐらしていたのですが、やはりミリアムとの出会いによって算段が狂っていくのです。

そしてもちろん、ミリアムの心も、まったく予期していなかったかたちで乱されていくのでした。

恋も愛も予定外で、責任や計画だけに突き動かされていた三人が、自身のなかに眠っていた深い感情、熱い感情を知っていくさまを、お楽しみいただけると幸いです。さらに、脇を飾る四歳の少女の手に負えないおてんばぶりや、ヒロインのおばのびっくりするような奇抜さも、ぞんぶんに楽しんでいただけますように。

さて、著者のアビー・グラインズが本書冒頭で述べているとおり、ヒストリカルロマンスというのはたいていい三人称で書かれているものですが、本書はほぼ全編通して一人称、しかもヒーローとヒロインだけでなく、ヒーローの弟、はたまた四歳の少女までもが視点になるというのですから、じつにめずらしい一作といえるでしょう。

一人称の作家を自負する著者ならではのこの試み、日本の読者のみなさまにはどう映ったでしょうか。おもしろいと思っていただけたなら、大いに楽しみながら日本語に移していった訳者としてもこのうえない喜びです。

最後になりましたが、今回も拙い役者をしっかり支えてくださった竹書房のみなさまと校正者のYさまに心よりお礼申しあげます。常に刺激と励ましである翻訳仲間と、いつもそばにいてくれる家族にも、ありがとう。

二〇二三年　石原未奈子

伯爵の花嫁はサファイアのように輝く

2023年6月16日　初版第一刷発行

著 ………………………… アビー・グラインズ
訳 ………………………………… 石原未奈子
カバーデザイン ………………… 小関加奈子
編集協力 …………………… アトリエ・ロマンス

発行人 …………………………………… 後藤明信
発行所 ……………………… 株式会社竹書房
〒102-0075 東京都千代田区三番町8-1
三番町東急ビル6F
email：info@takeshobo.co.jp
http://www.takeshobo.co.jp
印刷・製本 ………………… 凸版印刷株式会社